地雷グリコ

GLICO WITH LANDMINES

青崎有吾
YUGO AOSAKI

角川書店

地 雷 グ リ コ

目　次

地 雷 グ リ コ

1

待ち合わせ場所の第二化学室はまだ授業で使ったことがなくて、見つけるのに少し手間取った。ドアを開けると、相手側はもう到着済みだった。

ダブルボタンのブレザーをきっちり着込んだ、スクエア眼鏡がよく似合う男子と、背の高い垢《あか》抜《ぬ》けた印象の男子。椚《くぬぎ》先輩と、江角《えすみ》先輩。直接会うのは初めてだけど名前は知っている。生徒会メンバーは校内でも有名だ。

椚先輩が指先で腕時計を叩《たた》く。

「六分遅刻だ」

「すみません。旧校舎、あんまり来ないので」

「いーよいーよ」と、社交的に微笑む江角先輩。「にしてもびっくりだよ、決勝の相手が一年生なんて。射守矢《いもりや》ってのはどっち？　君？」

「あ、私は介添人で。鉱田《こうだ》っていいます。真兎《まと》は……」

じゅぞぞぞ。

ストローを吸う音が紹介を遮った。

子猫のような身軽さで、綿雲のように飄々《ひょうひょう》とした少女が進み出て、椚先輩の前に立つ。

右手にはさっき購買で買ったいちごオレ。亜麻色のロングヘアに短めのプリーツスカート。ぶかぶかのカーディガンはいまにも肩からずり落ちそうで、だらしないから直せと毎日言っているのだけど改善の気配は一向にない。詐欺師みたいに口元だけで笑うと、彼女は軽快に名乗った。

「どもども、射守矢です。一年四組、射守矢真兎」

「おまえか」椚先輩は値踏みするように真兎を眺めた。「チャイニーズチェッカーで将棋部の大《おお》澤《さわ》を破ったそうだな」

「武蔵《むさし》の法則が効いたみたいで」

「ムサシ？」

「宮本《みやもと》武蔵。遅れて登場した者が勝つっていうアレです。なので今日も遅れてみました」

「ジンクス頼みで勝てるほど《愚煙試合《ぐえんじあい》》は甘くないぞ」

挑発を受けても椚先輩の表情は崩れない。冷静沈着系三年男子とちゃらんぽらん系一年女子。対照的な二人だ。

椚先輩は眼鏡を押し上げ、なぜか部屋の隅に声をかける。

「全員そろった。始めてくれ」

「承知しました」

ぎょっとした。

いつからいたのか、日陰に溶け込むようにしてもうひとり男子の姿があった。淀《よど》んだ印象の目を伏せ、頭の左側が不自然に跳ねている。

「ど、どなたですか」

「頬白《ほおじろ》祭実行委員一年の塗辺《ぬりべ》と申します。本日の審判役《ジャッジ》を務めます。よろしくお願いします」

「よろしくー」と、真兎。「塗辺くん寝癖跳ねてるよ」

「無造作ヘアがモテるとメンズノンノに書いてあったので」

「それじゃモテんよ。ちょっとこっち来てみ？」

「いいから早く始めろ」

椚先輩が急《せ》かした。江角先輩も寄りかかっていた実験机から離れる。

「何で決める？　チェス？　囲碁？　それともポーカー？」

「いえ。誰でも知っているシンプルなゲームを用意しました。とりあえず外に出ましょう」

「外に？」椚先輩は眉《まゆ》をひそめる。「何をやる気だ」

「ついてきていただければわかります」

ぼそぼそと言い、ドアへ向かう塗辺くん。審判がそう言うなら従うしかなかった。生徒会の二人があとを追い、私たちもそれに続く。

じゅずぞぼ、とまた耳障りな音。一年四組の代表者はいちごオレをすすりながら、映画の上映開始前みたいな目で椚先輩の背中を眺めていた。相変わらず緊張感の欠片《かけら》もない。

「真兎……わかってると思うけど、うちのクラスの命運があんたにかかってるから」

「わかってると思うけど、そういう重いの苦手だから」真兎はストローから唇を離し、「でもまあ、これおごってもらったし。鉱田ちゃんのためにがんばろうかな」

「なんでもいいからとにかく勝って」

廊下の窓からは、向かい側に建つ新校舎（新といっても建ったのは二十年前だけど）がよく見えた。均等に並んだ窓と面白味のない白い外壁。それを上へとたどっていき、私は問題の場所を眺める。銀色の柵《さく》。貯水タンク。背景の薄水色の空。

すべての原因はあの屋上にあった。

五月に入ると都立頬白高校は慌ただしくなる。

頬白祭という創立記念の文化祭が近づくためだ。各クラス・部活・有志の集まりなど五十以上に及ぶ団体が準備に向けて動きだし、模擬店や出し物の内容を決め、当日使用したい場所を実行委員会に申請する。

この申請というのがやっかいだった。どの団体も集客に有利な場所を取りたがるため、毎年特定の場所に希望が集中してしまうのだ。たとえば、最も人通りが多い昇降口横。演劇や映画上映に適した視聴覚室。二教室分の広いスペースが取れる大会議室。

そして、一番人気の屋上。

普段は立入禁止の屋上も頬白祭中は規制が緩み、特例的に開放される。「柵が高く、安全性が確保される新校舎の南側のみイベント・模擬店に使用可能」。運営規則にはそう書かれていた。

丘の上にある頬白高の中でも最も高い場所。景色は抜群で、風通しもよく、看板を出すまでもなく外から目立つ。何よりいつもは入れない場所なので、物珍しさに多くの生徒が集まってくる。屋上の使用権を手にすることは頬白祭での成功を手にすることと同義だった。その成功を夢見て、毎年十以上の団体が申請を行うのである。

だが、もちろんすべての団体が屋上を使えるわけではない。頬白高の屋上はもともと人の出入りを想定していないため、柵で囲われている〝使用可能〟スペースはわずか一団体分。

どうにかしてその一団体を選ばなければならない。

最初は単なる抽選で決めていたそうだが、運任せにはしたくないと批判が殺到。二十年の歴史の中でひとつずつルールが追加され、独自の決定方式が構築されるに至った。

申請期間が終わると、まず頬白祭実行委員会によってトーナメント方式の対戦表が組まれる。屋上を希望した各団体は代表者とその介添人を一名ずつ選出。審判役である実行委員一名と介添人二名の立ち合いのもと、代表者たちは平和的・かつ明確な勝敗がつけられる勝負で対決し、トーナメントを勝ち上がった団体に当日の使用権が与えられる。

五月に入ると都立頬白高校は慌ただしくなる。

屋上に申請を出した団体が校内のあちこちで対峙《たいじ》し、熾烈《しれつ》な争奪戦を繰り広げる。

馬鹿と煙は高いところが好き。立ち昇る煙のごとく、愚直に屋上を目指す馬鹿どもの戦い。

誰が呼んだか**《愚煙試合》**。

私たちも先輩たちも、そんな馬鹿の一員だった。

放課後の空気はどこか気だるげで、サッカー部のかけ声もブラバンの練習音もあまり身が入っているようには思えなかった。ランニング中の柔道部が通り過ぎるのを待ってから、塗辺くんは校門を抜ける。

「学校から出るの？」

「校内でもことは足りますが、一直線の場所のほうがやりやすいので」

意味深に返された。一直線のほうがいいって、何をやるつもりだろう。百メートル走？　男女差を考慮してスポーツ系の勝負はないと踏んでいたけど。入学して二ヵ月足らず、化学室の場所さえおぼつかない私たちは《愚煙試合》に関しても未知の部分が多い。

本来なら屋上なんて希望せず、もっと無難な場所を申請していたはずなのだが……。

「一年四組は何を開きたいんだ？」

江角先輩が聞いてくる。私はバッグから企画書を出して先輩に見せた。

「カレー店〈ガラムマサラ〉?」

「はい。カレー屋です。クラスメイトが駅前のインドカレー店でバイトしてまして、本場のスパイスを調達できると言うので多数決で決まりました。ガラムマサラは使わない予定ですけど」

「偽装表示じゃん……」でもそうか。カレーかあ、と江角先輩はあごを撫《な》で、「たしか校舎内だと売れないいんだったか」

「そうです。屋上でしか開けないんです」

ほかの団体の迷惑になるし、匂いが染みつく可能性もあるという理由で、校舎内で餃子《ギョーザ》やカレーといった匂いの強い食べ物を販売することは禁止されていた。屋台として前庭に出店しようにもテーブルを置くスペースの確保が難しく、カレーには不向き。残された候補地は屋上しかなく、私たちは《愚煙試合》に出ざるをえなかったのである。

「先輩たちは何を開くんですか」

「去年・一昨年と同じだよ。オープンカフェ〈キリマンジャロ〉。キリマンジャロ豆は使わん予定だけど」

「偽装表示じゃないですか……」でもそうですか。カフェですか、と私もあごを撫で、「喫茶店なら校舎内でも開けますよね?」

「余裕で開けるな。でも、《愚煙試合》は勝ったもん勝ちだ」

カレー売りたきゃ俺に勝ちな、と暗に言われてしまった。企画書をしまいながら歯がゆさをこらえる。はいそうですかと簡単に勝てれば苦労はしない。

私は横目で敵の姿をうかがう。

三年一組、椚迅人《はやと》。

一年生のときから生徒会代表として《愚煙試合》に出場。二年連続で優勝を果たし、二年連続でオープンカフェを成功させた男。

今年こそは連勝記録を止めようと多くの団体が奮起したが、彼はものともせずに決勝まで勝ち上がってきた。決勝の相手が生徒会だとわかると、一年四組の中でも不運を嘆く声が漏れ聞こえた。だめだ、椚さんじゃ勝ち目がない。うちの部の先輩、去年の《愚煙試合》でポーカーやってぼろ負けしたって。カレー屋の代案を作っといたほうがいいかもなあ。エトセトラ、エトセトラ。

だが、私は希望を捨てていない。

椚先輩から真兎へと視線を移す。いちごオレ片手にお散歩気分で歩く友人を見つめる。

射守矢真兎は勝負ごとに強い。

私がそれを知ったのは、中学三年生のとき。

体育祭で学級対抗の全員リレーがあった。クラスメイト全員がグラウンドを半周ずつ走りバトンをつなぐという競技だが、私たちのクラスはビリ間違いなしと目されていた。中学の陸上部は全国大会に出るほど有名だったが、私たちのクラスには陸上部員がひとりもいなかったのだ。

負けるにしてもなるべくよい走順を組んで、恥をかかないようにしたい。開催五日前の放課後、走順を決める係になった私は全員分のタイム表とにらめっこしていた。体育の先生いわく、速い人↓遅い人↓速い人↓遅い人……という順で交互に並べていくやり方が一番よいそうで、どのクラスもそれに倣《なら》うという。私たちもその組み方でいくつもりだった。

ところが、アンカーの名前を書き終えシャーペンを置いたとき、真兎がそれを覗《のぞ》き込んだ。

鉱田ちゃん何してんの。リレーの走順、決めてたの。なるべく恥かきたくないから。リレー？

ああそっかもうすぐ体育祭か。当時から行事に無頓着《むとんちゃく》だった真兎はそんなとぼけたことを言い、片手間にスマホをいじり、

「ねえ鉱田ちゃん、第一走者ってグラウンドのどっち側を走るっけ」

「……北側だけど」

私が答えると。真兎は用紙を手に取り、作ったばかりの走順を書き変えた。

「こっちのほうが恥かかないと思う」

新しい走順は私の交互方式とそう変わらず、ただ、遅い人↓速い人↓遅い人↓速い人……というように、速い人と遅い人の順番が逆になっていた。なんで？　と聞いてもしたたかな笑顔で濁される。まあ、どうせビリだしべつにいいけど。私はなかばなげやりにその走順を提出した。当日までの間に何度か練習もしたが、やはり他クラスに勝てるとは思えなかった。

だが、体育祭当日。

私たちのクラスは全員リレーで一位になった。

「砂だよ」

閉会式のあと、「どうしてあれで勝てたの」と聞いた私に、真兎は当然のように答えた。

「当日の天気を調べたら、日中ずっと強い南風が吹くって予報が出てた。三年の全員リレーは体育祭の後半にあるでしょ。一日中風に吹かれたグラウンドは砂の量が均一じゃなくなる。風下の北側は砂が多くなって、風上の南側は少なくなる。砂まみれのコースは滑りやすくなるから、南側のほうが速く走れるに決まってる」

「………」

リレーはグラウンドの北側から始まり、クラス全員が半周ずつ走る。つまり、奇数番号の走者

は全員が北側を――砂まみれの滑りやすいコースを走り、偶数番号の走者は全員が南側を――砂の少ない固いコースを走ることになる。

だから真兎は、偶数番号の走者を速い生徒で固めた。陸上部員をはじめとする他クラスの速い生徒は、全員奇数番号が割り振られたため実力を出しきれなかった。

「でも、コースの差だけでそんなに遅くなる？　陸上部員なんてフォームも綺麗《きれい》だし、脚力もあるし……」

私が半信半疑なまま尋ねると、

「わかってないね鉱田ちゃん。陸上部員が一番走りづらくなるんだよ」

エースランナーたちの心を見透かしたように、真兎は続けた。

「コースが滑りやすいってことは、転びやすいってこと。全国目指してる連中が、体育祭なんかで怪我するわけにいかないでしょ」

射守矢真兎は勝負ごとに強い。

だからこそ《愚煙試合》にひっぱり出したのだ。真兎は「重いの苦手」とぼやきつつも着実に勝利を重ね、決勝まで上がってきた。屋上まではあと一歩。勝ち目がないことはないはずだ。たとえ相手が二年間無敗の生徒会役員でも――

「まだか」その役員の声で我に返った。「どこで何をする気なんだ」

いつの間にか、学校からだいぶ離れている。高台を下り、住宅街を抜け、円《まる》い滑り止めが刻まれた坂道を上っていた。

塗辺くんはこちらを振り向かずに、ぼそぼそ声で話す。

「屋上の使用権を奪い合う――《愚煙試合》決勝戦は、そのコンセプトにふさわしい勝負で決めるべきだと僕は考えました。みなさん、頬白高の屋上へ上がるために絶対必要なことはなんだと思いますか」

私たちは顔を見合わせた。

屋上へ上がるために必要なこと。鍵《かぎ》の用意？　日焼け対策？　いや——

「階段を上ること」

江角先輩が答えた。

「そのとおり。頬白高にはエレベーターもエスカレーターもないので、屋上へ行くためには長い階段を上らなければなりません。代表者のお二人には、これからそれを実行していただきます」

塗辺くんは立ち止まった。

坂道の突きあたりに、苔《こけ》むした狛犬《こまいぬ》が一対鎮座していた。その間から五十段ほどの石造りの階段がまっすぐ延び、頂点にはくすんだ朱色の鳥居が立っている。階段の両脇は鬱蒼《うっそう》と茂る竹藪《たけやぶ》で、風が吹くたびさわさわと静かな音を立てていた。

頬白神社だ。

「四十六段あります。境内の高さは建物五階分に相当し、見晴らしも頬白高の屋上とほぼ一致するでしょう。この階段を屋上への道のりに見立て、どちらが早く頂点にたどりつくかを競っていただきます」

「階段ダッシュ？」

「ご安心を射守矢さん、ダッシュの必要はありません。ゆっくりと確実に上るのです。ジ、ジャ、ン、ケ、ン、い、い、い、ンをしながら」

ジャンケン。階段。誰でも知っているシンプルなゲーム。

小学校の記憶がよみがえる。帰り道。休み時間。公園や学校で友達と遊んだ、あのゲーム。

「それって、もしかして……」

「グリコか」真兎が嬉《うれ》しそうに言った。「なつかしいね」

「くだらないな」と、椚先輩。「子どもの遊びじゃないか」

「いいんじゃないか？」と、江角先輩。「もともとくだらない勝負だし」

私たちの反応を予想していたように、塗辺くんは階段を見上げる。

「ただのグリコではありません。この階段、危険極まりない〝地雷原〟でもあります。踏んでしまえば重いペナルティが。勝つためには互いに読み合い、敵が仕掛けた地雷の位置を察知しなければなりません」

「地雷？」

審判はうなずいて、私たちを振り返り、

「いかに罠《わな》を見極めつつ、いかに素早く階段を上るか——。ゲーム名」口元を陰気に綻《ほころ》ばせた。

「《地雷グリコ》です」

2

場の雰囲気が変わった。

いや、頬白神社の階段は先ほどと同じ静謐《せいひつ》さを保っている。変わったのは人のほう、階段を見上げる真兎と椚先輩だ。地雷という物騒な単語が引《ひ》き鉄《がね》となったかのように、二人の目が鋭さを帯びるのがわかった。塗辺くんの言う〝読み合い〟がすでに始まっているようにも思えた。

「地雷ねえ」真兎は首を傾けて、「椚先輩、踏んだことあります？」

「踏んだ経験がある高校生は日本には少ないだろうな」

「私はよく踏みますよ。午後のロードショーとかで」

「それはC級映画にあたっただけだろ」

先輩は鉄の装甲で冗談を跳ね返し、「具体的にはどういうゲームだ？」と審判に尋ねる。

「では、ルールを説明します」

塗辺くんは無造作へアをいじりながら話し始めた。

「基本は一般的なグリコと同じです。お二人には毎ターン、『グーリーコ』のかけ声とともにジャンケンをしていただきます。ジャンケンに勝ったプレイヤーは出した手に応じて階段を上ります。グーで勝ったら〈**グリコ**〉で三段、チョキで勝ったら〈**チヨコレイト**〉で六段、パーで勝ったら〈**パイナツプル**〉で六段です。これを繰り返し、階段を先に上り終えたプレイヤーが最終的な勝者となります」

ただのグリコのルールを、こんなに丁寧に説明されることもなかなかない。

「次に、**地雷**について。ゲーム開始前、お二人には階段内の三つの段に地雷を仕掛けていただきます。ゲーム中に地雷が仕掛けられた段で立ち止まった場合、その地雷を〝踏んだ〟と見なします」

塗辺くんはポケットを探り、ストラップのついた小さな機器を二つ取り出した。黄色い星型のものと、ピンクのハート型のもの。

「ワイヤレスのブザーを用意しました。お二人が地雷を踏んだかどうかはこれでお知らせします」

「こだわるねえ」と、真兎。「高くなかった？」

「百均で買ったものなので」

塗辺くんはハート型のブザーを真兎に、星型を椚先輩に配り、続いてリモコンらしきものを取り出す。ボタンが操作されると、
ボオン！

二人の手の中で爆発音が鳴った。

「地雷の踏み方には**〈被弾〉**と**〈ミス〉**の二種類があります。相手プレイヤーの仕掛けた地雷を踏んでしまった場合、爆発音が鳴って〈被弾〉となります。〈被弾〉したプレイヤーはペナルティとして、即座にその段から**十段**下がっていただきます」

「十段か……」

江角先輩がうなるように言った。グリコは一度につき最高六段しか進めない。十段下がりはなかなかきついペナルティだ。

塗辺くんは再びリモコンを操作する。

ブィイイン。

今度は音なしで、バイブレーションだけだった。

「ゲームの展開によっては、自分が仕掛けた地雷を自分で踏んでしまうケースも考えられます。その場合はブザーが震えて〈ミス〉となります。爆発はしないので段を下がるペナルティはありません。が、相手プレイヤーに地雷の場所がばれます。〈ミス〉にも充分お気をつけください」

「待った」椚先輩が手を上げる。「爆発しないということは、〈ミス〉の場合、地雷はその場に留《とど》まり続けるのか」

「そうです。あとから相手プレイヤーがその段を踏めば、爆発します」

「はいはい」今度はいちごオレが高く掲げられた。「たとえば私が〈ミス〉して、次のターンで先輩がその段に追いついたとするじゃん？　そしたら先輩〈被弾〉じゃん？　同じ段にいる私もとばっちり？」

「いいえ。同じ段にいる状態で地雷が爆発しても、両者ペナルティという形にはなりません。ペナルティを受けるのは爆発音が鳴ったプレイヤーのみです。いまのたとえに沿いますと、射守矢さんはその段に留まったまま。〈被弾〉した椚先輩だけが十段のペナルティを負います」

「あ、そう。了解」

「もうひとつ、〈あいこルール〉について説明します。一ターン内で同じ手によるあいこが五回以上連続した場合、ゲームを円滑に進めるため、そのターンのジャンケンは〝立っている位置がゴールに近いプレイヤー〟側の勝ちとさせていただきます。勝ったプレイヤーは三段か六段、好きなほうを選んで階段を上れます。両者が同じ段に立っていた場合は、先に来ていたほうのプレイヤーを〝ゴールに近い〟と見なします」

これは少し奇妙というか、念を入れすぎなルールに思えた。

「同じ手のあいこが五連続って、そんなことめったになくない？」

「いいえ鉱田さん。このゲームに関しては充分ありえます」

また意味深に言ってから、塗辺くんは「以下は補足ですが」と続ける。

「設置できる地雷は一段につきひとつまで。スタート地点とゴール地点——ゼロ段目と四十六段目に仕掛けることはできません。地雷の設置は、これからお二人に紙を渡し、そこに希望の段数を三つ書いていただく形で行います。希望がかぶってしまった場合はその段数のみを公表し、再度設置をやり直します。以上です」

説明が終わると、ルールを吟味するように全員がしばし黙り込んだ。私も得た情報を頭の中でまとめてみる。

基本は普通のグリコと同じ。ただし隠れた地雷が計六発。相手の地雷を踏んだら十段下がる。自分の地雷を踏んだら相手にその場所がばれる――要約すれば、ただそれだけ。

「なるほど」椚先輩が腕組みを解《ほど》いた。「くだらないことには変わりないが、なかなか面白そうなゲームだ」

「恐縮です」

「塗辺くん審判が堂に入《い》ってるね」と、真兎。「こういうの好きなの？」

「委員長に頼まれたのでやっているだけです」

「部活どこ？　ボードゲーム部？」

「ラクロス部です」

い、意外な事実が判明した。人は見かけによらない。

「では、まず地雷の設置から行います。この紙に希望の段数を記入してください」

ラクロス部員は紙とペンを二組取り出し、やはり堂に入った所作で二人に配った。「俺らはちょっと離れてようか」と江角先輩に言われ、介添組は狛犬の脇に身を寄せる。

「ねえねえ」用紙を受け取りながら、真兎が塗辺くんに話しかけた。「この階段って、全部で何段？」

「四十六段です。最初にも言いましたが」

「あ、そう？　ごめんごめん、文系だからさあ数字が苦手で」

なははは、と悪びれない笑い声。椚先輩はあきれたように片眉を上げ、私も口元がひきつった。

真兎、開始前からそんなんで大丈夫？　だってこのゲーム、

「このゲーム、けっこうシビアかもな」

　考えていたのと同じことを、江角先輩が小声で言った。

「地雷をどこに置くかで戦略が決まるけど、問題は置き場所が限定されることだ。鉱田だったらどこに仕掛ける？」

「……十二段目以降の三の倍数の段、十二ヵ所のうちどれか三つ」

「だよな。俺も同意見」

　スタート地点・ゴール地点を除いた四十五段のうち、地雷が仕掛けられた段は自分と相手とを合わせて計六つ。一見〈被弾〉や〈ミス〉の危険は少ないように思えるが、実はそうじゃない。二つの理由から地雷を仕掛けるのに適した場所はかなり絞られる。

　第一に、〈被弾〉の際のペナルティが十段であること。このペナルティを充分に活用するなら、地雷は十段目以降に仕掛けるのが得策だろう。仮に六段目に仕掛けて、相手をうまく〈被弾〉させたとしても、その場合はペナルティを六段しか食らわせられず四段分が無駄になる。スタート地点より下には下がりようがないからだ。

　第二に、グリコは必ず三の倍数で進むゲームであること。グーで勝ったら三段。チョキかパーで勝ったら六段。どんな組み合わせで階段を上っていくにしても、プレイヤーは三の倍数の段しか踏まない。

　したがって〝十段目以降の段〟かつ〝三の倍数の段〟に地雷を仕掛けるのが一番よい。つまり設置に適した段は――十二段目、十五段目、十八段目、二十一段目、二十四段目、二十七段目、三十段目、三十三段目、三十六段目、三十九段目、四十二段目、四十五段目の、計十二ヵ所。

両者がこのセオリーに従って設置を行ったとすると、地雷が仕掛けられた段は十二ヵ所のうち計六ヵ所。十二段目以降は二分の一の確率で地雷を踏むことになってしまう。江角先輩の言うとおり、かなりシビアなゲームになるのだ。

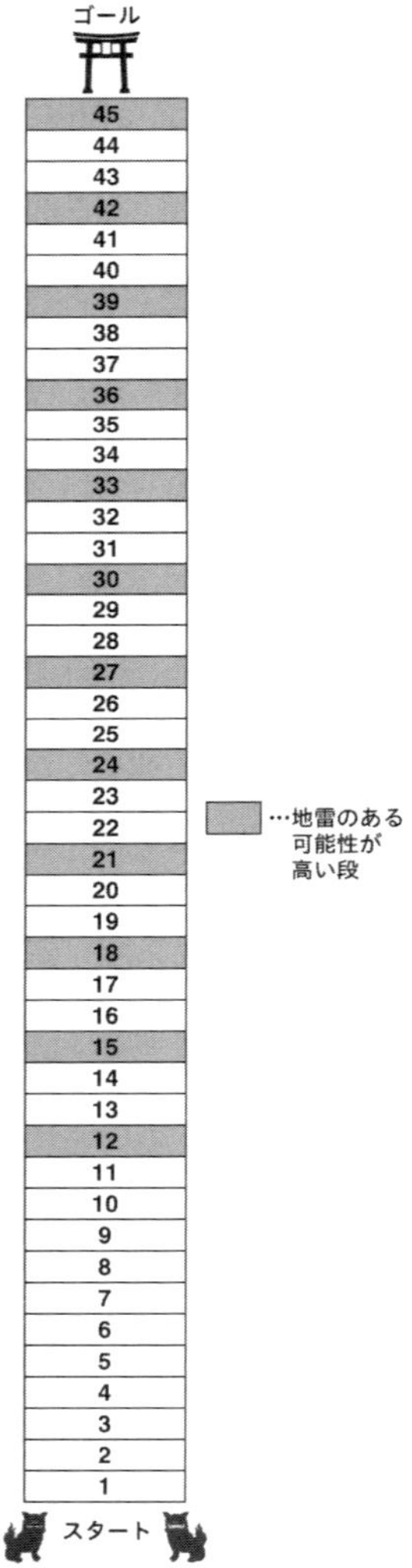

だから覚悟して臨まないと——と思ったのだが。

「ほい」

真兎は特に悩んだ様子もなく、用紙を提出してしまった。数秒遅れて椚先輩も提出。塗辺くんは二枚に目を通し、寝癖頭を上下させる。

「ＯＫです、数字はかぶっていません。お二人の地雷は無事に設置されました。では、スタート位置についてください」

「あ、ちょい待ち」

真兎はこちらに寄ってきて、私にいちごオレを渡した。

「これ、残り飲んでいいから」

「真兎、大丈夫？　勝てそう？」

「んーどうだろ。先輩がうまく地雷を踏んでくれればいいけど」

口ぶりと裏腹に表情は余裕綽々《しゃくしゃく》で、どこからその自信が来るのかと逆に不安になる。

「椚、応援してるぞ～」

「しなくていい。今年のはたいした相手じゃない」

敵も敵で自信たっぷりな様子だ。見た目は対照的な二人だが、負けず嫌いという点では一致するかもしれない。

そんな代表者たちが階段の前に並んだ。椚先輩は星型ブザーを胸ポケットに入れ、真兎はハート型ブザーを腰にぶらさげる。手を後ろに組んだ塗辺くんがその間に立ち、宣言する。

「それでは《愚煙試合》決勝戦、《地雷グリコ》開始です。第一ターン。両者ご用意を」

二人は向き合い、同時に右手を上げた。屋上を賭《か》けた一大勝負。場が妙な緊張感に包まれ、私は祈るような気持ちでぬるくなったいちごオレを飲みほす。

晴天の昼下がり。神聖な神社の入口で。

いい年した高校生二人が、叫んだ。

「「グー、リー、コ！」」

3

真兎はパーを出し、椚先輩はチョキを出していた。

チ、ヨ、コ、レ、イ、ト――椚先輩は声を出さずに階段を上り始める。まずは六段。ブザーは反応しなかった。
「続いて第二ターン。両者ご用意を」

再び腕が振りかぶられ、再びかけ声。

「「グー、リー、コ！」」

真兎の出した手は今度もパー。椚先輩は――グー。

「パ、イ、ナ、ツ、プ、ルっと」

軽快なステップで駆け上がり、真兎は椚先輩と同じ段に並んだ。当然ブザーは反応しない。

「ふっふっふ。追いつきましたよ先輩」

「まだ六段目だ。得意がってどうする」

なんというか……なんというか、普通にグリコだ。

いや。傍《はた》から見たらわからないだけで、二人の間では熾烈な駆け引きが行われているのかも。

たとえばいまの第二ターン。六段目にいる椚先輩はリードを広げたいが、パーかチョキで勝つと十二段目――地雷が仕掛けられた可能性の高い危険地帯――に踏み込んでしまう。そこで安全策としてグーを出し、九段目に進むことを狙った。真兎はそれを読みきったパーで、ジャンケンに勝利した……とか？

「生徒会のくせに大人げないって思うか」ふいに江角先輩が話しかけてきた。「三年連続で屋上を占領したがるなんて」

「べつにそんな……まあ、ちょっとは思いますけど」

「思うよな。俺も思う。でも一応、生徒会には生徒会なりの理由がある」

「理由？」

「安全面だよ。柵があるっつっても屋上には事故がつきものだし、頬白祭は小さい子もたくさん来るだろ。管理意識の低い団体に任せると万が一も起こりえる。万が一が起これば屋上はそれきり永久封鎖だ。だがその手の管理に慣れてる生徒会が使い続ければ、学校側も安心して鍵を貸し出せる」

「……私たちだって安全には気をつけますよ」

「そりゃそうだろうが、文化祭ってのは誰でも浮かれるもんだからな。石橋はぶっ叩いといたほうが確実ってこと」

たとえほかから恨まれてもな、と江角先輩はつけ足す。私は地面に目を落とした。

誰もが、ただ文化祭で目立ちたいから屋上を欲しているわけじゃない。それぞれの団体にそれぞれの理由がある。でも、

「私たちも、カレー屋は本気で実現させたいんで。譲れません」

「知ってるよ。だからこうして戦ってるんだろ」

「戦ってるったってグリコですけどね」

「グリコでもマインスイーパでも椚は負けないよ。誰にも負けない。あいつはゲームの達人だからな。一年のころから《愚煙試合》の介添人やってるが、やられるとこなんて想像すら……」

ブィイイン。

振動音が響き、私たちはゲームに注意を戻した。

爆発音ではなくブザーのバイブレーション。ということは、

「椚先輩、〈ミス〉です」

塗辺くんが簡潔に告げた。

椚先輩は十五段目に移動していた。どうやら六段目↓九段目↓十五段目と上ってきたようだ。そして、自分自身が仕掛けた地雷を踏んでしまった……。

「そうか」

椚先輩は動揺の様子もなく、下にいる真兎を振り向く。真兎は九段目にいた。先ほどまでのゲームを楽しむような快活さには翳《かげ》りが見え、カーディガンの萌《も》え袖《そで》から覗く手がきつく握られていた。

「ほらな？」と、江角先輩。

「な、何がですか。地雷が一ヵ所ばれたんですから、真兎のリードでしょ」

「違う。追い詰められたのは射守矢のほうだ。よく考えてみな」

「……？」

十五段目に地雷があることははっきりした。真兎の位置はいま、九段目。なら次のジャンケンではグーを出し、十二段目に移動すれば——

「あっ」

チョキかパーを出して六段進めば地雷に〈被弾〉してしまう。だから真兎はグーしか出せない。そして、そのことは椚先輩にもばれている。つまり椚先輩は、パーを出せば必ず真兎に勝てるわけだ。しかも一度では終わらない。次のターンも、その次のターンも、九段目から動けない限り真兎にはグーの選択肢しかない。だがグーを出し続ければ、差はどんどん広がっていく。

椚先輩はわざと自分の地雷を踏んだのだ。

真兎に地雷の位置を知らせることで次の手を制限し、ジレンマに追い込んだ。

〈ミス〉にこんな使い道があるなんて思いもよらなかった。

「さすが、《愚煙試合》二連覇は伊達《だて》じゃありませんね」

真兎は亜麻色の髪をかき上げる。

「でも先輩、パーはおすすめしないなあ。二十一段目には私の地雷が仕掛けてあるので」

「ブラフだな。本当に仕掛けてあって十段のペナルティを食らったとしても、俺が下がる位置は十一段目だ。いまのおまえの位置よりは高い。それに、おまえがそのあとグーしか出せないことには変わりない」

「まあそうなんですけどね」

肩をすくめ、「じゃ、次のターン行こっか」と塗辺くんをうながす真兎。ピンチのはずなのに、なぜか焦る素振りはない。

真兎はどうする気だろう？　普通に考えればグーを出すしかないが、それは敵にも読まれている。ならチョキかパー？　ジレンマから抜け出すにはあえて地雷を踏むのも手だ。椚先輩がグー狙いのパーを出してくるなら、真兎が逆を突いてチョキを出せばジャンケンに勝って十五段目に上がれる。直後に〈被弾〉し、ペナルティで五段目まで下がってしまうが、そのあとはいままでと同じように勝負を続けられる。

でも、チョキ出しまで椚先輩が読んでいたら？　真兎はその裏をかいて、いや椚先輩はさらにその裏を……？

「では、第六ターンです。両者ご用意を」

結論を出すより早く塗辺くんが言った。二人は腕を振り上げる。かけ声が階段に響く。

「「グー、リー、コ！」」

真兎の出した手は、グー。

椚先輩の出した手は、チョキだった。

「よし！」

柄にもなくガッツポーズを取ってしまう。真兎がグーで勝った！　理想的な勝ち方だ。

「グー、リー、コっと」

窮地を脱した真兎は、身を躍らせて十二段目へ。椚先輩との差はわずか三段。次で逆転も可能な——


ボオン！


私の喜びは束の間だった。

真兎の腰元——ハート形のブザーから、爆発音が鳴っていた。

「射守矢さん、〈被弾〉です。十段下がっていただきます」

余韻も消えぬうちに塗辺くんの声が重なる。

「軽率だな、射守矢」さらに、椚先輩の声。「十五段目の地雷が判明した時点で、おまえは十二段目と十八段目も警戒すべきだった」

その言葉で、私もようやく気づいた。

三の倍数の段に二連続で地雷を仕掛ければ——たとえば十二段目と十五段目に仕掛けておけば、相手を百パーセント〈被弾〉させることが可能なのだ。なぜならグリコ・チョコレイト・パイナツプル、どんな組み合わせで階段を上ろうと、プレイヤーは必ずどちらかの段を踏むことになるから。どちらの段も踏まずに九段先へ行くなんてことは不可能だから。

「ジャンケンには最初からチョキを出すつもりでいた。おまえがパーを出してくれれば、俺は勝って六段上がれる。チョキで合わせてきても〈あいこルール〉でいずれ勝てる。そしてグーを出してくれれば、おまえに十二段目の地雷を踏ませられる。十五段目よりも十二段目で〈被弾〉させたほうが、おまえとの差を広げられるからな」

罠は周到に張られていた。

真兎はひとつずつ選択肢を潰《つぶ》され、すべては椚先輩の狙いどおりになった。先輩はいま、十五段目。十二段目で〈被弾〉した真兎が下がる位置は、二段目。その差、十三段。

「いやー、ラッキーでした」

だが私のショックなどどこ吹く風で、真兎は気楽な声を上げる。

「ちょうど十段下がりたいなーと思ってたんです。私が先輩よりも上の段に進んだらパンツを見られちゃうかもしれないですし」

「わざわざおまえのを見ようとは思わない」

「え～ほんとですか？　塗辺くんどう？」

「僕なら見ますね」

「やだなあ塗辺くん意外とムッツリ」

まあ冗談はさておき、と真兎は真顔に戻り、

「十二段目の地雷は予想してましたが、どっちにしろ問題ありませんでした。この状況も想定内です。先輩はそのうち苦労することになりますよ」

「……なに？」

「いえべつに。さ～て、十三段差だからがんばらないとな～」

歌うように言いながら二段目まで下がる真兎。塗辺くんも戦況に合わせて（あるいはムッツリ

だと思われないためかもしれないが）階段を移動し、二人の中間地点に立つ。

想定内——私には、その台詞が見え透いた強がりにしか思えなかった。

「なんか、すみません」江角先輩に謝る。「ちょっと変わった子なんです」

「いや、あながち強がりでもないかも。実際いまのターン、射守矢にとってはグーを出すのが最善手だった。グー以外を出したら椚に階段を進まれてたろ」

「でも、結局地雷踏んだし」

「それなんだが……いま思ったんだが、ひょっとしてこのゲーム、一度地雷を踏んだほうが有利になるんじゃないか？」

思わず横を向く。江角先輩はじっと考え込んでいた。

「地雷に〈被弾〉したときのペナルティは十段。十ってのがポイントだ。射守矢は地雷を踏んで二段目まで下がった。次にグーで勝てば五段目に上がる。チョキかパーで勝てば八段目。十一段目、十四段目、十七段目、二十段目……。射守矢が今後踏む段は、地雷が仕掛けられた可能性が高い三の倍数の段とは絶対に一致しない。つまり射守矢は、地雷の脅威から解放されたといえる」

対する椚はどうだ？　と、江角先輩は自軍の代表者を見上げて、

「射守矢の地雷はまだ三発隠れてる。十二段目と十五段目は椚自身の地雷が仕掛けてあるから〈被弾〉の危険はなかったが、この先は一段ずつが博奕《ばくち》だ。いまの攻防でもそうだったが、地雷を警戒したプレイヤーは選択肢が制限される。たとえば小刻みに進むのを怖がって、グーを出しづらくなるとかな。射守矢にとっては、その分椚の出す手が読みやすいってことになる」

「…………」

そういえば、気になっていたことがあった。ゲーム開始前の塗辺くんの言葉。

——勝つためには互いに読み合い、敵が仕掛けた地雷の位置を察知しなければなりません。

——いかに罠を見極めつつ、いかに素早く階段を上るか。

フェアな立場の審判は、地雷を「回避する」という言葉を一度も使っていない。

真兎は、肉を切らせて骨を断ったのだろうか。ゲームの特性を正確に読み取り、十段ペナルティと引き換えに行動のアドバンテージを手に入れた。この先のジャンケンで連勝するために……。

「では、第七ターンです。両者ご用意を」

塗辺くんが言う。二人は右手を構える。

「「グー、リー、コッ！」」

真兎はチョキ。椚先輩もチョキ。あいこだ。再びかけ声。

「「グー、リー、コッ！」」

真兎はまた、チョキ。椚先輩はパーに変えていた。

「チ、ヨ、コ、レ、イ、トっと」

真兎はさっそく八段目まで上った。先ほど立っていた九段目とほぼ同じ位置。ペナルティを取り戻した形だ。腰に片手をあて、予告ホームランのように相手を指さす。

「先輩、期待しててもらっていいですよ。すぐに追い越して私のセクシー勝負下着を……」

ボオン！

その軽口を遮って、
ハート型のブザーが再び鳴った。

「射守矢さん、〈被弾〉です。スタート地点まで下がっていただきます」

塗辺くんが無慈悲に告げ、真兎の顔が初めて驚愕《きょうがく》に染まった。腰にあてられていた左手が誤作動を疑うようにブザーを触る。たったいま「射守矢は地雷の脅威を逃れた」と断言した江角先輩も、もちろん私も、口をあんぐり開けていた。

「たしかに、おまえは地雷をよく踏む体質らしいな」椚先輩だけが冷静だった。「一度地雷を踏んだ者は行動のアドバンテージを得る。それは俺もわかっていた。だから〈被弾〉後のルートにも一発仕掛けておいた」

「ず、ずいぶん無意味なことしますね」真兎は声をつっかえさせる。「八段目じゃ、ペナルティが二段分無駄に……」

「そうだな。だがそのかわり、おまえをスタート地点まで戻すことに成功した。おまえはこれから、いままでと同じように三の倍数のルートを上り始めるわけだ」

椚先輩は靴先で十五段目を叩き、

「このゲームの本質は地雷の位置をどう隠すかじゃない。相手の出す手をどう操るかだ。十五段目には俺の地雷が一発残っている。この段が近づけば、おまえはさっきと同じジレンマに陥る」

私の頬に冷や汗が垂れた。

先読みしていたのは真兎だけじゃない。椚先輩は敵を〈被弾〉させたあとのことまで読んでいた。八段目でもう一度〈被弾〉させ、真兎をスタート地点に戻すことで、三つ目の地雷と引き換えに一つ目の地雷を復活させた。プラマイゼロじゃないかと思いがちだが、そうではない。

たとえば二段目に下りた真兎に対し、椚先輩が「〈被弾〉後のルートにも地雷を仕掛けたぞ」と宣言しても信ぴょう性は薄い。真兎はブラフと判断し、地雷を気にせず突き進むかもしれない。だが、十五段目には確実に地雷がある。真兎は〈被弾〉の回避を意識せざるをえず、結果として椚先輩に手を読まれやすくなる。先輩は地雷を復活させると同時に、真兎から行動のアドバンテージをもぎ取ったのだ。

真兎は沈黙したまま階段を下り、スタート地点に戻った。狛犬の近くに立つ私と目が合う。開始時の余裕はすでに消え失せ、口元の微笑は針金みたいに歪《ゆが》み始めていた。

射守矢真兎、ゼロ段目。椚迅人、十五段目。

その差、十五段。

「今年も優勝だな」江角先輩が他人事《ひとごと》のように言った。「コーヒー豆を仕入れとかないと」

4

頬白神社の石段に、「グーリーコ」のかけ声が幾度となく響いた。

ゲームは塗辺くんの仕切りによってテンポよく進み、私と江角先輩も戦況に合わせて階段を上りつつ、それを見守った。

椚先輩は一度も地雷を踏み抜かず、着実に勝利を重ねて〝屋上〟へと近づいていく。対する真兎は十五段目の手前でやはりまごつき、〈被弾〉はなんとか回避したものの、その後も追いつこうとすればするほど先輩に手を読まれてしまい、空回り。差を詰められないままのもどかしい展開が続いた。

陽《ひ》が傾き、長く伸びた竹藪の影が階段を覆い始めたころ。

「では、第十九ターンです。両者ご用意を」

椚先輩の現在位置は、三十九段目。ゴールまでは残り七段。

対する真兎の位置は、二十七段目。椚先輩との差は十二段。

逆転は絶望的になりつつあった。

「ま、真兎」

私たちと塗辺くんは二人の中間に立っていた。数段下の真兎に向かって、おそるおそる話しかける。

真兎はうつむいたまま、かろうじて折れずにいるという感じだった。額には汗が浮かび、カーディガンは肩からずり落ち、審判の声にすら反応を返せない。負け続け憔悴《しょうすい》しきったその姿は、ぺちゃんこに潰れたいちごオレのパックを思わせた。

《愚煙試合》に出るたび思う」と、冷徹な声。「なぜ誰も彼も、たかが文化祭の場所取りにこだわるのか」

私は上方に首を巡らし、汗ひとつかいていない椚先輩をにらむ。

「せ、先輩だってこだわりまくりじゃないですか」

「屋上は生徒会が管理すべきだからだ。頬白高全体にとってそれが最良の選択だ」

「最良の選択は一年四組がカレー屋を出すことです。本場スパイス入りですよ！　先輩だって食べたら驚くんですから！」

「射守矢はどう思う？」椚先輩は私にかまわず、真兎に尋ねる。「カレー屋に固執する意味があるか？」

「……私は甘党なので。辛いのは嫌いです」

真兎は微妙にずれたことを言ってから、

「でも鉱田ちゃんのことは嫌いじゃないので、鉱田ちゃんのためなら勝ちます」

ゆっくりと顔を上げた。

ぼろぼろの状況でも、その瞳《ひとみ》にはまだ闘志が燃えていた。本場スパイス入りのインドカレーみたいに。

「先輩、おかしいと思いませんでしたか？　三十九段目まで階段を上ってきたのに、先輩は一度も私の地雷にあたっていない。射守矢の地雷はどこにあるんだろうといぶかしんでませんでしたか？」

「…………」

「四十二段目と四十五段目に仕掛けてあります」

塗辺くん以外の全員が、ゴール間際に待ちかまえるその段を見上げた。

椚先輩の現在位置の三段先と、六段先。次のターン、彼がグー・チョキ・パーのどれで勝っても必ず踏むことになる二つの段。

「先輩も同じ手を使ったからわかりますよね？　三の倍数の段に二連続で地雷を仕掛ければ必ず〈被弾〉させられる。私もゴール直前に二発並べておきました。賭けてもいいですけど、私は次のターンで一発逆転します」

大胆不敵な宣言だった。

だが、椚先輩は表情を変えない。ブリッジを押してスクエア眼鏡をかけ直し、言葉の真偽を判断するように冷たい視線で真兎を射抜く。そして、

「最初から、そうじゃないかと思っていた」

意外な一言を放った。

「最初から？」と、江角先輩。「どういうことだよ」

「地雷設置用の紙を配られているとき、射守矢は塗辺に『この階段は全部で何段か？』と尋ねて

いた。あの一言がひっかかった。地雷設置のタイミングで段数を気にする理由はなんだ？　俺のように階段の前半に仕掛けるつもりならトータル段数は関係ない。とすると、射守矢が狙っているのは階段の後半――ゴール間際ではないか？　ゴール地点の一歩手前に地雷を設置するため、ゴール地点が何段目なのかを確認する必要があったのではないか……」

　格の違いを思い知らされる。

　椚先輩は、ゲーム開始前から真兎の地雷の場所に目星をつけていたのだ。ゴール間際に地雷が集中していると予想していたからこそ、ここまで躊躇《ちゅうちょ》なく階段を上ってくることができた。

「本当に仕掛けてあるとしたら、たしかに俺は〈被弾〉から逃れられないな」

　椚先輩は首を左右に振り、「だが射守矢」と続ける。

「『一発逆転』は言いすぎじゃないか？　どちらで〈被弾〉するにしても、俺が下がるのは三十二段目か三十五段目。二十七段目のおまえよりだいぶ有利な位置だ」

　真兎の瞳が揺れた。

　黙り込んだまま、ずり落ちたカーディガンを肩まで直す。十二段差の大きさを嚙《か》みしめ、何かをめまぐるしく思考しているように思えた。

「第十九ターンに移ってもよろしいですか」

　塗辺くんが再度うながした。真兎は右手を上げ、椚先輩もそれに応じた。

　正念場だ、と感じた。私は不安を押し隠すように真兎を見つめる。彼女と目を合わせ、大丈夫、勝てるからとうなずき合いたかった。けれど真兎は私を見ない。椚先輩から目を離さない。椚先輩も真兎をにらみ続ける。敵の真意を推し量ろうと、両者の視線が火花を散らす。

　張り詰めた一瞬ののち、

「グー、リー、コ！」
互いの拳《こぶし》が振り下ろされた。
真兎の出した手は——チョキ。
椚先輩の出した手は——グー。

歯の隙間から苦痛を訴えるような、奇妙な音が聞こえた。

真兎だった。

両目は瞳孔《どうこう》が覗けそうなほど大きく見開かれ、伸ばした手はチョキのまま固まっている。予想外の出来事に直面した人間の、驚愕と困惑をうかがわせる顔。触発されて私の心臓もはね上がった。


何が起きた？

真兎は何か失敗したのだろうか。でも、椚先輩はグーで勝ったから四十二段目に進むし。首尾よく地雷に——

「四十二段目に地雷はない。そうだろ、射守矢？」

椚先輩の声が私の思考を遮った。

地雷が、ない？　そんな馬鹿な。

「なんでですか？　だってさっき、先輩も」

「そう、危うく騙《だま》されかけた。だが論理的に考えれば答えが見えてくる」

「……？」

「射守矢は『四十二段目と四十五段目に地雷がある』と自ら宣言した。あの宣言によって俺は二者択一を迫られた。三段先で地雷を踏むか、六段先で地雷を踏むか。どちらか一方なら選ぶのは絶対に後者だ。少しでもゴールに近い場所で〈被弾〉したほうがペナルティの被害は少なくて済む」

……たしかに、私でもそうするだろう。四十二段目で〈被弾〉した場合、下がるのは三十二段目。四十五段目で〈被弾〉した場合は三十五段目。三段だけだけど後者のほうが被害は少ない。

「射守矢の宣言によって俺は四十五段目を目指すしかない状況に陥った。だが、これはおかしい。俺が四十五段目を踏むことは射守矢にとって不利に働くからだ。射守矢の立場で考えれば、敵には四十二段目を踏んでほしいはず。黙ったまま次のターンにもつれこめば俺がそうする可能性も充分にあった。なのにわざわざ宣言をし、自らその希望をつぶしてしまった。単なる失言か？　いや。仮にも《愚煙試合》を勝ち上がってきた女だ、そんなポカはしない。ならば宣言の意図は、俺に四十五段目を踏ませるためということになる。普通は避けるはずの四十五段目をなぜ踏ませたがったのか？　答えはひとつ、四十二段目を踏まれたくなかったから。つまり、四十二段目に地雷はない」

椚先輩は階段の先を見やり、

「したがって俺の踏むべき段は四十二段目。出すべき手は〈グリコ〉のグー。これは決まった。だが、問題は射守矢が出してくる手だ。四十五段目を踏ませたい射守矢は、俺にチョキかパーで勝たせるためにパーかグーを出してくるはず。俺がグーで勝つためには、その手をチョキに変えさせる必要があった。そこで差の大きさをにおわせた」

地雷の宣言を受けたあと、椚先輩は「『一発逆転』は言いすぎじゃないか？」と真兎に指摘した。

それを受けた真兎は何を思考したのか。

次のターン、〈パイナップル〉か〈チョコレイト〉で一度勝てば、いまいる二十七段目から三十三段目に上がれる。その後、椚先輩が三十五段目まで下がってくれれば自分との差はわずか二段。逆転がますます容易になる――そう考えてしまったのではないか。

「誘いに乗った射守矢は俺を〈被弾〉させるのを先送りし、ジャンケンに勝つことを優先した。射守矢は俺がチョキかパーを出すと思い込んでいるから、どちらにも負けず、かつ勝てば六段上がれるチョキを出してきたわけだ」

地雷の場所も。ジャンケンの手も。

すべてが椚先輩に見抜かれていた。真兎は手中で踊らされていた。

椚先輩は階段を上り始める。もはや真兎には見向きもしない。グ・リ・コ、で三段。これで再び十五段差。ゴールまではわずか四段。

この先のゲームにはどんな展開が待ち受けているか？　椚先輩は四十五段目を避けるためにチョキかパーしか出さないだろう。真兎はチョキさえ出せば安全だが、それを続けると〈あいこルール〉で負けてしまうので、ほかの手も交えつつ勝負に出る必要がある。チョキにグーを合わせるか、パーに変えてきたタイミングでチョキを合わせるか――真兎が椚先輩を追い越して勝利するためには、最低でもその読み合いに四連勝、最悪の場合七連勝しなければならない。これまでの勝率から考えると、そんなことはほぼ不可能だ。

江角先輩の言葉を痛感する。椚先輩は誰にも負けない。誰も勝てない。彼はゲームの達人だから――

ボオン！


その達人の胸元から。

百均グッズの爆発音が鳴った。

「椚先輩、〈被弾〉です。十段下がっていただきます」

塗辺くんの単調な声。椚先輩は一拍遅れて振り返り、カメラの焦点を絞るように敵をにらみつけた。

真兎の顔には笑みが戻っていた。

中三の体育祭の帰り道、私に見せたのと同じ表情。相手の心を見透かすような、したたかにして不敵な微笑み。

「なんか得意げに推理してましたけど……言ったじゃないですか先輩、私は文系だって。数字が苦手だから語呂合わせで地雷を仕掛けておいたんです。死《4》に《2》段に」

「御託はいい」椚先輩はまだ冷静だった。「何をやった」

「〝武蔵の法則〟ですよ」

ウサギが跳ね回るみたいに、真兎は声を弾ませる。

「最初に私たちが遅れてきたとき、先輩は『六分遅刻だ』って言いましたよね？　五分じゃなく六分と正確に表現した。塗辺くんに対しては『早く始めろ』と進行を急かした。私が挑発したときはポーカーフェイスを崩さなかったのに、外に出るって聞いたとたんはっきりと眉をひそめた。それでほぼ性格がつかめました」

私は第二化学室での様子を思い出す。遅れて登場した者が勝つ、と豪語していた真兎。椚先輩の背中を見つめながら、愉快そうにいちごオレをすすっていた真兎。

「先輩はせっかちで、無駄な行動が大嫌いで、常に正確さを追い求める徹底した合理主義者です。論理的にそうだとしか結論付けられない問題をぶつければ、はめられると考えました」

「……地雷の宣言はわざとか。俺が四十二段目を選ぶことを読んでいたと？」

「そうですよ。全部わざと。先輩だって言ってたでしょ、このゲームの本質は地雷の位置をどう隠すかじゃなく、相手の出す手をどう操るか。差を縮めずにここまで来たのもわざとです。私がチョキを出しても先輩に疑われない状況が必要だったので」

《地雷グリコ》は読み合いのゲーム。行動や発言から互いに情報を集め、地雷の場所を察知した者、ジャンケンの手を操作した者が勝つ。

椚先輩は真兎の発言を読み、論理によって結論を下した。

真兎はそんな椚先輩の性格を読み、偽の情報を与えて結論を下さ、せ、た。

「なるほど。一杯食わされたな」

椚先輩は浅くため息をついた。足を踏み出し、初めて階段を下り始める。四十二段目から四十一段目へ。四十一段目から四十段目へ。

「油断はなかったつもりだが、さすがだ射守矢。一年生でここまで勝ち上がっただけある」

「どうも～」

「だが、すべて計略だったとすると……成果は中途半端じゃないか？」

三十八段目。三十七段目。手入れのよいローファーが靴音を鳴らす。

「俺の忠告どおり、おまえはもっと差を縮めておくべきだったんだ。俺が下がるのは三十二段目。

いまのおまえの位置より五段上だ。俺の有利は変わらない」

三十五段目。三十四段目。私たちの横を通り過ぎる。

先輩の言葉の裏には、この程度では絶対負けないという強い自信が透けて見えた。真兎は困ったように肩をすくめ、「ん〜」となる。

「五段差ならそうですけどね。言ったじゃないですか、次のターンで逆転するって」

三十三段目。——三十二段目。

「先輩、もう詰んでますよ」


ボオン!


爆発音が鳴った。

時間が凍ったような静寂の中、塗辺くんが淡々と言った。

「椚先輩、〈被弾〉です。もう十段下がっていただきます」

5

「……何を言ってる」

ひびが入るのがわかった。

挑発を受けても、からかわれても、計略にはめられても。それまで傷ひとつつかなかった椚先輩の牙城《がじょう》に、小さな亀裂《きれつ》が走っていた。

「もう十段？　何を言ってるんだ。ペナルティならたったいま消化して……」

「塗辺くーん」と、真兎の軽やかな声。「何かおかしなことある？」

「いえ。何もおかしくはありません」

「先輩はちょっとわかってないみたいだよ。ルールを確認してもいい？」

「どうぞ」

「たしかこうだったよね。『地雷が仕掛けられた段で立ち止まった場合、その地雷を〝踏んだ〟と見なす』。『相手の仕掛けた地雷を踏んだら〈被弾〉となる』。『〈被弾〉したプレイヤーはペナルティとして、即座にその段から十段下がる』」

「ええ。僕はそう言いました」

地雷が仕掛けられた段で立ち止まった場合――

即座にその段から十段――

「……あっ」

まるで、ハンマーを叩きつけられたみたいに。

亀裂が一気に広がり、鉄壁を誇っていた牙城が粉々に砕けた。

全身から汗が噴き出るときのプツプツという音が聞こえる気がした。椚先輩は強張《こわば》った顔で真兎を見下ろす。真兎は落ち着き払ったまま、女子高生離れした皮肉まじりの笑みを投げ返す。

「そうです先輩。このゲームは〝**連鎖爆破**〟が狙えるんですよ。一発目の地雷の十段下にもう一発仕掛けておけば、自動的に相手をはめられるんです」

真兎は四十二段目と三十二段目に地雷を仕掛けていた。四十二段目の地雷を踏んだ椚先輩はペナルティで十段下がり、三十二段目で立ち止まった。そして二発目の地雷を踏んだ……。

「馬鹿な」椚先輩の声が上ずる。「ありえない。そんな単純な手、なぜいままで……」

「気づかなかったのか？　しかたありませんよ。私が魔法の言葉を仕込んでおいたので」

「……魔法の？」

「さっき先輩が指摘したじゃないですか。地雷設置のときの一言ですよ」

　メモ用紙を受け取りながら、真兎が塗辺くんに尋ねた一言。

　――ねえねえ。この階段って、全部で何段？

「あの一言によって、先輩は私が階段の後半に地雷を置くつもりだと思い込みました。そしてこう考えたはずです。ならば自分は階段の前半に地雷を置こうと。なぜなら、後半に仕掛けたら私と数字がかぶる可能性があるから。数字がかぶったらその段は設置し直し。設置し直しになったら私が段を変えるかもしれず、自分だけが手にした敵の地雷の位置という情報が無駄になってしまう。先輩はそんな不合理なことはしません。性格上絶対にできません」

　真兎は一歩ずつ、言葉の奥底に踏み入ってゆく。

「そもそも前半の地雷にはメリットがあります。序盤で地雷にはめて差をつければ〈あいこルール〉で勝ちやすくなり優位に立てますから。実際、誘導するまでもなく前半に仕掛けるつもりだったでしょ？　まあ何はともあれ、先輩はそうやって階段の前半に意識を集中したわけです。視野が十〜二十段目に狭まれば、当然〝連鎖爆破〟は思いつきにくくなります。万が一思いついてそれを仕掛けられたとしても、十〜二十段目からの〝連鎖〟なら私の受ける被害は最小限で済む。スタート地点より下には下がれませんからね」

　先輩が話を理解したかどうかは定かでなかった。両手を真横に垂らしたまま、魂を抜かれたように微動だにしない。私と江角先輩も衝撃に打ち震えていた。

ゲーム開始直前を思い出す。私が「勝てそう？」と聞くと、真兎は「先輩がうまく地雷を踏んでくれればいいけど」と答えた。まだ始まってもいないのになぜ余裕綽々なのだろうと私はあきれた気持ちになった。

違ったのだ。

あのときすでに真兎は攻撃を終えていた。椚先輩は地雷を踏んでしまっていた。真兎の仕掛ける戦略に気づけないよう、その戦略を横取りされないよう、無自覚のうちに思考を誘導されていた。

――この階段って、全部で何段？

あの一言こそが地雷だったのだ。

「椚先輩」

三十二段目で立ち尽くしていた先輩に、塗辺くんが声をかけた。

先輩はみなまで言わせず、おぼつかぬ足取りで階段を下り始める。三十段目を過ぎ、真兎のいる二十七段目に近づいてゆく。

「まだだ」

プライドを持った男の、勝負をあきらめない声が漏れ聞こえた。

「二十七段と二十二段。まだ五段差だ。一ターンでも逆転できる。俺なら簡単に……」

言葉が途切れた。

椚先輩がそれに気づいたのは、真兎と同じ二十七段目に並んだ瞬間だった。

「い……射守矢」

真兎はもう軽口を飛ばさず、エスコートするようにうなずきかけた。悪魔に魅入られた先輩はふらふらと階段を下りていく。敵の名前だけをうわ言のように呼び続ける。

「射守矢……」

仕掛けた地雷は、全部で三発。

真兎の地雷はいくつ明かされた？　四十二段目に一発あった。三十二段目にも。もう一発は、四十五段目？

違う。真兎の最後の地雷はまだ階段のどこかに隠れている。

連鎖爆破は終わっていない。

「いもりやぁ……！」

屈辱を吐き出すようにうめきながら、椚先輩が二十二段目を踏んだ。


ボオン！


「椚先輩、〈被弾〉です。もう十段下がっていただきます」

真兎の予言どおり、一発逆転が起こっていた。

圧倒的優位に立ち、ゴール直前だった椚先輩。その彼が一気に三十段のペナルティを食らった。最終的に下がることになった位置は十二段目。対する真兎の位置は二十七段目。

両者の差は、

「じゅ、十五段差……」

「二人とも地雷は出尽くしてる。この先大きな逆転はない」江角先輩が呆然《ぼうぜん》と言った。「射守矢の勝ちだ」

差を縮めずにここまで来たのもわざとです。真兎はさっきそう言っていた。チョキを出しても疑われない状況を作りたかったのだと、そう明かしていた。

本当に、それだけの理由だろうか。

十二段目と二十七段目。ひょっとして彼女は、自分が序盤でつけられた十五段差を先輩にやり返すため、立ち位置まで計算していたのではないか——

「先輩、当日はカレー店〈ガラムマサラ〉にお越しくださいね」

真兎は椚先輩を振り返ることなく、私と、その先のゴール地点を見上げた。黄昏《たそがれ》色の空が、鳥居の朱色とまじり合うようだった。

「屋上で待ってますんで」

6

前庭で、女バスの部員たちがブレイクダンスを披露している。

校舎の壁には看板や風船が飾りつけられ、いつもより少しだけ面白味が増している。飲みものやパンフレット片手に行き交う人々。体育館の中から聞こえるバンドの演奏音。そしてひときわ高いこの場所には、食欲をそそる香りが漂っていた。

「盛況だな」

「あ」

レジ横で一息ついていると、新たなお客さんが来店した。「二名様ごあんなーい」と営業スマイルなしで言い、屋上を見回す。混む時間帯だが運よく二人席が空いていた。

「ほんとに来るとは思いませんでした」

「敵情視察だよ。てるてる坊主逆さに吊《つ》るしといたのに、晴れたなあ。残念だ」

「看板の結び方が悪い。風で飛んだらどうする。もっと補強しておけ」

縁起でもないジョークを飛ばす江角先輩と、小姑《こじゅうと》みたいな椚先輩。厨房スペースの真兎に声をかけると、相変わらずの身軽なステップですっとんできた。色白な肌にサリー風ドレスがやたらと似合っている。

「どうも先輩ようこそ〈ガラムマサラ〉へ。見て見てこの衣装ヤバくないですか。手作りですよ」

「カレーライスの普通盛りを二つくれ」

「先輩のことだからどうせ無難な注文をするだろうと思ってすでに用意してあります」

手際よくライス皿とカレー（例の銀色のランプっぽい容器に入っている）を並べる真兎。椚先輩は苦虫を嚙み潰したような顔になる。もはや微笑ましいなとか思いつつ私は江角先輩と話す。

「〈キリマンジャロ〉は繁盛してます？」

「オープンカフェじゃなくなったからな。去年よりは客が減ったけど、まあぼちぼち。さっき塗辺が来たよ。彼女と二人で」

い、意外な事実が判明した。人は見かけによらない。

「さあどうぞご賞味あれ」

真兎がカレーを並べ終えると、先輩たちはスプーンに手を伸ばした。二人同時にカレーをすくい、二人同時に「うん」と一言。

「……いかがですか」

「委員会に、来年から運営規則を変えるようかけ合ったほうがいいな」

「一理ある。屋上でしかこれが食べられないのは問題だ」

素直でない感想を述べ合ったあと、江角先輩は小さく噴き出し、椚先輩も口元を緩めた。私と真兎も顔を見合わせ、笑う。調理スペースから立ち昇る湯気が青空に溶けてゆく。

馬鹿と煙は高いところが好き。

しかしこの場所からの景色は、なかなかどうして馬鹿にできないのだった。

坊主衰弱

1

「『人生はゲームだ』なんてふざけたこと抜かすやつを信じちゃだめだよ」

下駄箱からローファーをひっぱり出す真兎は珍しく不機嫌だった。五限目の数学、橋本《はしもと》先生の雑談に出てきた一言がどうもお気に召さなかったらしい。

——受験に就活に子育てと、君たちにはこれからいろんなチャレンジが待っていますが、なんでも楽しまなきゃ損ですよ。人生はゲームみたいなものだから。

「真兎はそういう考え、好きそうだと思ったけど」

「え？　私が？　やだやだよしてよ鉱田ちゃん、むしろ嫌いかなそういうのは」

「なんで」

「人生はなかったことにできないじゃん」

昇降口を出る。七月の容赦ない日差しが私たちの肌を焦がす。

「ゲーム感覚で受験したって落ちたら一年無駄になるし、ゲーム感覚で子育てしたって成長した子どもは消せないし。だから人生はゲームじゃないの」

深いんだか浅いんだか、真兎の口元には酔っ払いじみた笑みが浮かんでいて、語られる言葉と同じくつかみどころがない。短く折ったスカートと腰に結んだカーディガンが尻尾《しっぽ》みたいに揺れている。制服の下からは赤系のブラが透けていて、男子とすれ違うたび視線を遮ってやりたくなる。もっと目立たない色にしなと毎日言ってるのだけど。

「じゃあ真兎にとって人生って何？」

「鉱田ちゃんって哲学科志望？」

「そうじゃないけど、真兎の人生観には興味ある」

「私にとっての人生は、鉱田ちゃんとサーティワンでアイスを食べることかな」

「マックにしない？　シェイク飲みたい」

「そういう人生もアリだね」

ボールを運ぶ野球部やストレッチ中の陸上部を横目に、グラウンドの端を歩く。練習を始めてもいないのに彼らの額には汗が光っていた。梅雨は明けたけど、夏休みまではまだ一週間ほどある。

校門に差しかかったとき、知り合いの姿を見かけた。

スクエア眼鏡をかけ、シャツのボタンをきちっと留めた男子――生徒会の椚先輩だ。先輩は門柱の前に立ち、周りには十人くらいの生徒が集まっている。全員女子だった。

「椚せんぱーい」真兎が声を投げた。「見せつけハーレムデートですか。やっぱ権力者はモテますね」

「射守矢か」先輩はこちらを見もしない。「今日は忙しいから話しかけるな」

「インスタに上げるからこっち向いてピースしてください」

「おまえはそんなのやってない」

「なんで知ってるんですか怖～」

堅物系三年男子にも動じないゆるだら系一年女子。五月、《愚煙試合》決勝のグリコ勝負で真兎は椚先輩を下した。それ以来こうしてフレンドリーな関係を築いている。のかどうかはよくわからないけど、とりあえず真兎は先輩煽《あお》りを日課にしている。

それにしてもこれはなんの集まりなのだろう。真兎のハーレムデート説は百パー外れていると思う。女子たちの顔は沈みがちで、ちょっと重い空気が漂っている。私の顔見知りは同じクラスの安木《やすき》さんと、二組の堀《ほり》さんと——あれ？　この人たちって、

「かるた部の人たち？」

たぶん全員そうだ。よく見ると部長の中束《なかつか》先輩もいた。

百人一首を用いた、いわゆる競技かるたの部活。漫画や映画の影響もあって最近メジャーになりつつあるので、私も競技名くらいは知っている。頬白高のかるた部はまだ創設四年目で、あまり強くはないみたいだけど。

かるた部と生徒会……いまいち、つながりが見えない。

「全員集まったな。行こう」

椚先輩は腕時計を見やり、校門の外へ歩きだした。女子十名もそれに続く。私は思わず椚先輩に「どこ行くんですか」と尋ねた。

「喫茶店だ」

「……ハーレムデート？」

「謝罪だよ」

鋼のような声に、小さなため息がまざった。

道すがら、中束先輩に話を聞いた。

私は知らなかったのだけど、駅向こうに〈かるたカフェ〉なる喫茶店があるのだという。競技かるたファンのマスターが始めた個人経営のお店で、歴代王者の写真が飾られていたり、名歌にちなんだメニューがあったり、かるたの練習スペースがあったりと、いま流行《はや》りのコンセプト喫茶の一種だそうだ。

近所にそんなお店があるなら行かない手はないということで、かるた部メンバーはそこを憩《いこ》いの場にしていた。部活後はときどきお茶を飲みに寄り、先月の地区大会（準々決勝敗退）の残念会も〈かるたカフェ〉を貸し切って行われた。

「そのとき、ちょっとマスターと揉《も》めちゃって……」

きっかけは部員のひとりがグラスを割ってしまったことだった。最初は軽く叱られただけだったのだが、そのついでに店の使い方や騒がしさにまで小言が及び、部員たち的には静かに使っているつもりだったので口論になった。かるた部の女子たちがマナー違反をするタイプだとは私にも思えなかった。どうもマスターが、もともと高校生にいい印象を持っていなかったようだ。

「私たちちゃんと謝ったんだけど、こう、ほら、よく怒ったあともブツブツ言い続ける人いるじゃん？　マスターもそんな感じでさ、ガキは店に来ないでほしい～みたいなこと言ってきてさ。そしたらこっちもほら、かっとさ」

「なりますね」

「なったのよ」

なってこじれてもつれまくった結果、

「全員出禁だって」

中束先輩は肩を落とした。出入禁止。体育会系ではときどき聞くけど、かるた部では全国初ではないか。いやほかの高校のかるた部なんて知らないけど。

「まあ私たちは出禁でもいいんだけど、来年入る後輩とかが使えなかったらかわいそうだし。だから一応、解いてもらいに行こうかなって」

中束先輩は遠慮がちに椚先輩を見る。不祥事の謝罪。なるほど、だから全員集合で、彼も同行しているのか。

「生徒会って大変なんですね」

「出禁の噂が広まれば頬白高の評判が落ちる。これも仕事だ」

ぶっきらぼうに返す先輩の手には和菓子屋の紙袋。社会人の風格だった。隣には彼からLINEを聞き出そうとして無視され続けているちゃらんぽらんがいるので、ますます差が際立って見えた。

「え、ていうかなんで私たちついてきてるの」

そのちゃらんぽらんに尋ねると、真兎はひょいと振り向いて、

「カフェなんでしょ？　お茶してこうよ。マックとサーティワンばっかじゃ飽きるし」

……さっき話していた人生はどこへ行ってしまったのか。

「なんでもいいが、こっちの話には首をつっこむなよ」

「第三者が取り持ったほうが話が円滑に運ぶかもしれませんよ」

「おまえはぬるぬるしすぎで役に立たん」

「そんな人をローションみたいに」

踏切を渡り、寂れた商店街の日陰をたどる。安木さんが私に顔を寄せてくる。

「ねえ、鉱田さんって射守矢さんの介添人だったんだよね」

私はうなずいた。介添人なんていうと結婚式っぽいが《愚煙試合》の話だ。馬鹿と煙の諺《ことわざ》になんだ、文化祭の屋上使用権の奪い合い。私は付き添いとして各試合に同行し、真兎の勝負を見届けた。

「射守矢さん本当に《愚煙試合》で勝ったの？」

「うん」

「どうやって？」

「……………」

答えられなかった。

真兎がどうして勝てたのか、実は私も不思議なのだ。微に入り細を穿《うが》つ計略でハメたのか、あるいはローションみたいに滑らせただけなのか。勝負強いことはたしかだけど、その強さの理由と根源が、私にはよくわからない。

わーい、とお気楽な声。真兎はとうとう根負けした椚先輩とＬＩＮＥのＩＤ交換をしているところだった。ついでだから私とも、と申し出ると、先輩はエイリアンから逃げきったあとプレデターに出くわしたような顔をした。

〈かるたカフェ　ＨＡＴＡＮＯ〉は雑居ビルの一階にあった。

なんとなく和テイストをイメージしていたけど、意外とそうでもなかった。以前はダイニングバーか何かだったのかもしれない、名残がある店内に二～四人がけのテーブル席がいくつか。壁には競技かるた関連の写真パネルやサイン色紙。入ってすぐの棚には希少っぽいものから学校とかでよく見るものまで、いろんな種類の百人一首の箱が飾られている。隅に四畳くらいの畳が敷かれていて、そこが練習スペースのようだ。お客はひとりもいなかった。椚先輩のことだから空《す》いている時間を狙ったのだろう。

奥には黒檀《こくたん》のカウンターがあり、その向こうに四十手前くらいの男の人がいて、店のお皿を拭《ふ》いていた。

〈ＨＡＴＡＮＯ〉のマスター、旗野《はたの》さん（さっき中束先輩に名前を聞いた）。髪をきっちりセットし、口の周りにひげを生やし、真鍮《しんちゅう》っぽい眼鏡をかけている。エプロンを取ってｉＰａｄを持たせればウェブライターとかでも通りそうだ。かるた部から得た先入観のせいかもしれないけど、こだわりが強そうな人に見えた。

「いらっしゃい……あれ、何？」

ぞろぞろ入ってきた高校生を見て、旗野さんは眉《まゆ》をひそめた。

「頬白高校生徒会の椚と申します。少しだけお時間よろしいですか」

「こんな大勢で来られてもね」

「あ、私ら普通にお客なんで無関係でーす」

二人席に陣取る真兎。私もこっそり座る。客と言われれば邪険に扱うわけにもいかず、旗野さんがメニューとお冷《ひや》を持ってくる。

私はあんみつとほうじ茶のセットを頼み、真兎はレアチーズケーキと瓶コーラを頼んだ。百人一首要素、どこにもないな。

旗野さんはカウンターの内側に戻り、注文品の用意を始める。椚先輩が本題に入る。

「先日はかるた部がご迷惑をおかけし、申し訳ありませんでした」

「ああ、いいよべつに。もう済んだ話だし」

「えっ」中東先輩の顔が輝いた。「じゃあ出禁は」

「いや、そうじゃなくて……もう決めちゃったことだから」

急に冷房が強まった気がした。マスターの手元からはカチャカチャと調理の音が聞こえる。作り手の愛情が料理の味を左右するなら、運ばれてくるあんみつはきっとすごく不味《まず》いだろう。

「部員はこのとおり全員反省しています。どうにか収めていただけませんか」

「悪いけどそういうわけには」

「あ、これはつまらないものですが」

「いらないよ。持って帰って」

「お、お願いします。私たち、このお店好きなんです」

「だったら僕にあんな口のきき方はしないんじゃないかな」

「あれはその、もののはずみで……」

あーだこーだと交渉が続く。話しているのは主に椚先輩と中東先輩で、ほかの部員たちはしおれた花みたいに後ろに控えている。下手《したて》に出る椚先輩というのは珍しくて正直ちょっと見ものだったけど、それ以上にいたたまれない。

旗野さんはどうやら難敵だった。声はあくまで穏やかで、怒っている様子はぜんぜんなく、淡々と謝罪をはね返している。お役人めいたその対応には、けれど嗜虐《しぎゃく》心のようなものが透けていた。中東先輩が頭を下げたとき、真鍮眼鏡の奥の目が一瞬細められたのを私は見た。それは相手の慌てぶりを楽しむ人の目。他人を言い負かすことに優越感を覚える人の目。未成年を端《はな》から馬鹿にしている大人の目だった。

その姿がカウンターの中に屈《かが》み、数秒消える。また現れたとき、彼は手に瓶コーラを持っていた。栓抜きで瓶を開けるとすべての用意が整ったらしく、私たちのテーブルにトレーが運ばれてきた。「ごゆっくり」と笑いかけられたが、ゆっくりしたくはなかった。

「真兎、さっさと出よう」

「えーなんで来たばっかじゃん外暑いし」

「空気悪いから。悪すぎるから」

「うんなかなかいける。ベリーソースが決め手だね」

嬉《うれ》しそうにチーズケーキを食べる真兎。私もとりあえずあんみつを一口。おいしかった。料理に愛情は関係ないようだ。

旗野さんはカウンターの内側へ戻る。椚先輩はさらに食い下がる。

「宣誓書も用意しました。これに部員の署名をするので……」

「しつこいな君らも」

「お、お願いします!」中束先輩は必死だ。「なんでもしますから」

「なんでもってなに? 土下座でもしてくれるの」

「ど……」

「冗談だよ」ひとりよがりな笑い声。「そんなのされても困るし。僕はただ、筋を通したいだけだから」

「そ、そこをなんとか……」

「悪いけど、帰って」

旗野さんは片手をドアのほうへ向け、そして笑顔のまま言った。

「僕はね、一度決めたことは曲げない主義なんだ」

何かが起爆剤になったように、

真兎がさっと顔を上げた。

フォークを口にくわえたまま、それまで他人事扱いしていたカウンターのほうを見る。イモリみたいに這《は》い回る視線が、旗野さんの頭から指先、背後の内装、かるた部のひとりひとりに至るまでを無遠慮に観察した。「真兎?」と私が尋ねる。真兎は返事の代わりにフォークの端を上下させる。

ぎい、と音を立てて椅子が引かれると、全員がこちらに注目した。真兎はチーズケーキの皿を持ったまま陽炎《かげろう》みたいに立ち上がり、かるた部員の中に割って入り、旗野さんと対峙《たいじ》した。

「な、何、君」

「いやー、いまどきの高校生はしつこくって困っちゃいますね」真兎はカウンター席に座る。「旗野さんでしたっけ。この人たち、さくっと追い返しませんか」

マスターの顔に警戒がにじんだ。無関係を自称していた頬白高生が突然乱入し、しかも自分に味方するようなことを言ってきたのだから当たり前だろう。あるいは透けた下着に戸惑ったのかも。

真兎は素知らぬ顔でコースターを手に取る。百人一首の絵札がプリントされている。

「百人一首がお好きだそうですね」

「そりゃ……まあね」

「じゃ、私と競技かるたで戦うってのはどうです?」

真兎はフォークで畳スペースを指した。

「読手《どくしゅ》はかるた部の部長さんにでも頼みましょう。旗野さんが勝ったらこの人たちは即退去。私が勝ったらそちらに少し譲歩してもらうってことで」

唐突な提案に旗野さんは目を剝《む》き、かるた部からもどよめきが生じた。私は慌てて席を離れ、真兎を止めに入った。

「真兎あんた、競技かるたとかできんの？」

「百人一首なら覚えてるよ。中二の授業でやったじゃん」

「ち、違うんだって。競技かるたってなんかそういうレベルじゃないっていうかもっと本格的っていうか……とにかく、素人《しろうと》が経験者に勝てるわけないんだって。ねえ？」

最後の「ねえ？」は安木さんへの問いかけだった。彼女は首が取れそうな勢いで何度もうなずいた。

私もネットやテレビでしか見たことないけど、競技かるたの激しさはなんとなく知っている。一字目が読まれた瞬間に飛びつくなんてのは当たり前で、複雑なテクニックや戦略もあって、自分が知っている百人一首とはぜんぜん違うのだ。いくら真兎でも野球少年がメジャーリーガーと戦うようなものだ、勝てるわけがない。

「そのくらい不利な勝負でちょうどいいじゃない、こっちはお願いする立場なんだからさ」真兎はカウンターに頰杖《ほおづえ》を突く。「どうです旗野さん。かるた、やりませんか」

子どもみたいな誘い方だった。重い空気が肩透かされ、私もかるた部員たちも呆然《ぼうぜん》とする。椚先輩と旗野さんだけが、真意を測るようにまなざしを強めた。

やがて旗野さんは、私のほうを見た。

「この子、ほんとに素人？」

今度は私がうなずきまくった。

「んー、素人をボコるってのもちょっとね……」旗野さんは頭の後ろをかき、「百人一首を使った別のゲームがあるんだけど、そっちはどう？」

提案を返してきた。真兎は意外そうに口をすぼめたが、すぐに笑みを取り戻し、先を促す。

旗野さんはまた私を見て、

「ねえ君。店の表のかけ札、〈CLOSED〉に裏返してもらえる？　集中してやりたいから」

私はドアまで行き、真夏日の中にちょっとだけ顔を出し、表のかけ札を裏返した。

「ありがと。あ、ついでにそこの棚から〈狸光堂《りこうどう》〉の百人一首を取ってもらえるかな？　一番上の段の右端のやつ……そう、それ」

ドアのそばにある棚から指定された箱を取る。〈狸光堂〉はメーカー名だろうか。ほかの箱よりちょっと厚めで、高級感がある。「ヘイ鉱田ちゃん」と真兎の手が伸びたので、渡した。真兎を経由し、箱は旗野さんの手に移った。

「うち、夜はお酒も出しててね。そのとき仲間内でときどきやるゲームなんだけど」

先ほどの調理と同じように、カウンターの内側で旗野さんの手が動く。箱のふたを開けるような動作。

「百人一首を使ってできる遊びは、かるたのほかにもうひとつある」

「坊主めくりですね」

梱先輩が言い、旗野さんはうなずいた。ああ、と私も思い出した。

坊主めくり。絵札の山を一枚ずつめくって、手札を増やしたり減らしたりする遊び。小さいころ祖父の家で一、二度やった記憶がある。大人がお酒を飲みながらやる姿は、想像しづらいけど

「普通の坊主めくりは運頼みの単純なゲームだけど」私の懸念を察したように、旗野さんは眼鏡を上げ、「これからやるのは違う。特殊なルールを足した坊主めくり。記憶力と判断力が試される頭脳勝負。名付けて——」

カウンターの上に、ふたを開けた箱が置かれた。

「《坊主衰弱》というゲームだ」

2

真兎は無言のまま、チーズケーキを一口すくった。白い欠片《かけら》が唇の隙間に消えていき、舌先がベリーソースを舐《な》め取る。考えごとのついでのようなその素振りは、傍目だとどこか淫靡《いんび》に見えた。

「ルールを聞きましょう」

「要は百人一首の絵札を使った神経衰弱さ。百人一首の絵札には、和歌と一緒にそれを詠んだ人の絵と名前も描かれてる……ってことは知ってるよね？　描かれた人の見た目には大きく分けて三種類ある。〈男〉と〈姫〉と〈坊主〉だ」

旗野さんは箱の中から札をつかみ取る。言葉に合わせて一枚ずつ選び、カウンターに並べていく。

男——〈紀貫之《きのつらゆき》　人はいさ　心もしらず　ふるさとは　花ぞ昔の　香ににほひける〉

姫——〈小野小町《おののこまち》　花の色は　うつりにけりな　いたづらに　わが身世にふる　ながめせしまに〉

坊主――〈西行法師《さいぎょうほうし》　なげけとて　月やは物を思はする　かこち顔なる　わが涙かな〉

〈男〉は烏帽子《えぼし》に黒髪、〈姫〉は長髪の女性、〈坊主〉は袈裟《けさ》に禿《は》げ頭で、はっきりと違いがわかる。

基礎知識を確認したあと、旗野さんはさらに五枚をカウンターに並べた。今度は全部裏だ。〈狸光堂〉の札は普通よりも分厚めで、色は綺麗《きれい》な萌葱《もえぎ》色をしていた。

「すべての札を裏にした状態で先攻・後攻を決め、交互に二枚ずつめくっていく。ペアをそろえれば自分の手札にでき、ボーナスでもう二枚めくれる」

旗野さんの手が端の二枚をめくった。中納言兼輔《ちゅうなごんかねすけ》と三条院《さんじょういん》。どちらも〈男〉だった。

「〈男〉のペアには特殊効果なし。ただ二枚とも手札にできるだけ」

また二枚めくる。和泉式部《いずみしきぶ》と大弐三位《だいにのさんみ》。どちらも〈姫〉。

「〈姫〉のペアは大あたり。二枚とも手札にできる上、その時点で捨て場にある札をすべて自分の手札に加えられる。ただし――」

最後にもう一枚、札がめくられた。素性《そせい》法師。〈坊主〉だ。

「〈坊主〉をめくってしまったときは一発アウト。自分がその時点で持っている手札をすべて捨て場に送らなければならない。手番も強制終了し相手側にターンが移る。たとえ一枚しかめくってなくてもね」

旗野さんは素性法師の札も含め、それまで自分が手にした札をすべて端に追いやった。そこが〝捨て場〟になるのだろう。

「これをすべての札がなくなるまで繰り返して、最後に手札が多かったほうの勝ち。どう？　簡単でしょ」

やるか、やらないか。旗野さんは穏やかに判断を迫った。真兎は彼でも札でもなく、カウンターに置かれた〈狸光堂〉の箱を見つめていた。

「射守矢」

椚先輩が何か言いかけたが、真兎は手を突き出してそれを制した。〈狸光堂〉の箱を手に取り、頭上にかざすようにして眺める。

「この百人一首、かっこいいですね」

「……べつに珍しい品じゃないよ、駅前のデパートにも売ってるし。ただ札の厚さや手触りが気に入っててね、《坊主衰弱》をやるときはよくこれを使うんだ」

「細かいルールを確認させてください」真兎は箱をカウンターに戻した。「〈坊主〉をめくっちゃったときは、そのめくった〈坊主〉も捨て場行きですね？」

「そのとおり」

「蟬丸《せみまる》はどっちに含めます？」

「〈坊主〉に。そうすれば〈男〉が偶数枚になって札が余らないからね」

よくわからなかったのでこっそり安木さんにレクチャーしてもらう。

百人一首の絵札は〈男〉が六十六枚、〈姫〉が二十一枚、〈坊主〉が十二枚。もう一枚、蟬丸という歌人の札があり、この人は禿げ頭に烏帽子をかぶっていて〈男〉にも〈坊主〉にも見えるのだという。そのため地域によって〈男〉に含めたり〈坊主〉に含めたりといろいろなのだが、今回は〈坊主〉側ということだろう。

……ていうか〈男〉って六十六枚もあるんだ。なら普通の神経衰弱と違って、

「かなりペアを作りやすくなると思いますが」真兎が私の思考をなぞるように言った。「ひとつ

ペアを作って、続けてもう二枚引いて、またペアができたら？　さらに二枚引けるんですか」

「いいや、ボーナスは一度まで。一ターンでめくれる札は最大四枚だ。……やってみるとわかるけど、ボーナスなんてないほうがいいってきっと思うよ」

「二枚ずつペアで引いていくと、〈姫〉は二十一枚なので一枚余りますね」

「その一枚は、最後に引いた側がもらっていいってことにしてる。でも今回は気にしなくていいよ。百枚全部だと時間かかっちゃうから、半分の五十枚くらいで……」

「百枚でやりましょう」

真兎が声をかぶせた。きょとんとした旗野さんをよそに彼女はチーズケーキの塊を頬張る。皿は空になった。

「ついでにもうひとつルールを足していいですか」

皿を脇にどけ、空いた空間を埋めるように、真兎の笑顔が旗野さんに近づく。

「負けたら譲歩ってのも曖昧《あいまい》ですからね。ゲーム終了時、私の手札十枚につき一人ずつ出禁を解いてもらうってのはどうです？」

……え？

私たちはその言葉の意味を少し考え、次の瞬間血相を変えた。それまで静かにしていた中束先輩が、慌てて真兎の肩を揺すった。

「い、い、射守矢さん？　かるた部って十人なんだけど」

「知ってます」

「百人一首って百枚なんだけど」

「でしょうね」

「でしょうねって……射守矢さん、そしたら百対ゼロで勝たなきゃいけないんだよ？」

「百対ゼロで勝ちます」

未来を一度見てきたような、自信に満ちた答え方だった。

あきらめた中束先輩と入れ替わりで、今度は椚先輩が顔を寄せる。ポーカーフェイスにわずかな不安がにじんでいる。

「射守矢。わかってると思うが」

「わかってます」

「……勝てるのか」

「大好物です」

応じる間も、真兎の顔はずっとマスターへ向けられていた。誘い込むような笑みをしばらく見つめたあと、旗野さんはため息をついた。

「OK、そのルールでいいよ。ただし、決着後にごねたり泣きついたりしないこと」

「もちろんです。じゃ、準備をお願いします」

旗野さんは絵札をいくつかの山にまとめ、慣れた手つきでシャッフルし始めた。

切り終えた先から、札がカウンター上に伏せられていく。神経衰弱でよくある上下左右バラバラな並べ方ではなく、百人一首風の規則的な並べ方だった。すでに勝負が始まっているかのように、真兎はその様子をじっと眺めていた。何考えてるんだろう？　黒檀のカウンターには光沢もないので、凝視したところで伏せられる札の表面《おもてめん》が映ったりとか、そんなことは期待できなそうだけど。

私は待ち時間を謝罪に使うことにした。椚先輩に近づき、小声で話しかける。

「な、なんかすみません。なぜかこんなことに」

「射守矢はかるた部に親友でもいるのか」

「いや、特にそんなことは……」

「お人好《よ》しなやつだな」

壁に寄りかかる椚先輩。その目は真兎と同じく、並べられる札に集中している。

「このゲーム、椚先輩はどう思います？」

「〈姫〉をどう温存するか、だろうな」

ルールを聞いたばかりなのに、もうゲームの肝がわかっているらしかった。

「〈男〉ペアを地道にそろえることはたいして重要じゃない。公開された〈姫〉の位置をよく覚えておき、捨て場に札が溜《た》まったタイミングを狙い〈姫〉ペアをそろえる。そして一挙に大量の手札を得る。これが必須《ひっす》だ」

「あ、なるほど……」

捨て場の札をすべてゲットできる〈姫〉。強い効果があるからこそ、捨て場に二、三枚しかないタイミングで〈姫〉をそろえてしまうともったいない。だから捨て場に札が溜まるまでは、位置がわかっていても〈姫〉にあえて手を出さない、という戦略が生じる。相手もそうしてきた場合どちらが先に痺《しび》れを切らすか、一種のチキンレースみたいになるかもしれない。

「だが、とにかく〈坊主〉がやっかいだ。めくった瞬間アウトということは位置を把握するための手がかりがないということ。未公開札には常に〈坊主〉のリスクがつきまとう。現状何枚が掃け何枚が残っているのか、〈坊主〉のカウンティングも重要になってくる。蟬丸含めて十三枚ならそれほど難しいことじゃない」

坊主のカウンティング……初めて聞く単語の組み合わせだ。

「まあ、まともな勝負ならの話だがな」

「……？」

よし、という旗野さんの声でカウンターに意識が戻った。二十枚ずつ五列、百枚すべてが綺麗に並べられ、準備が整ったようだった。

「じゃあ始めようか。先攻後攻、選んでいいよ」

後攻、と私は念じた。先攻がミスった札の位置がわかる分、神経衰弱は後攻有利だ。真兎も当然そちらを――

「先攻で」

ずっこけそうになった。

かるた部のみなさんも不安げに視線を交わす。噴き出すのをこらえるように旗野さんの顔が歪《ゆが》み、では君からどうぞと手で促す。真兎の指先がのろのろと伸び、私はつばを飲み下した。黒蜜《くろみつ》の味がした。

エアコンのうなる喫茶店内。エプロン姿で立つマスターと、椅子に座ったただらしない少女。両者を隔てるカウンター上には、スイーツでもコーヒーでもなく、萌葱色の札が百枚。

場所からルールから賭《か》けの報酬まで、すべてが奇妙な坊主めくりが始まった。

3

真兎が最初にめくった札は〈男〉だった。藤原義孝《ふじわらのよしたか》。

さらに指をさまよわせ、対角線上の区画にある一枚をめくる。安倍仲麿《あべのなかまろ》。また〈男〉だ。

「よっし！　よしよし！」

真兎はガッツポーズを取り、めくった二枚を自分の手札にした。半分以上は〈男〉札だから、確率的には普通なんだけど……。

「ペアを作ったらもう二枚引けるよ」

「おっとそうでしたね」

揚々とボーナスタイムに入る真兎。が、その意気はすぐに落ちた。扇子で顔を隠すみたいに二枚の手札を額にかざし、じっと考え込んでしまう。そこでようやく、さっき旗野さんが言っていたことの意味がわかった。

——やってみるとわかるけど、ボーナスなんてないほうがいいってきっと思うよ。

そのとおりかもしれない。

なぜなら、いつ〈坊主〉にあたってしまうかわからないから。いまの真兎は地雷原で宝探しをしているようなものだ。より多くの札をめくれるということは、手札を増やすチャンス以上に、手札全喪失のリスクを孕《はら》んでいる。

真兎は慎重に手を伸ばし、地雷原から札をめくった。伊勢《いせ》。続けて三条右大臣《さんじょうのうだいじん》。〈姫〉と〈男〉だった。ある意味、ほっとする。旗野さんが素早く手を伸ばし、真兎のミスした二枚がまた伏せられ、ターンが移った。

「じゃ、次は僕だね」

旗野さんはまず、たったいま真兎が取り損ねた三条右大臣をめくった。上下の向きを変える形でくるっと縦に裏返す真兎と違い、旗野さんの裏返し方は本のページをめくるような横方向のものだった。続いて三枚隣の札をめくる。大納言経信《だいなごんつねのぶ》――〈男〉。首尾よくペアができた。

ところがボーナスの一枚目で、

「おっと」

前大僧……ええと、前大僧正慈円《さきのだいそうじようじえん》？　をめくってしまった。旗野さんのめくり方だと、札がこちらから見て上下逆になるので、長い名前は読みづらい。でもとにかく、赤い袈裟につるっとした頭の人物。〈坊主〉だ。

「あーあ、やっちゃった。幸先《さいさき》が悪いなあ」

苦笑しつつ、二枚の手札に〈坊主〉を足した三枚が捨て場に追いやられた。でも、これもある意味幸運といえるかも。何十枚も手札があるタイミングで〈坊主〉にあたるよりは、いまみたいなほうがずっと――

私の思考が止まった。

友人の奇行に気づいたからだ。真兎はカウンターの下、旗野さんから見えない位置で、こっそりスマホをいじっていた。自分のターンを迎え「うーん」と悩む間も、片手で高速タップを続ける。勝負中に何やってんの？

数秒後、私のスマホからＬＩＮＥの着信音が鳴った。少し遅れて、椚先輩のポケットからもバイブレーションが聞こえた。

数歩あとずさり、こっそり通知を開く。〈いもりや　まと〉からだった。

〈鉱田ちゃんへ
おねがい①

・椚先輩が帰ってきたら鉱田ちゃんは私の二つ左のカウンター席に座ってください。
・そして私が鼻の頭をかいたら瓶コーラを注文してください。
おねがい②
・以下の指示をかるた部全員に回してください。
『勝負中に射守矢真兎がどんな行動を取っても、絶対に驚いたり動揺したり声に出したりしないこと』

これ鉱田ちゃんも厳守で。よろしく〉

「……？」

送信者のほうを見る。真兎はカウンターの上で「どーれーにーしーよーうーかーな」をやっていて、私に連絡した素振りなんてまるで見せていなかった。

秘密裏に進めてほしいということだろうか。でも最初の一行から意味がわからない。椚先輩が帰ってきたらって、何？

「すみません」唐突に、椚先輩が言った。「学校に忘れ物をしてきました。すぐに戻ります」

和菓子屋の紙袋を持ったまま、早足で店を出ていく。

少し迷ってから、私も先輩を追った。ドアベルの音がけたたましく鳴ったが、旗野さんもかるた部の面々もゲームに集中していて、私たちには何も言ってこなかった。

先輩はすでに走りだしていた。は、速い。

「く、椚先輩？　どこ行くんですか」

「電話しろ！」

先輩はそれだけ言い残し、角を曲がって消えた。

立ち止まってる時間がないから聞きたいことがあったら電話しろ、という意味だろうと察し、さっき交換したばかりのＬＩＮＥで通話を試みる。三コールで先輩が出た。

『なんだ』

「いやその、どこ行くのかなって」

『射守矢からの指示だ。調達するものがある』

電話越しの息は早くも切れ始めていた。やはり先輩にも真兎から個別の「おねがい」が来ていたようだ。

「さっきＬＩＮＥ交換しといてよかったですね」

『もう切るぞ』

「あっ待って待って、私にもなんか変な指示来たんですけど」

『なんだろうが聞いてやれ。いまのままじゃ射守矢は百パーセント勝てないからな』

「え？」

『あのゲームはイカサマだ』


信号待ちに差しかかったらしく、先輩の息切れが止まった。私はカフェの前で携帯を耳にあてたまま、ぽかんと口を開けていた。

『おまえさっき、店主の指示をいろいろ聞いただろ。妙に思わなかったか？　閉店中の札なんてものは店主が自分でかけ替えるのが普通だ。それにどの百人一首でもゲームはできるのに、やつはメーカーと箱の場所まで正確に指定した。こだわりがあるならカウンターを出て自分で取ったほうが簡単なのに、わざわざおまえに取らせた』

「……言われてみれば」

『射守矢は妙に思ったんだろうな。おまえから箱を受け取ったとき、あいつが箱の下の角にベリーソースをつけるのを俺は見た』

「ソース……チーズケーキの？」

ぜんぜん気づかなかった。でもたしかにあのとき、私は真兎に箱をパスした。真兎が「ヘイ鉱田ちゃん」と手を伸ばしてきたから。

『もちろん微量だがな。そのあと箱がどうなったか思い出してみろ』

あの箱は旗野さんの手に渡り――そして一度、彼の手元に消えた。カウンターが邪魔になり、私たちの視界からは箱が隠れた。

次に現れたとき、箱はふたが開けられていて。真兎はその箱を手に取り、下から覗き込むように眺めていた。

『現れた箱の角にソースはついていなかった。ということは、カウンター内で箱がすり替えられた可能性が高い』

「カウンターの内側に同じ箱がもうひとつあった……ってことですか？」

『そう。やつの常套《じょうとう》手段なのだろう。口実をつけて客を棚のほうへ行かせ、ついでを装って箱を取らせる。自分たちで取ったという記憶が妨げになり、客の頭にはフェアが印象付けられる』

でも実際には、カウンターの内側で箱がすり替えられている――

『すり替わった箱の絵札にはおそらく細工が。店主は仲間内でよく遊ぶとも言っていた。大方《坊主衰弱》で賭けでもやってるんだろう。確実に勝ち、仲間から小金を巻き上げるためのイカサマゲーム。酒の席ではありがちな話だ』

だから先輩は真兎を止めようとしたのか。「わかってると思うが」は箱のすり替えを指した言葉だったのだ。

「でも、細工ってどんな」

『あのシチュエーションからならほぼ絞れる。たぶん札の側面だ』

信号が青に変わったらしく、駆けだす音と「通りゃんせ」のメロディーが聞こえた。

『〈狸光堂〉の札は通常より分厚く、側面に印をつけやすい。それに札はすべて同じ方向——俺たちから見て上下が逆さになる向きで並べられていた。したがってゲーム中、基本的に札の下側の側面は店主からしか見えない。客側が手札にした場合でも普通は札を下から覗《のぞ》き込んだりしない。おそらくその下側の側面に、よく見ないとわからない程度の点や傷が刻まれている。〈姫〉なら一つ、〈坊主〉なら二つといった具合にな。二ターン消化して射守矢も同じ結論に達したようだ』

ゲーム開始前。真兎と椚先輩は札の並べ方を不自然なほど注視していた。

最初のボーナスタイムのとき。真兎は考え込みながら、手札にしたばかりの二枚を額にかざしていた。まるで札の下を覗き込むように。

それに、札のめくり方。旗野さんのめくり方が横方向なのに対し、真兎のめくり方は縦方向だった。縦にめくれば札の上下が逆になるので、真兎にも下側の側面が確認できる。真兎がミスしたとき、素早く手を伸ばして札の向きを戻したのは？　旗野さんだ。思い返せばいろいろと、水面下で行われていた攻防が見えてきた。

真兎があえて先攻を選んだのもこのためかもしれない。一刻も早く各札の側面を確認し、イカサマを確かめる必要があったから——

『カウンターを挟んだ勝負、というのがミソだ。カウンター内は店主の領域だから客は心理的に入りづらい。相手に後ろに回り込まれたり、ふところの中を確かめられる心配はない。カジノならバレるようなイカサマでもあの店内でなら通る』

「じゃ、旗野さんには絵札の種類が全部……」

『見えてるだろうな』

ひとけのない通りに私の叫びが響いた。

ずっるう、という声が。

「なんですかそれめっちゃずるいじゃないですか！　止めましょうよそんな勝負！」

『射守矢は止める以外の方法で勝つつもりのようだ。……着いた。もう切るぞ』

通話が終わった。着いたって、どこに？　勝つって、どうやって？　スマホの画面には頬の汗が移っていて、私はブラウスの端でそれを拭いた。

〈CLOSED〉のドアを開け、冷房の中に戻る。

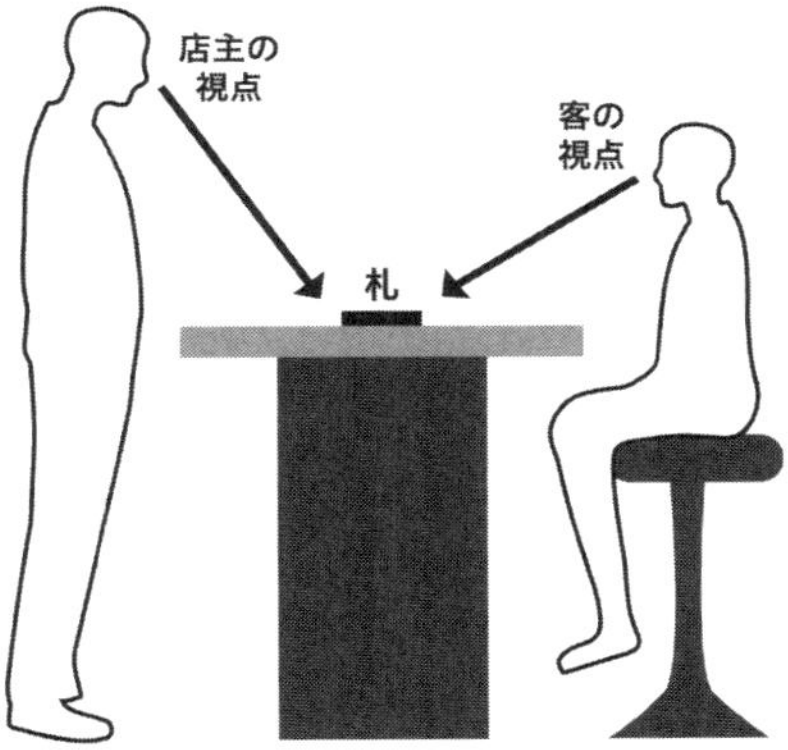

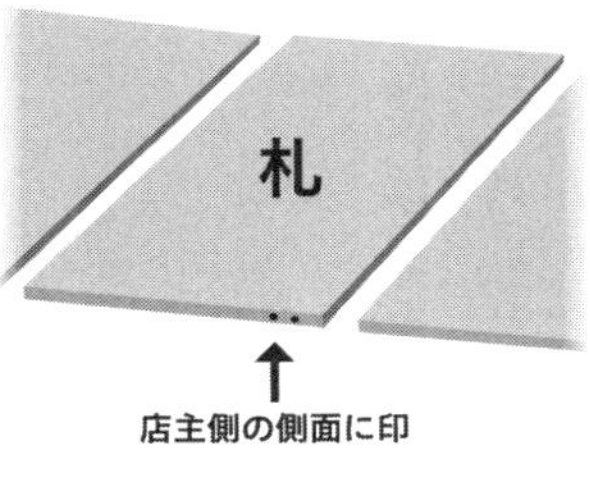

ゲームは順調に進んでおり、三分の一くらいの伏せ札が減っていた。安木さんが寄ってきて現状を教えてくれる。

「いま射守矢さんの番。勝ってるよ。マスターもう三回も〈坊主〉引いててさ、運悪いみたい」

真兎の手札は十枚ほど。対する旗野さんの手札は四枚で、捨て場には二十枚弱が溜まっていた。

真兎はのんびりした動作で札をめくる。清原元輔《きよはらのもとすけ》、小式部内侍《こしきぶのないし》。〈男〉と〈姫〉のミスで、ターンが移る。

「〈姫〉はたしかさっきも出てたな。ええと、どこだっけ……」

旗野さんはひげを撫でながら、中央付近に片手を伸ばす。さまよう指が引きあてたのは——喜《き》撰《せん》法師。〈坊主〉だった。

「うわあ」と、彼はうめいた。「マジか。やばいな、今日はついてないぞ……」

手札プラス坊主の五枚が捨て場へ送られ、真兎とさらに差がついた。旗野さんは困ったように額を押さえ、かるた部の面々からはくすくす笑いが漏れる。

私の目には、さっきまでとはまるで違った景色が映っていた。

旗野さんにすべての札が見えているなら、いま〈坊主〉をめくったのはわざとで、悔しがるのもただの演技だ。彼はやろうと思えば〈坊主〉を一枚もめくらずに勝つことができる。でも、それだと「運がよすぎでは？」と相手や周囲に怪しまれてしまう。だからゲーム中、ある程度〈坊主〉を引く必要がある。

どうせ引くなら、ゲーム序盤に連続して引くのが一番よい。手札もあまり溜まってないからダメージが少ないし、中盤以降に自然な形で逆転もできる。何より、相手や周囲に「運が悪い人」という印象を刻むことができる。そうしておけばゲーム終盤、〈坊主〉を一枚もめくらず勝つというミラクルが起きても、たいして疑念を持たれることはない。前半の揺り戻しがきたのかな、ツキが回ってきたのかなと、そんなふうに思われるから――

いつの間にか頬がまた汗ばんでいた。やっぱり旗野さんはやり慣れている。このゲームと、この不正を。

とりあえず私は、安木さんに真兎からの〝おねがい②〟を送ることから始めた。文面はすぐかるた部のグループLINEに共有されたらしく、全員がいぶかしげな顔で勝負を見守るだけになった。

真兎はまた頬杖をついている。その手からも頬がなかばずり落ちて、手首でなんとか支えている、みたいな状態。昼休みにスマホをいじっているときと何も変わらぬ姿に思えた。イカサマに気づいていると椚先輩は言ってたけど、本当にそうなのだろうか。何が起きても絶対驚くなと指示にはあったけど、何をするつもりなのか……。

答えがわかったのは十分後で、私は思わず声を出しそうになった。

4

〈かるたカフェ〉のマスター旗野には、ささやかな夢があった。

店を上質にすること。金を稼ぎ、内装やメニューを凝ったものにし、テレビやネットで採り上げられ、競技かるたの選手や、引退した名人や、読手や作家や歴史家――業界の著名人に訪れてもらう。やがて彼らは常連となり、あたたかな日差しが降り注ぐ朝、ドアベルを鳴らした彼らを旗野は笑顔で出迎える。この店はかるたの新たな聖地となる――

そのビジョンには、あそびでかるたをやっているだけのキャーキャーうるさい近所の女子高生なんて、もちろん含まれていない。

時計を見る。四時三十分。掃除や料理の仕込みもあるのに、心底無駄な時間だった。やはり五十枚勝負にしておけばよかった。

何枚だろうと、僕が勝つことは決まっているのだから。

「どーれーにーしーよーうーかーな」

カウンターに伏せられた札は残り三十枚ほど。勝負を持ちかけてきた射守矢とかいうちゃらけた女子は、毎ターンごとにうなったり祈ったりしてめくるのに時間をかけていた。札の位置を覚える気もあまりないらしい、見た目どおり頭が悪い。

両者の手札は射守矢が四十枚、旗野が二十枚、捨て場の蓄積は十枚弱。依然射守矢がリードしている状況。だが、これはフェアに見せるための演出だった。数ターン前から旗野は〈坊主〉を取ることを避け、射守矢の自爆を待っていた。

そしていま、地雷は踏まれようとしている。天の神様が選んだその右から二番目の札は〈坊主〉だ。旗野にはちゃんと見えている。

めくられたのは道因《どういん》法師だった。

思ひわび　さてもいのちは　あるものを　憂きに堪へぬは　涙なりけり――想い人のつれなさに、耐えきれずこぼれた涙を詠んだ歌。

射守矢は「あらま」とつぶやき、ギャラリーはがくりと肩を落とした。四十枚の大量蓄積が捨て場へ送られる。

「あはは、残念だったね。さて、〈姫〉はたしかこのへんにあったはず……」

軽快に言いながら旗野は選択する。札ではなく、この先のゲームの展開を。

坊主はいまので十枚目、場には残り三枚。自分もすでに何度か引いたし、これ以上は引かなくても怪しまれまい。〈姫〉ペアを取り、勝ち逃げ状態に入るとしよう。

そう、旗野にはすべてが見えていた。

〈姫〉と〈坊主〉の札の下側の側面に、札の色とほぼ同じ深緑のマーカーで、小さな点を打ってある。〈姫〉には一つ、〈坊主〉には二つ。これによって〈男〉〈姫〉〈坊主〉全種類の位置と残り枚数を把握できている。

札の下側はすべて旗野を向く形で並べられているので、射守矢からは基本的に見えない。目に入るとすればめくった瞬間くらいだが、その一瞬で気取《けど》られる心配はない。知っている者にとっては一目瞭然《りょうぜん》だが、知らなければ絶対に気づけない――そんな絶妙な差異なのだ。

旗野は毎回この方法でゲームに勝ち、仲間から金を集めていた。ステップアップのための必要悪。今回の勝負も目的は同じで、邪魔なガキどもを追い払うためだ。

萌葱色の海の上で指を漂わせる。ふと、何年も前の記憶がよみがえった。学生選手権の一回戦。あたったのは無名の高一で、背後で祈るようなポーズを取る友人たちが目障りだった。大学四年で部のエースでもあった旗野に負ける要素はなかった。なかったのだ。なのにどうして、あんな、ガキのくせに――

カラン、とドアベルが鳴った。

椚とかいう生徒会の男子が戻ってきた。忘れ物を取りにいくとか言っていたか、走って往復したらしく汗だくだった。彼はすぐこちらに来て、射守矢の後ろからカウンターを覗く。

「戦況は」

「残り二十九枚です」

自軍絶対不利の状況だったが、椚はなぜかほっとしたように息を吐き、射守矢の右手側のカウンター席に座った。ふと気づくと、射守矢の友人らしき女子も二つ左に座っていた。旗野は内心で舌打ちする。座るなら何か注文しろよ。

「えーと、〈姫〉は……たしかこれだ」

二列目、左から五枚目。点が一つ打たれた札をめくった。二条院讃岐《にじょういんのさぬき》。当然〈姫〉だ。

「よしよし。そしてもう一枚が……これだったかな」

三列目、右から八番目。紫式部《むらさきしきぶ》。これも数ターン前に一度めくられた札なので、幸運を演出する必要はなかった。

できた〈姫〉ペアと捨て場の五十枚が、すべて旗野の手に渡る。これで差は、約七十対ゼロ。かるた部の女子たちはぽかんと口を開け、椚は硬い表情で、射守矢は薄く笑っていた。百対ゼロで勝ちます、と宣言したゲーム開始前と同じように。

ブラフスマイルという言葉が頭をよぎり、旗野も頬を緩ませた。こちらは見かけ倒しではなく、心底からの嘲笑《ちょうしょう》だった。

十枚ごとに出禁解除？　百対ゼロで勝つって？

おまえには十枚だって取らせてやるもんか。


「よーし、取った！」

五分後、陽気な射守矢の声が店に響いた。だが喜んでいるのは本人ばかりで、周囲には虚《むな》しさが漂っている。彼女を応援する立場の高校生たちは、轢《ひ》かれた猫でも眺めるような顔をしていた。

このターン、射守矢は二連続で〈男〉ペアをそろえ、手札を四枚から八枚に増やした。伏せられた札は残り六枚。捨て場の札は四枚。

旗野の手元には残りの八十二枚があった。

「そろそろ大詰めだね」

旗野は伏せ札同士の間を詰め、六枚を横一列に並べる。

「……ま、もう勝敗は決まったようなものだと思うけど」

「そうですね。たぶんもう詰んでます」

あっけらかんと返す射守矢。自信満々だったのに、勝負を投げてしまったのだろうか。どちらにしろ百人一首に投了はない。

「じゃあ僕の番だね」

旗野は眼鏡をかけ直し、六枚の札にさっと目を走らせた。

左から数えて一枚目に印が二つ。二、三、五枚目には印が一つ打たれていた。

つまり、左から順に〈坊主〉〈姫〉〈姫〉〈男〉〈姫〉〈男〉の並び方。

内訳は〈姫〉三枚、〈男〉二枚、〈坊主〉一枚。作れるペアは〈姫〉と〈男〉が一組ずつ。通常の手番とボーナスで最大四枚引けるので、どちらもこのターン内に取りきれる。このうち右端の〈男〉だけは先ほど一度めくられていて、たしか源重之《みなもとのしげゆき》だったはずだ。それなら——

旗野は方針を決めた。

まず〈男〉ペアをそろえる。続くボーナスタイムで〈姫〉ペアをそろえ、捨て場の札もろとも自分のものにする。一枚目以降は幸運を装う必要があるが、この残り枚数なら確率的にも充分ありえるし、違和感は持たれまい。

そして射守矢の最終ターン、残りは〈坊主〉一枚と半端に余った〈姫〉一枚。どう足掻《あが》いても彼女は〈坊主〉をめくらざるをえず、必死に集めたわずかな手札すら捨て場へ送られることになる。そのままゲーム終了。旗野の手札は九十枚。射守矢の手札は最終ターンにおなさけで得る〈姫〉が一枚だけ。

圧倒的勝利だ。

「あの、すみません」

満を持して札を引こうとしたとき。射守矢の二つ隣のカウンター席に座っていた、ショートヘアの女子が手を上げた。

「瓶コーラ、いただけますか。なんか喉渇《のど》いちゃって……」

「……ああ」

かるた部や棡からの注文なら断っていたが、この女子は一応「客」として入ってきた子だ。店主としては断るわけにいかなかった。コーラなら用意も簡単だ。

旗野はカウンターの下に屈み、ドリンククーラーの扉を開け、コーラを一本取り出した。立ち上がり、栓抜きで瓶を開け、グラスと一緒に女子の前に置いた。五秒とかからなかった。「どうも」と言い、女子はコーラを注ぎ始める。伝票を書くのは決着後でいいだろう。どうせあと一分で終わる。

カウンター上に視線を戻す。六枚の萌葱色の伏せ札。旗野は改めて指を伸ばしかけ――異変に気づいた。

札の並びがさっきと違う。

左から一～三枚目に印が一つ、四枚目に二つ。五、六枚目にはなし。

〈姫〉〈姫〉〈姫〉〈坊主〉〈男〉〈男〉の順になっている。

旗野ははっとして射守矢を見た。彼女は卒業式みたいに行儀よく座り、旗野からは目をそらしていた。疑念が確信に変わった。

こいつ……札を並べ替えやがったな。

僕がカウンターから目を切った隙に、数枚の場所を入れ替えたのだ。あるいは札をめくり、表の絵柄を確かめすらしたかもしれない。僕をミスらせ、次ターンで逆転できるように。追い詰められた末のイカサマか。なんて狡《ずる》い小娘だ。

だが、怒りよりも滑稽《こっけい》さを覚えてしまう。

並べ替えたところで意味なんてないのだ。旗野にはすべての札の位置が見えているのだから。札を覗いたところで無駄なのだ。次のターン、射守矢がめくれる札は二枚しか残らないのだから。

口を手で覆い、笑いをこらえる。不正は指摘せず進めることにした。そもそも気づけた理由をひねり出すのが面倒だ。〝方針〟も最初のままでいい。たまたま同種の札と並び替えてしまったのだろうが、右端の一枚は先ほどと同じく〈男〉だった。ならば結果は変わらない。

「じゃ、引かせてもらうね。たしかこれが〈男〉だったはず……」

まず右端、印のついてない一枚を引いた。

天智天皇《てんじ》。〈男〉。

予想どおり別の札に変わっている。おや？　これは源重之だと思ったけど、おかしいな――わざと驚く素振りをしてから、その一枚隣、印なしの札に手を伸ばす。

「私、こないだ文化祭でカレー屋をやりましてね」唐突に射守矢が話しだした。「生徒やら保護者やら、おかわりしまくる友達とか文句が多い先輩とか老若男女いろんな人がお店に来まして、大変だったけどでも賑やかで楽しくて、お店ってけっこういいな～なんて思ったんですけど。旗野さんのカフェはちょっと排他的みたいですね」

「……なに？　いまさら泣きついたって無駄だよ」

「そんなつもりじゃないですよ。ただ、旗野さんの人生観に興味があるんです」

「僕は理想の店を作りたいだけさ」

「理想の店」

「そう。上質な空間とそれに見合ったお客が、豊かな時間を過ごせる店」

喫茶店のマスターにふさわしい穏やかな笑みを浮かべたまま、旗野は射守矢に顔を寄せる。彼女だけに聞こえる程度の小声で、囁《ささや》く。

「僕の理想に」

札に指をかけ、

「ガキはいらないんだよ」

くるりとめくった。


〈夜もすがら　物思ふころは　明けやらで　閨《ねや》のひまさへ　つれなかりけり〉

俊恵《しゅんえ》法師。

黄緑色の袈裟をつけて、数珠《じゅず》を持った、禿げ頭の人物だった。


「……は？」

旗野は笑顔のまま、しばらくその札を見つめ、

「はああ!?」

挽《ひ》きつぶされた珈琲《コーヒー》豆のように目鼻を崩壊させた。

〈坊主〉? 〈坊主〉だ。なぜ? 意味がわからなかった。ちゃんと右から二番目をめくったのに。印のついていない札を選んだのに。

「あーあ、やっぱり詰んでましたね」

呆然自失の旗野のかわりに動いたのは射守矢だった。彼の陣地から八十二枚の手札をまとめ、俊恵法師と一緒に捨て場へ送る。天智天皇を裏返し、勝手に自分のターンを始める。

「残り五枚か。どれにしようかなあ、じゃあこれとこれ、と」

先ほど旗野がめくったばかりの天智天皇と、その左隣の印が二つある札がめくられた。源重之。〈男〉だった。

「おっ、ラッキー。〈男〉ペアですね。じゃあボーナスでもう一枚、と」

兎のように遊ぶ指が、さらにその横の一枚をめくる。右大将道綱母《うだいしょうみちつなのはは》。続いてその横の一枚。清《せい》少納言《しょうなごん》。

「〈姫〉のペアです。残りの伏せ札一枚は最後に引いた人がもらっていいルールでしたね? じゃ、これも全部いただいてと」

めくられた〈男〉と〈姫〉計四枚が、残り一枚の余分な〈姫〉が、そして捨て場の八十七枚が。すべての絵札が厳正なルールにのっとって、射守矢の手に移る。もともと彼女が持っていた八枚と合わさり、完全な山札が形成される。

「はい、これでゲーム終了。百対ゼロで――」

射守矢は先ほどのお返しのように身を乗り出し、

「私の勝ち」

ねっとりと、旗野に笑いかけた。

旗野は何も言えなかった。起きたことが理解できず、頰をつねる気力すらなく、エプロンの肩《かた》紐《ひも》が片方ずり落ちていた。

その紐を直してやりながら、射守矢はとどめのようにつけ足した。

「最初の取り決めどおり、十人分出禁を解いてもらいますね。一度決めたことは曲げない主義、でしたよね？」

5

あんみつの残りを食べ損ねたことに、お店を出てから気づいた。

かるた部のみなさんとは駅前で別れた。学校に戻って少し練習していくという。かるたカフェ今後も行くんですか、と尋ねたら、どうだろねえと笑われた。でも出禁になったから行かないのと自分たちの意思で行かないのとでは、大きな違いがあると思う。

プラットホームへ続く階段を下りる。私は精神的に、椚先輩は肉体的に疲れてしまっていて、足取りは重かった。真兎の足だけがいつもどおり、浮わついたステップを踏んでいる。

「チーズケーキとコーラだけで千円って高くない？　やっぱ私らの人生はサーティワンで充分だね」

「あとマックね。マックのシェイク」

「あ、そうそう椚先輩おつかいありがとうございました。走ってくれたなんてちょっとキュンときちゃいましたよ」

「かるた部のためだ。おまえのためじゃない」

真兎がやったことは、実際にはすごく単純だった。

一言でいえば旗野さんと同じ〝札のすり替え〟だ。

店に戻った椚先輩が真兎に近づき、戦況を尋ねたとき。彼は和菓子の紙袋から〈狸光堂〉の百人一首と深緑のサインペンを取り出し、カウンターの下で真兎に渡した。どちらも新品で、駅前のデパートのシールが貼られていた。

真兎が椚先輩に送った〝おねがい〟は「大至急ゲームに使われているのと同種の百人一首を用意してください。札と似た色のマーカーも」というようなものだったのだろう。旗野さんは〈狸光堂〉の百人一首は「駅前のデパートにも売っている」と言っていた。椚先輩はデパートまで全力疾走し、同じ商品を買ってきたのだ。

生徒会役員をパシリに使うとは神をも恐れぬ一年生だが、おかげで百枚勝負を申し出た理由や、毎ターン悩んで勝負を長引かせていた理由がわかった。椚先輩が戻る時間を稼ぐためだったのだ。

そうやってもらうワンセットの百人一首を手に入れたあと。真兎は膝《ひざ》の上——カウンターを挟んだ旗野さんからは絶対に見えない場所で、着々と作業を進めていった。音を立てないよう包装をはがし、ふたを開け、何やら絵札をより分ける。必要なくなったものは次々隣の椚先輩に渡され、先輩はそれを紙袋の中に隠した。かるた部のみなさんも私も、指示どおり顔には出さなかったが、内心啞然《あぜん》としていた。

伏せ札が残り六枚になったとき、真兎の膝にも六枚の絵札が残っていた。

〈姫〉が三枚、〈男〉が二枚、〈坊主〉が一枚。

旗野さんがカウンター上の札を整える間、真兎はサインペンのキャップを抜き、膝上の四枚の側面に点を打った。三枚の〈姫〉札に点を一つ、一枚の〈男〉札に点を二つ。そして鼻の頭をかいた。

合図を受けた私は瓶コーラを注文した。

「鉱田ちゃんもほんとにありがとね。勝てたのはあのコーラのおかげだよ」

「ああ、うん……でもあれ、なんでコーラだったの」

「最初私もコーラ頼んだじゃん？　それ用意するとき旗野さん、カウンターの下に一回屈んだじゃん？　てことはカウンターの内側に冷蔵庫的なのがあって、コーラはそこに入ってる。コーラを頼めば旗野さんは絶対屈むはずで、屈んだら当然カウンターの上は見えなくなる」

たしかに、最初の口論の最中も旗野さんは一度屈んでいた。真兎、カウンターは無視してると思ってたけどちゃんと見てたのか。

「ほかのメニューなら時間かかるから『ゲーム終わったあとで』って言われちゃいそうだけど、コーラなら出して栓抜くだけだから一瞬で用意できるし。鉱田ちゃんに座ってもらったのも冷蔵庫の目の前だったしね」

「なるほど……」

そんなこんなで注文を聞いてしまった旗野さんは、コーラを取り出すために屈み、五秒ほどカウンターの上から視線を離した。

その五秒がすべてをひっくり返した。

旗野さんが屈んだ直後、真兎は六枚の伏せ札を払いのけ、膝上に用意していた六枚を素早くカウンターに広げた。マジシャンみたいに華麗な手際だった。払いのけられた札は椚先輩の膝に落ち、その後やはり紙袋へ隠された。

　視線を戻した旗野さんには、それまでと同じ六枚の札が――〈狸光堂〉の萌葱色の伏せ札が見えていたはず。〈姫〉三枚、〈男〉二枚、〈坊主〉一枚という内訳も同じ。並び順の違いには気づいたと思うが、旗野さんは指摘しなかった。彼にはちゃんと印が見えていたからだ。左の一～三枚目には印が一つ、四枚目には二つ。左から順に、〈姫〉〈姫〉〈姫〉〈坊主〉〈男〉〈男〉――だと、彼は思い込んだ。

　でも真兎は〈坊主〉じゃなく〈男〉の一枚に点を二つ打っていた。だから札の並びは、実際には〈姫〉〈姫〉〈姫〉〈男〉〈坊主〉〈男〉だった。

　イカサマ頼りのマスターは、敵がつけた偽の目印にしたがい、札をめくり――自滅した。

「意趣返しというやつだな」と、椚先輩。「旗野のイカサマは客側と店側の心理的な壁を利用していた。射守矢はそれを逆手に取り、店と客の立場を利用して隙を作った」

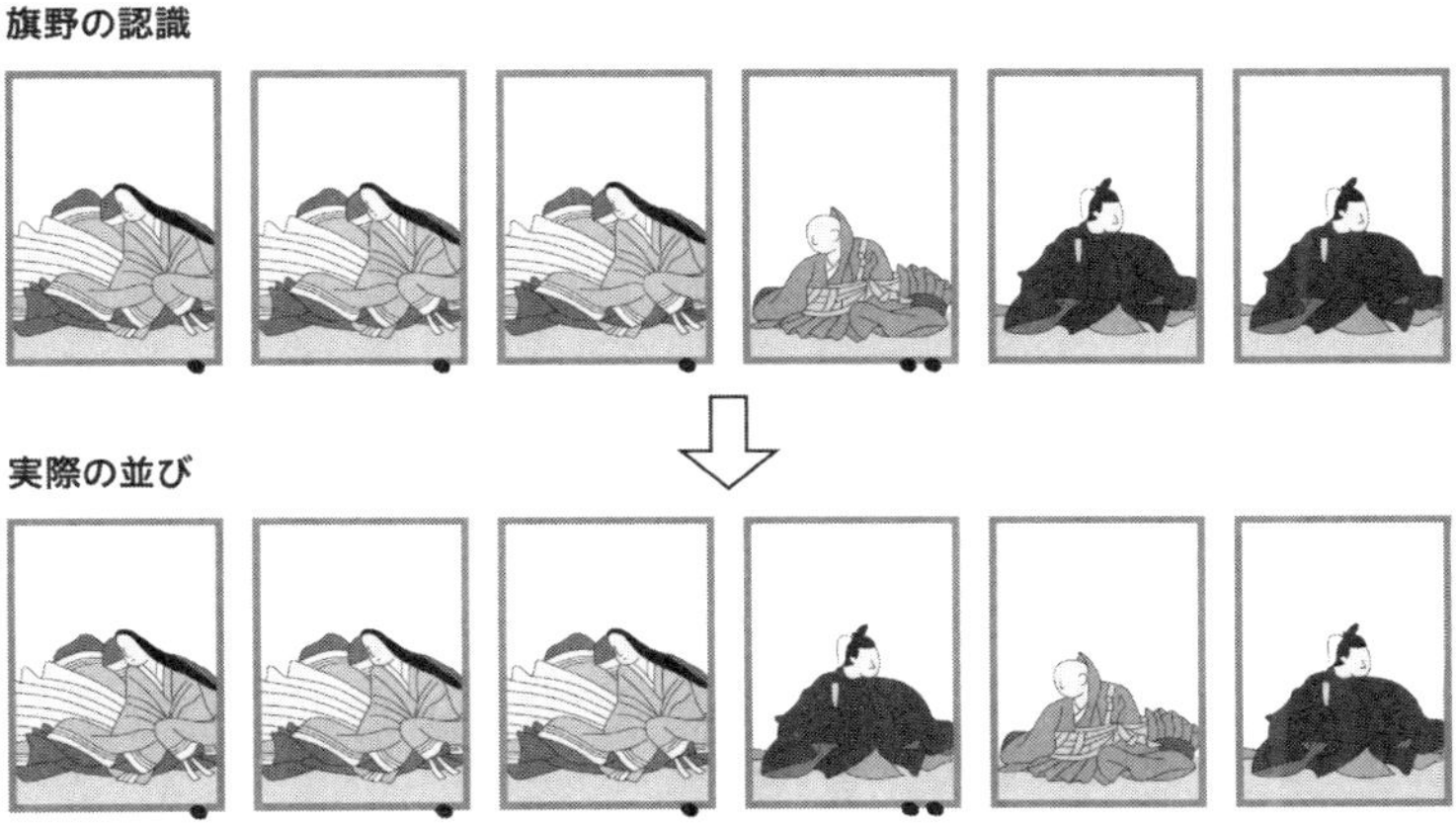

「さすが椚先輩、私のことを誰よりもよくわかってますね」

嬉しがる真兎と、しらけ顔になる椚先輩。ホームは電車が行ったばかりで、私たちはのろのろと奥まで進んだ。真兎だけがベンチに座った。

「旗野さんが先に〈男〉をそろえようとしたから勝てたけどさ、〈姫〉ペアから取っちゃうって可能性もあったんじゃない？」

「ないよ。六枚の中で公開済みの札は源重之だけだったし、私がすり替えるときも右端はそのまま〈男〉にしたから。旗野さんは一枚目に必ず右端をめくる。なら先にそろえるのは〈男〉ペアだ」

すべての札が見えているからこそ、怪しまれないよう、一番自然な取り方を選んでしまう。〈姫〉ペアが最後の六枚の中に残ったことも、あるいは真兎の計算どおりだったかもしれない。

「十枚ごとに一人」のルールがあるせいで、旗野さんは真兎に大差で勝とうとした。その駄目押しとして残しておいた〈姫〉を、逆に真兎に利用された。

「とっておけ。バイト代だ」

椚先輩が、真兎に和菓子屋の紙袋を渡した。旗野さんにあげそびれた例のやつだ。

「中身、なんですかこれ」

「いちご大福」

「めっちゃ好きです」真兎は中を覗き、「百人一首はめっちゃいらないんですけど」

「いい機会だからかるたの練習でもしろ」

先輩は電光掲示板へ視線を流す。次の電車は十分後だった。

「そういえばおまえ、最初競技かるたの勝負を持ちかけていたが。旗野に勝つ自信があったのか」

「あるわけないでしょ。でも旗野さんが勝負に乗るわけなかったので」

「……？」

「あれ、先輩気づいてなかったんですか？　旗野さん、かるたエアプですよ」

聞き慣れない言葉だったのか、椚先輩の片眉が上がった。

「エアプレイ勢。実際にはやってなくて知識だけってやつです。かるた部の人たちは全員爪を短く切ってました。競技かるたって相手と頻繁に手がぶつかるから、怪我させないようにみんな短くするんでしょうね。でも旗野さんの爪は伸びてた。たぶんあの人練習サボってます、実戦はけっこう弱いはずです」

……練習不足とはいえ、ど素人の真兎と戦えば勝つことはできるだろう。

でもあのとき、店にはかるた部の部員たちもいた。勝負を呑《の》めば、旗野さんは彼女たちの前でかるたの腕前を披露することになる。馬鹿にしていた彼女たちより、本当は自分のほうが実力不足だとばれたら？　プライドの高い彼としては、絶対に避けたい事態だろう。

「え、じゃあ真兎が勝負しましょうって言いだしたのは」

「脅しだよ。ああ言えば譲歩してくれるかなって思って。でも別の勝負を持ちかけられるとはさすがにびっくりしたよ。しかもイカサマなんだからさあ、笑っちゃったよね」

あっはは、と実際に笑う真兎。

私は半袖《そで》から覗く自分の腕を意味もなくこすった。箱がすり替えられたときから、なんてものじゃない。旗野さんは最初から全部、真兎の手のひらの上だったのだ。百人一首には恋の歌が多いけど、なんとなくそれを想像した。わがままでしたたかな十二単《じゅうにひとえ》を着た姫が真兎。振り回され失墜するあわれな男が旗野さん――

ふと、おかしなことに気づいた。

真兎本人に尋ねようと思ったが、すでにあれこれ聞いたあとなのでちょっと気が引けた。かわりに先輩に近づく。

「椚先輩……百人一首の絵札って、一枚ずつ違いますよね？　書いてある和歌とか名前とかも」

「いまさら何を言ってるんだ」

「いや、その、真兎がすり替えた六枚って、もとの六枚と完全に同じだったっていうか……全部一度も取られてなかった札だと思うんですよ」

「だろうな。旗野からも指摘は入らなかった」

同じワンセットの中から〈姫〉三枚、〈男〉二枚、〈坊主〉一枚を選んですり替えるわけだから、一度出た和歌がかぶる可能性も充分あった。けれど真兎の選んだ六首は、もともと伏せられていた六首とぴたり一致していた。

つまり真兎は、伏せられた六枚の絵柄の種類だけでなく、和歌や歌人名まで正確に知っていたことになる。

「これ、おかしくないですか？　旗野さんの印が見えてたとしても、和歌まで書いてあるわけじゃないし」

「そうだな」

「そうだなって……とにかく変ですよ。だってこんなの、ゲーム中に取られた九十四枚を最初から全部覚えてでもない限り……」

「射守矢は」先輩はゆっくりと言った。「覚えていたんだろう」

それきり彼は、石像みたいに線路をにらみ続けた。

私はベンチを振り返り、日陰の中に座る友人を見つめた。腰で結んだカーディガンが隣の椅子にはみ出ている。組まれた脚のつま先だけが傾いた陽に照らされている。ぼんやり流した視線の先は看板だろうか空だろうか。いつもの帰り道より、少しだけ疲れているように見えた。

真兎。

真兎にとっての人生は、ゲームみたいなものだと思っていた。勝負に臨むときの真兎は、私の中では縁日を回る子どもみたいなイメージだった。射的屋さんでおもちゃの銃を構えて、はしゃぎながらお菓子を狙い、コルクの弾を飛ばす子ども。

でも、違うのかもしれない。私の頭に新たな情景が浮かんだ。場所は縁日じゃなく、大昔の外国のどこかだった。頭に林檎《りんご》を載せた誰かが背筋をぴんと伸ばしている。真兎は息を止め、林檎を狙い、真剣な目で弓を引き絞る――

人生はゲームだなんてふざけたこと抜かすやつを信じちゃだめだよ。

真兎にとって人生って何？

昇降口から出たときのあのやりとり。質問のしかたが間違っていたことに、私は気づいた。

「ねえ真兎」

たぶん、こう尋ねるべきだったのだ。

「真兎にとって、ゲームって何？」

真兎はきょとんとした顔を私に向け、ごく自然に答えた。

「ゲームあんまりやんないから、わかんない」

自由律ジャンケン

魚も空を飛ぶのだと知った。

私のずっとずっと上、青みがかった光の中を、たくさんの魚が回っている。グライダーみたいに羽をひろげた魚。泡を出しながらたゆたう魚。こっちをじっと見てくる魚に、岩の陰にかくれる魚。私は手すりをつかんで、めいっぱい背伸びして、ガラスに顔を近づける。ふしぎな感じだった。ひとつひとつの動きは気ままなのに、全体で見ると集合ダンスみたいに思えた。運動会で私が踊ったアンパンマンたいそうと同じ。達流《たつる》おじさんは車の中で「あんまり大きな水族館じゃないけど」と言っていたけど、嘘だった。この水槽はかなり大きい。この世のたいていのものは私より大きい。

「どう、真兎ちゃん」達流おじさんが聞いてくる。「綺麗《きれい》かい？」

「たいへん」

「大変？」

「いろんなお魚がいるから」

「ああ、見るのが大変ってことか。真兎ちゃんは、どの生き物が好き？」

ひじょうにむずかしい質問だった。うーん。なやんでから、海底を這《は》っている一匹を指さした。

ちょっと透き通った、エビみたいなやつ。

「シャコか。どうして？」

「パンチがつよいと、かっこいいから」

「へえ、シャコのパンチなんてよく知ってるね。図鑑で読んだの？」

「しらないけど。でも、手がぐって丸まってるから。これ、デコピンのときの手でしょ？　されるとすごく痛いんだよ。こないだしょうたくんにされてね、しょうたくんって、きりん組の男の子でね」

おじさんはまばたきしたけど、しょうたくんのいじわるに怒ったわけじゃなさそうだった。眼鏡をかけ直し、頭上の群れを指さす。

「あのお魚は、どうかな。体の上が青くて、下が白っぽいね。どうしてだと思う？」

「海があおいからじゃない？　鳥さんから見づらそう。そうじゃないと、ちっちゃいから、鳥さんに食べられちゃうよね。下が白いのは、おひさまみたいだからかな？　ほかのお魚から見づらそう」

「あれは？」おじさんは壁のポスターを指さす。「あの深海魚。明かりがぶらさがってるね。どうしてだと思う？」

「しんかいぎょ？　しんかいのお魚？　しんかいって暗いから、あかるくしてエサをあつめるんじゃない？」

私は面倒くさくなり始めていた。ポスターよりも本物を眺めたいのに。

おじさんはなぜか嬉《うれ》しそうな顔で、私と水槽を交互に見る。

「真兎ちゃんがお魚だったら、みんなこわくて近づけないだろうな」

「えー。なんで？」

「生き物にはみんな、厳しい自然を生き抜くために身につけた特技や生態がある。生存戦略っていうんだ。真兎ちゃんはそれを一目で見抜いちゃうんだからね。お魚からすれば脅威だよ」
「なかよくできるよ」
「はは、そうだね、ごめんごめん。B棟に行ってみよう。くらげ水槽のホールがあるんだって
……」

幼稚園の年中だったか年長だったか、そんな幼いころの記憶。

結局魚は空を飛ばなくて、その日の学びは間違いだったのだけど、おじさんから得たもうひとつの学びは私の中に深く根付いた。

生存戦略。厳しい自然を生き抜くために身につけた特技や生態。カンガルーのポケットもキリンの首もクジラの歯も、動物の特徴のほとんどはその戦略にもとづいていた。本やテレビの見方が変わった。無意識に見抜いていたものへ意識を向けるようになり、やがてそれは習慣化し、再び意識の下に潜った。

小学校に上がってしばらく経つと、さらに学んだことがあった。

魚や動物だけじゃなく、人間にも戦略はある。

大久保《おおくぼ》さんの戦略はテレビや動画をたくさん観てみんなと話を合わせること。佐伯《さえき》くんの戦略はスポーツや自慢話で強そうに見せること。坂倉《さかくら》さんの戦略は自分と同じ優等生のグループを作ることで、宮田《みやた》くんの戦略は常にひとりで目立たずにいることだった。十人十色だけど、どの戦略も「敵を作らない」「トラブルを避ける」という点が共通している。

教室も街も公園もこの世のすべては厳しい自然の一部で、誰もが生き抜くために頭を使ってい

た。担任の堀《ほり》先生の口癖は「独身」で、宮田くんと似た戦略かなと思っていたけど、同僚の江口《えぐち》先生と結婚したことで逆だったのだと気づいた。連呼することでほかの独身者にアピールしていたのだ。大人の戦略は高度であるとまたひとつ学び、私も大人に近づいていった。

偉そうに語っているけど、水槽の観察者を気取っていたわけじゃない。私は小魚の一匹にすぎず、もちろん私にも戦略があった。

一言でいえば、それはヘラヘラすることだった。友達と遊んでいると話が噛《か》み合わなかったり怪訝《けげん》な顔をされることが増え、いちいち取り繕うのは大変なので、最初から変なやつなのだと思われるようにした。そして、そういうのとも仲よくしてくれるゆるいグループの端に所属した。味方は増えないけど敵も増えず、楽しくはないけどつまらなくもなかった。イモリやシャコや蛾と同じ、微妙でマイナーな地位を目指した。イモリって知ってる？　知ってるよ。ヤモリとの違いは？　さあ、知らない。シャコとエビの違いは？　知らない。射守矢さんって知ってる？　知ってるけど、よく知らない。

中学に上がると、水槽が一回り大きくなった。

クラスメイトたちはより戦略的になり、入学初日からグループやヒエラルキー作りに勤《いそ》しんでいた。休み時間のたび、教室の中を探り合うような視線が飛び交った。制服や新生活に戸惑うふりをしながら、私たちは、脅威となりうる者や、敵対しそうな者、集団にとって異質な者が紛れていないかどうかを探していた。

そして私は、出会うことになる。

「射守矢さん、傘は好き？」

「傘？　好きだよ。なんで？」

「友達に最初に聞くことにしてるの。そういう決まりなの」

「独特だね。『雨が好き？』ならまだわかるけど」

「雨はみんな嫌いでしょ。傘は雨を防いでくれるものよね。だから普通なら、傘って人から好かれるはず。でもみんなどちらかというと嫌いだっていうの。雨の日にしか使わないから。わたしはそれが気の毒なの」

「いま友達って言った？」

「傘が好きって言ったわね？」

「武器になるから」

「射守矢さん、独特ね」

しばらく話しても、彼女のことはよくわからなかった。〝戦略〟が見えてこなかった。私にとっての彼女は水槽に投げこまれた異物。生物とは異なる元素でできたガラス瓶だった。

この子の戦略を知りたい。

「えーと、名前、なんてったっけ？　五十音順で射守矢の後ろだから……」

それがすべての始まりだった。

1

頬白高校の生徒会室は、高いコーヒーメーカーがあることと日あたりが悪いことで有名だ。

午後三時半。外は秋晴れだが、北向きの窓には早々にブラインドが下りていた。三年生の役員、椚迅人と江角進一《しんいち》がデスクに向かい、黙々と仕事をこなしている。聞こえるのは書類をめくる音と、二十六度に設定した冷房の音、そして寝息。椚も江角も寝息は気にしていない。一年のころからこうなので、もう慣れてしまっている。

ラクロス部の帳簿チェックを終えると、椚はマグカップに口をつけた。スティックシュガー二本入りのコーヒーで脳に糖分を送る。こめかみを揉《も》みながら、スマホの天気アプリを開く。二日前に発生した台風の進路が気になっていた。

「直撃はしないみたいだな」

江角がスマホを覗《のぞ》き込んでくる。

「接近しないとわからない。台風が予報円内に入る確率は常に七十パーセントだ」

「七十ってけっこう高いんじゃね」

「模試で言うならB判定だな」

「そりゃ油断はできないなー」

頬白高が暴風域に入った場合、注意喚起や窓の補強など生徒会の雑事が増える。各部活の帳簿チェックでただでさえ忙しい夏休み明け、余計な仕事は避けたいところだ。頬白高は部活が多彩で、数も多いのでなおさらだった。

「失礼しまーす」

ドアがノックされ、ポニーテールの女子が入ってくる。多彩すぎる部のひとつ、かるた部部長の中束だった。

これ、一学期分の帳簿です。ああ。椚が受け取り、その場で軽くチェックを始める。

中束はドアに背をつけ、ＯＫが出るのを待つ。暇そうに前髪をいじったり、コーヒーの香りに鼻を動かしたりしたあと、沈黙を埋めるように口を開いた。

「そういえば射守矢さんって、なんかゲーム系の部かと思ったら帰宅部なんですね」

「……ああ」

「ちょっと意外だなーって。あんなに強いならどっか入ればいいのに……」

「おい」椚は小声でさえぎった。「ここで射守矢の話はするな」

「え、なんで」

「いもりやぁ？」

椚の背後で声がした。

ソファーで寝息を立てていたはずの、生徒会長の声だった。

いつの間に目を覚ましたのか。椚は振り向かず、無視しようと努める。しかし人のいい中束が応じてしまう。

「はい。一年四組の射守矢さん。七月にカフェの出禁で揉めたとき、射守矢さんが助けてくれたんです。店長と坊主めくりして百対ゼロで勝っちゃって」

「出禁だァ？」足音が近づいてきて、肩を組まれる。整髪料のにおいがした。「おいおいおい、聞いてないぞ椚くん」

「……会長に伝えるほどのことではなかったので」

「でそのイモリヤ？　ってのは何？　ゲーム強いの」

中束への質問だった。かるた部部長はぽかんとし、「そりゃ、まあ」と答える。

「《愚煙試合》で生徒会に勝ったのも射守矢さんですし……え、佐分利《さぶり》会長、知らないんですか？」

椚はかるた部の帳簿を勢いよく閉じた。

「帳簿は問題ない。戻っていいぞ」

追い払うように中束を帰らせる。が、時すでに遅かった。椚は己のうかつさを悔やんだ。チェックを待つ間、中束は手持ち無沙汰《ぶさた》になる。椚との接点は直近ではあの出禁騒動のみ。かるたカフェの話題が出れば、射守矢の名前だって出る。予測可能だった。なんて体たらくだ、警戒を怠ったなんて。

「イモリヤ、イモリヤ……お、いたいた」椚の肩に置かれていた手は、いつの間にか生徒名簿をめくっている。「射守矢真兎。南樹《なんき》中出身かぁ」

「佐分利会長、射守矢は軽薄で浅識《せんしき》で素行不良です。《愚煙》に勝ったのもまぐれです。会長が気にするようなやつでは……」

「ちょっと出てくるわ」

スラックスの脚が部屋を横切り、ドアの向こうへ消えた。

引き止めようとした椚の手は宙をさまようことになった。江角のほうを見ると、彼は他人事《ひとごと》のように肩をすくめていた。

生徒会室で射守矢真兎の名は禁句——それが、椚と江角との間で決めた暗黙のルールだった。どちらが言いだしたわけでもなく自然とそうなり、五月から今日まで遵守されてきた。その努力が、こんな形で崩れ去るとは。

禁句の原因は会長だ。

射守矢真兎の名を出せば、会長が彼女に興味を持つ可能性があるから。

持つと厄介なことになるという、確信に近い予感があったから。

「まあ大丈夫だろ」江角が言う。「射守矢はしたたかだし。会長もうまくあしらえるかも」

「本気でそう思うか？」

「E判定くらいだな、模試で言うなら」

望み薄だ。

椚はため息をつき、コーヒーの残りを飲みほす。スティック二本分の甘さはどこへいってしまったのか、苦く感じた。江角は自分のスマホを開き、「あれ？」と声を出した。

「予報、ちょっと変わったみたいだな」

嵐が、近い。

2

「真兎って部活入んないの？」

チキンコンソメ味のポテチをつまみながら、私はなにげなく尋ねた。

天気が崩れる前に帰った生徒が多いのだろう、放課後の教室には私たちしか残っていない。来るとか来ないとか言われてた台風は結局市内をかすめることに決めたらしく、外では空がくもり始めている。記念樹がわさわさ揺れているところを見ると風も強まってきたみたいだ。

私たちも早めに帰宅したほうがいいと思うのだけど、真兎は今日もマイペースで、放課後の怠惰を満喫している。いちごオレのパックの中でじゅぞ、と空気の音が鳴る。

「部活？　なんで？」

「将棋部とかボドゲ部とかさ、最近ゲーム系の部の人に声かけられるのよ、射守矢さん誘ってくれって。《愚煙試合》とかかるた部とかのせいで、なんか評判広まってるみたい」

なんで私を介すんだよとは思うが、真兎には直接話しかけづらいのだろう。髪を染めてブラウスを第二ボタンまで開け腰にカーディガンを結んだ真兎は、頬白高では珍しいタイプの女子だ。たまにブラまで透けてるし。

「遠慮しとこうかな。自由でいたいからね、鳥のように」

ポテチの袋を持ち上げ、適当なことを言う真兎。袋にはニワトリのイラストが描いてある。ニワトリって飛べないんだよと教えてあげたほうがいいだろうか。

「鉱田ちゃんがどっか入るなら一緒に入るけど」

んー。悩みつつ、自分の腕を見る。真兎は色白に戻っているけど、私のほうはまだ少し日焼けが残っている。今年の夏休みは音楽聴いたり図書館行ったり真兎と海まで遠出したり、気ままに過ごした。部活にも勉強にも打ち込まない夏というのは久しぶりで、でも予定をこなしているうちにいつの間にか終わるというのは例年どおりで、浪費した感覚はあまりなかった。

「中学のときは部活やってない自分とか想像できなかったけどさー、やめたらやめたで意外と未練ないんだよね。タップダンスなら趣味でもできるし」

「動画上げたら？　YouTubeとかに。今度水着選んだげる」

「なんで水着で撮る前提なんだよ」

「まあ鉱田ちゃんが楽しくやってるなら私も満足ですよ」

真兎は窓へ視線を流す。空模様を気にするのではなく、ただ遠くを眺めたいからそうした、という感じだった。液体がストローの中を持ち上がり、グロスを塗った唇の間へ吸い込まれるのが見えた。

主体性がないやつだよなーと思う。中学のころからそうだけど。

「真兎って私といて楽しいの？」

「鉱田ちゃん見守り部の部員だからね」

「何それ保護者？」

「パンダの赤ちゃん的な」

「パンダってさ、なんかネパール語がなまったらしいよ。竹食べるやつみたいな意味の」

「ネガリャポンヤ」

「それそれ。なんで知ってるんだよニワトリの生態は知らないくせに」

「ポンヤのほうがかわいさ増すよね。ジャイアントポンヤとか」

「名前にポがつく動物っておかしくない？」

「そんなこと言ったらオポッサムが泣いちゃうよ。てかパがつく動物もパンダしかいないでしょ」

「パグ」

「あ〜」

話題はコースアウトどころか横転事故を起こし、指が交互にポテチをつまみ、つま先が意味もなくリズムを刻む。夏休みは充実していたけど今日のこれは浪費かもしれない。

指を拭《ふ》こうとウェットティッシュを引き抜いたとき、

「射守矢！」

三年の男子が教室に入ってきた。

第一ボタンまで閉めたシャツにスクエア眼鏡。生徒会の椚先輩だ。五月の《愚煙試合》で戦って以降、なんとなく顔見知りになっている。でも真兎からちょっかいを出すことはあっても、先輩から話しかけてくるのは珍しいことだった。しかも教室に押しかけてくるなんて、初では。

先輩は早足で私たちに近づき、外へ指を突きつける。

「射守矢、いますぐ帰れ」

「先輩もいよいよ保護者じみてきましたね」

「いいから帰れ！　しばらく放課後は居残るな。休み時間もなるべく教室にいろ」

「束縛系彼氏は嫌われますよ」

「え、てかどしたんです急に？」

私は尋ねる。先輩の顔には明らかな焦燥が浮かんでいて、これも珍しいことだった。彼はちょっと言い淀《よど》んでから、教室に私たちしかいないにもかかわらず、声をひそめて言った。

「佐分利会長が、おまえを生徒会に入れたがってる」

「かいちょう？」異国の料理名でも聞いたように真兎が聞き返した。「会長って、生徒会長？　うちに生徒会長なんていたっけ」

「そりゃいるでしょ。……え、真兎知らないの？　佐分利会長」

「寡聞《かぶん》にして存じ上げませんな」

まあ無理もないか。

三年の佐分利会長は生徒会の仕事をほかの役員に押しつけているらしく、表にはほとんど顔を出さない。私も入学式の式辞で一度顔を見たことがあるだけだ。たぶんそのとき、真兎は寝ていたんだろう。

けれど佐分利会長は、そのたった一度の式辞で、新入生全員に大きなくさびを打ち込んだ。

この人には関わらないほうがいい、というくさびを。

「てゆーか入れたがってるってなんですか」真兎はポテチをパリパリ嚙む。「生徒会になんて入りませんよ」

「おまえがそのつもりでも、あの人が言えば入ることになる」

「どんな圧政ですか中世じゃないんですから」

「そういう意味じゃない。あの人は……」

「おー、いたいた」

ガラリ、と。

再び教室のドアが開いた。

「椚ぃ、一緒に行こうって言ったじゃねーか勝手に動くなよ」

「……すみません」

後ろ手にドアを閉め、新たな三年生が近づいてくる。

長袖《そで》シャツに紺のサマーベスト、学校指定のスラックス。左耳にはピアスをつけている。短いボールチェーンの先にシルバーの十字架がぶらさがり、一歩ごとにチャラチャラと小さな音を立てている。黒いベリーショートにブルーのメッシュを入れ、切れ長の目で世界を捉《とら》え、口元には捕食者の笑みを浮かべた——女子だった。

最近は男女関係なく制服を選べる学校も増えてるけど、うちはまだそんなのなくて、男子はスラックス、女子はスカートと決まっている。髪色もピアスもスラックスも、彼女のは全部校則違反だ。

入学式で登壇したときも、彼女は同じ恰好《かっこう》だった。同じ態度で現れ、同じ笑みを浮かべていて、挨拶《あいさつ》は「入学おめでとーございます」の一言だけだった。

私たちは戸惑い、ざわつき、でもすぐに理解した。理解させられた。

この人は、だから生徒会長になったのだ。

制服やファッションのことで、周りからうるさく言われたくなかった。ただそれだけのために権力を得た。生徒会運営も内申点も彼女にとってはおまけだった。会長は選挙で決めるので、優等生たちに勝つためには票集めや根回しが重要になる。この人はそれをやって、勝った。たぶん鼻歌まじりに。労力を労力とも認識せずに。

そうした背景をこの人は、数分の立ち居ふるまいだけで、問答無用でわからせた。

頬白高校、第六十二代生徒会長——

「佐分利銵子《にえこ》だ」

会長は手近な椅子を引き、後ろ前逆にどかっと座った。取調室の刑事みたいに。

「射守矢真兎だな？」

「どもです」容疑者は動じていなかった。「なんか用ですか」

「勝負ごとに強いそうだな」

「内容によりけりですね」

「ちょっと諸事情があってな、そういう人材がほしいんだ。単刀直入に言うが生徒会に」

「入りません」真兎は即答し、椅子から立つ。「自由にやりたいんで。行こ鉱田ちゃん」

「まあ待てよ」

会長の手が伸び、立ち去りかけた真兎の肩をつかんだ。私は絡みつく蛇を幻視した。

「こうしないか。オレとゲームをして、おまえが負けたら生徒会に入る」

真兎は失笑を浮かべ、会長の手をどける。

「あのですね、えっと、佐分利？　会長？　私をゲーム好きのちゃらんぽらん野郎だと思ってるなら大間違いですよ」

　ちゃらんぽらんは合ってるだろ、と椚先輩がつぶやいたが真兎は無視した。

「会長に勝っても私に得がないじゃないですか。やる意味ないしやる気もないです。役員集めならほかをあたっ……」

「案外トロいなァ、射守矢」挑発と期待外れを半分ずつにじませ、会長が声をかぶせる。「オレが自信満々で現れた時点で、おまえは〝外堀を埋められてる〟って考えるべきじゃねーのか？交渉カードを握られてるかもってことだよ。オレがおまえなら、まずそれを探ろうとするがな」

「…………」

　そこで初めて、真兎は佐分利会長を見つめた。

　相手は着座しているので、上級生を見下ろす形になった。会長は椅子の背に両腕をかけ、その上にあごを載せる。恋人がおねだりするみたいに、真兎を下から覗き込む。

「もう一度言うぜ。オレとゲームをしよう。オレが勝ったら生徒会に入ってもらう」

「……私が勝ったら？」

「雨季田絵空《うきたえそら》とやらせてやるよ」

　真兎の表情が凍りつき、

「へ？」私も思わず声を漏らした。「絵空？」

　意外すぎる名前だった。

　雨季田絵空は私たちの、中学時代の同級生だ。

　出席番号が近いせいで真兎と仲がよく、私もときどきつるんでいた。もの静かで独特な子、という以外、印象はあまり残ってない。成績がすごくよくて、たしか全国区のトップ校に進学したはず。どうして会長の口から絵空の名前が？

いや、それ以上にわからないことがある。

どうして真兎が、絵空の名前に過剰反応しているのか。

真兎のリアクションは、ただ友達の名前が出て驚いた、という感じとは明らかに違った。しまりなく揺れがちな目が、いまはぐっと開いている。会長の一言一句を聞き逃すまいとでもいうように、集中している。手の中ではいちごオレのパックがへこんでいた。

「もちろん、ただ喧嘩《けんか》をふっかけるってだけじゃない。お互いの全身全霊かけた真剣勝負の場を提供してやる。どうだ？　悪くねー話だろ」

「……真兎、絵空と何かあったの？」

「鉱田ちゃんは知らなくていい」

即座に言われる。

両手で胸を突き飛ばされた気がした。

「どうして絵空のことを」

真兎が聞く。どうしてって？　と会長は笑う。

「調べたに決まってんだろ。南樹中出身のやつは頬白高にも何人かいるしSNSあさりゃ他校の同期もたくさん見つかる。十四、五人に聞いて回って断片つなげて組み立てたんだよ。同じ市内だしな、二日で済んだ」

さらりと言ってのけてから、会長は私たちの顔を見回し、

「何呆《ほう》けてんだよ？　堕《お》としたいやつにアプローチするなら下調べは基本だろ」

「すまない。こういう人なんだ」

誰にともなく椚先輩が謝った。もしかすると、椚先輩や江角先輩もこういう手で生徒会に引き抜かれたのかもしれない。いまの生徒会役員は、会長が仕事を押しつけるために有能な生徒を独自に集めた……という噂も聞いたことがあった。

私は不安を覚える。

目をつけ、調べ、弱みを握り、外堀を埋め、堕とす。

それを折り紙でも折るように、簡単にやってのける。余力と余興で〝暗躍〟ができる人。

入学してから今日まで、何度か真兎の勝負に立ち会ってきた。椚先輩は理論派で、〈かるたカフェ〉のマスターはイカサマ師だった。

でも佐分利会長は、どちらとも違う。何かが違う。

論理や狡猾《こうかつ》とは別次元の、得体の知れなさ。

真兎、やめよ。もう帰ろう。絵空だかなんだか知らないけどこんな勝負受けることないって

——私はそう言いかけて、でも声に出すことはできなかった。さっきまで向き合ってくだらない話をしていた友人は、もう私を見てはくれなかった。私の知らない目をして、私の知らない深刻さで、佐分利会長を見つめていた。

吹きつけた風が、教室の窓をガタつかせる。

「真剣勝負を提供って、どうする気ですか」

「勝ったら教えてやる。方法に関しちゃ信頼してくれていい」

「……ちょっと乗り気になってきました」真兎は椅子に座り直した。「ただしさっきも言いましたけど、内容によりけりです。フェアな勝負なら受けます」

「もちろんこれ以上なくフェアな勝負だ。ルールも超簡単、この場ですぐできる」

会長はポケットからメモ帳を出し、ページを二枚ちぎる。

「生徒会内で揉めたとき、ときどきやってるゲームなんだがな」

「アレですか」

察したように椚先輩がうめいた。

「射守矢ァ。おまえさっき、自由にやりてえって言ったよな？ オレも同意見だ。ルールはすべての基本だが過剰な法は世界を狭める。制服も、恋愛も、このゲームもそうさ。グーとチョキとパーしか出しちゃいけないなんて、誰が決めた？ なんでもありのほうが面白い。そうだろ？」

同意を求めるように会長は顔を傾け、その動きに合わせて、

「ゲーム名」

十字架が、ちゃらりと鳴った。

「《自由律ジャンケン》だ」

3

自由律。

俳句や短歌でなら聞いたことあるけど、ジャンケンで、自由律……。

イメージだけではしっくりこず、私は首をひねってしまう。真兎は椅子に背をもたせ、会長の次の言葉を待つ。顔にはいつもの余裕が戻りつつあって、視線はシルバーの十字架へ注がれていた。

会長はそばに立つ部下を小突く。

「椚、ルール説明してやってくれ」

「なんで俺が」

「オレが喋《しゃべ》るのはめんどくさいしおまえが審判だからだよ」

「勝手に決めないでもらいたいんですが……」

「私はいいですよ、椚先輩ならジャッジも公平でしょうし」

本人の意思とは関係なく話が決まった。先輩は不服そうに咳払《せきばら》いしつつ、説明を始める。

「七回勝負のジャンケン。先に四勝したほうの勝ちだ。ジャンケンはグー・チョキ・パーの三種に、両プレイヤーが考案した〈**独自手**〉を加えた計五種で行う」

「どくじて?」

「オリジナルの新しい手ってことだよ」佐分利会長は私に答えてから、遅れて気づいたようにこっちを見た。「あー、あんたが鉱田ちゃんか」

「な、なんですか」

「いやべつに」

そんな言い方されると気になってしまう。私のことも何か〝下調べ〟したのだろうか。調査がいるほど濃い人生は、べつに送っていないけれど。

椚先輩が続ける。

「ゲーム開始前、両プレイヤーには二つのことを行ってもらう。ひとつは〈独自手〉の開示。考案した手の〝形〟と〝名前〟を宣言してもらう。形はグー・チョキ・パーと同じく片手で出すことができ、指の折り曲げだけで作れることが条件。名前は形に連動していればなんでもいい」

いちごオレの名残を味わうように、真兎が唇を舐《な》めた。

「二つめは〈独自手〉の効果の設定だ」先輩は先ほど会長がちぎった、二枚のメモ用紙を手に取る。「この紙に自分が作った手の効果を書き、俺に渡してもらう。効果というのは、簡単にいえば〝どの手に勝ち、どの手に負けるか〟だ。たとえばチョキの場合は〝パーに勝ち、グーに負ける〟が効果となる」

「このジャンケンって五種類でやるんですよね」真兎が口を挟んだ。「てことはグー・チョキ・パー・敵の〈独自手〉の四種に対して、勝つか負けるかをそれぞれ決めるってことですか」

「そうだ」

「複雑だなあ」

「実際はもっと複雑になるぞ」佐分利会長がにやりと笑った。「〈独自手〉には特殊効果もつけられるからな。制限はなし。発想は自由だ」

「完全に自由というわけでもない」桝先輩が補足する。「『すべての手に勝つ』、『出した瞬間勝負が決まる』などの強すぎる手は禁止。最低一種には負ける設定にしてもらう。『条件に応じて強さが変わる』などの複雑すぎる効果や、客観的に判定できないもの、一方に対して有利すぎるものも禁止。あくまでジャンケンの範疇《はんちゅう》での〝なんでもあり〟だ。そのあたりは俺の裁量で判定する」

「まあ完全に自由な世界なんてのは幻想ですものね」

しったかぶった顔で言う真兎。桝先輩はさらに続ける。

「〈独自手〉の勝敗がぶつかり合ったり、効果が打ち消し合った場合は〝あいこ〟扱いになる。ルールはこれだけだ」

しばらくの間、外で吹く風の音だけが教室を満たした。

真兎はちょっと口をすぼめ、揺れる木の枝や校庭のバックネットを眺めていた。ルールを咀嚼《そしやく》し、一語ずつ吟味していることがうかがえた。やがて、もてあそばれていたいちごオレの空き容器が、トンと机に置かれた。

「効果は紙に書いて、審判に渡すだけ、ですか。開示はなし？」

「そうだ」

「てことは、相手の〈独自手〉の効果は……」

「お互い〝未知〟の状態で始めてもらう。相手の〈独自手〉を出すことは可能だが、その効果は勝負の中で推理する必要がある」

「それがこのゲームの面白《おもしれ》えとこだ。情報戦なんだよ。敵の〈独自手〉はどんな効果か？　自分の〈独自手〉で破れるのか？　破れないのか？　より多くの情報を隠し、より多くの情報を得た者が勝つ」

私は脳内でルールをまとめる。

七回勝負の勝ち越し戦。出せるのはグー、チョキ、パー＋両者の〈独自手〉計五種。〈独自手〉は基本なんでもあり。効果はお互いにわからない状態で始める。

単純といえば単純だけど……佐分利会長の言うとおり、複雑な展開になる気がした。なんでもありということは、仮説も無限に立つということだ。七回の間に敵の〈独自手〉の効果を暴くのはかなり難しいのでは？

真兎は準備運動するみたいに、右手でグー・チョキ・パーを作る。

「オリジナルもまぜて五種類かー。覚えきれるかな」ずいぶん頼りない口ぶりだった。「間違えて、指定された形と違う手を出しちゃった場合は？　やり直しですか？」

「その場合は〈空手《からて》〉扱いだ」と、榗先輩。「手を出してないのと同義になり、そのゲームは無条件で相手の勝ちになる」

「事前に決めた手の形とちょっとでも違えば〈空手〉ですか？　指一本でも？」

「当然だ。その判定も俺が行う」

真兎は右手を〝パー〟のまま顔に運び、口元を隠した。何か考えているようにも、敵から表情を隠しているようにも見えた。

「もうひとつ、大事なことを聞かせてください。ジャンケンするときのかけ声はなんですか？」

「……？　特に希望がないなら『最初はグー、ジャンケンポン』だが」

「なるほど」

真兎は大真面目にうなずき、榗先輩はあきれ顔を作った。私もコントの世界にいる気分になってくる。かけ声の何がいったい重要なのか。

佐分利会長は、なぜかあごをひと撫《な》でする。真兎に対して感心し、かつ警戒を強めるような挙動だった。

「で、どうする射守矢。やるか？」

「やりましょう」

会長の問いに真兎が応じた。榗先輩はため息をつき、本格的な仕切りに入った。

「ではまず〈独自手〉の考案からです。五分与えるので名前・形・効果を決めてください」

「鉱田ちゃん」

「ん？」

「飲みもの買ってきてくんない？　ココア、ホットで。ちょい寒くなってきたから」

……このタイミングで？　なんでだよとつっこみたくなったが、たしかに低気圧が近づいて肌寒くなっている。私は了承した。

「ゆっくりでいいよ」と言われたけど、勝負を見逃したくなかったので急いだ。一階に下り、昇降口横の自販機でホットココアを買い、階段を駆け上がる。戻ってくると三分ほど経っていた。

真兎も佐分利会長も〈独自手〉は考案済みらしく、くつろいだ雰囲気だった。

「はい」

「ありがと」真兎はココアの缶を受け取り、「あっつ！　熱い！　何これ熱した鉄？」

「そりゃまあホットのスチール缶だし」

「ちょっと冷ましてあとで飲むよ」

缶は机の端に置かれた。

椚先輩は窓際に立ち、腕時計をにらんでいた。探りを入れるならいましかないと思い、私は小声で話しかける。

「椚先輩、審判のときは敬語なんですね」

「会長もプレイヤー側だからな」

同学年の上にぜんぜん仕事しない人を〝目上〟として扱っているのか……椚先輩、社会人になってから苦労しそうだ。

「あのー、真兎って生徒会とかぜんぜん向いてないと思うんですけど」

「同意見だ」

「諸事情がって言ってましたけど、どんな事情ですか」

「諸々《もろもろ》の事情だ」

電子辞書でももう少し丁寧に解説してくれると思う。

「佐分利会長って、ゲーム強いんですか？」

「物事を意のままに運ぶ才能を〝強さ〟と呼ぶなら、会長は尋常じゃなく強い」カシオの秒針を見つめながら、先輩は独り言のように、「射守矢は、何を強さと呼ぶんだろうな」

「なんだろ……。『勝てる』って相手に思わせる才能かな」

「本人談か？」

「女子はそんなふざけたテーマでトークしないんです」

一瞬、椚先輩が笑った気がした。でも二度見するころにはいつもの顔に戻っていた。時計から顔を上げ、再び敬語モードになる。

「五分経ちました。では、佐分利会長から。〈独自手〉の名前と形を開示してください」

「これだ」

佐分利会長は右手を出した。

グーともチョキともパーとも異なる、たしかに独自の形状だった。

親指をたたみ、その上に人差し指・中指・薬指を曲げてかぶせ、小指だけを立てた形。横から見ると何かに似ている気がする。これは――

「〈蝸牛《スネイル》〉。カタツムリだ」会長が名前を明かした。「ポイントは親指の位置だな。射守矢ちゃんと見とけよ。ちょっとでも違えば〈空手〉だぞ」

「見てますよ～」

と言いつつ、真兎はポテチの袋に手をつっこんで食べカスをあさっていた。さっきまではガチっぽく見えたのだけど、やる気あるのだろうか。

「会長は〈蝸牛《スネイル》〉。了解です。射守矢の〈独自手〉は？」

最後のポテチを口に運びながら、真兎はついでのように腕を出す。

その形状は――

親指と人差し指を立て、ほかの指をたたんだ――誰でも一度は作ったことのある、あの形。

「〈銃〉です」

親指の撃鉄が起こされ、人差し指の銃口が、会長に狙いを定めていた。

「案外シンプルだな」

「グッドデザインってそういうもんでしょ」

「射守矢は〈銃〉。了解だ」椚先輩がうなずいた。「では次に、効果の確認です。この紙に設定を書き、俺に渡してください」

椚先輩がメモ用紙を配る。真兎は油分がついた右手をウェットティッシュで拭いてから、ボールペンに持ち換えた。メモ用紙を手で覆いつつさっとペンを走らせ、二つに折って椚先輩に渡す。同時に会長も四つ折りのメモ用紙を渡した。椚先輩は私から数歩離れ、受け取ったメモを開いた。

その瞬間――

真兎と会長の眼が、同時に光った。

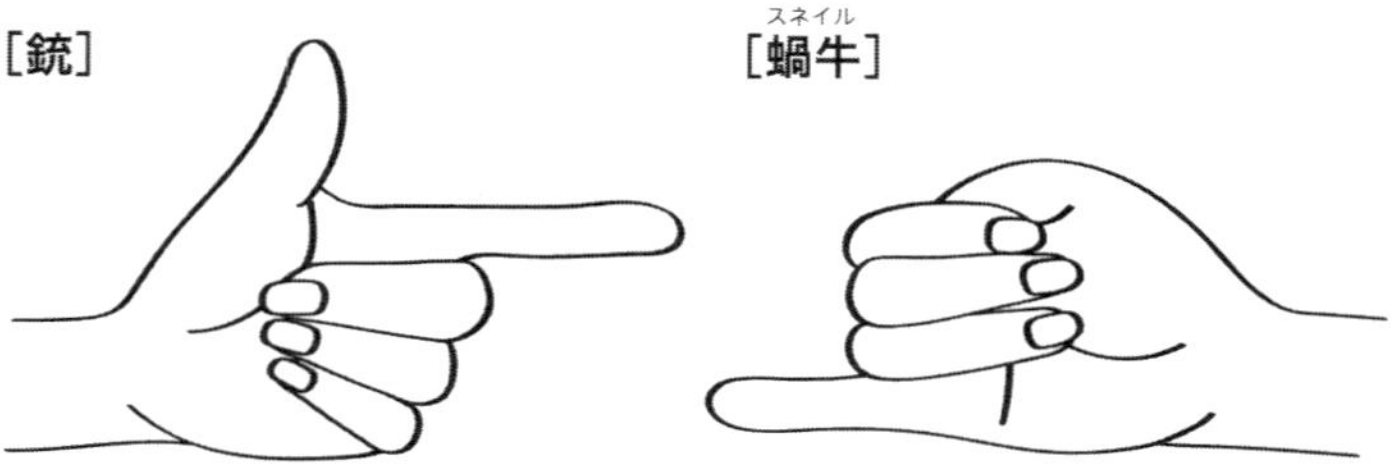

楽しいゲームになりそうだ。

佐分利銚子は高揚している。

このゲームの名目は射守矢真兎のリクルートだが、もうひとつ、テストという裏の目的もあった。射守矢が本当に使えるか否か。配下に引き入れ、あれに挑ませる価値があるか否かの試金石。真価はまだわからないが、なかなか見どころがあると感じていた。たとえばいま、射守矢は佐分利と同じく椚の視線に注目している。情報戦がすでに始まっていることを、やつも理解している。

審判の椚は、両者が作った〈蝸牛《スネイル》〉と〈銃〉の効果を確認しようとしている。立ち位置に気を配っており、佐分利と射守矢からはもちろん、鉱田の位置からもメモを盗み見ることはできない。

しかし、この状況からでも得られる情報がひとつだけあった。

椚がメモに目を通す時間だ。

一般的に、読む時間は文字数に比例する。それを計ることで、射守矢の〈銃〉の効果をある程度推測することができる。文字数が少なければ〈○○に勝って△△に負ける〉というような単純な手である可能性が高い。文字数が多ければ、なんらかの特殊効果が付加されているということだ。

椚の手が動く。カサカサと二度音が鳴った。四つ折りにした、佐分利のほうのメモ用紙だ。佐分利はじっと注視する。椚の視線がメモに落ち、文字を追う。頭の中で時間を数える。

いち、に、さん、し——視線がメモから離れた。

数えた時間は、五秒だった。

〈蝸牛《スネイル》〉の効果は三十字程度。特殊効果つきだが、どうとでも取れる絶妙な文字数である。横目で射守矢を見つつ、悩め悩め、と内心で煽《あお》る。

続いて椚は、射守矢のメモを開く。佐分利はまた時間を数える。いち、に――

あぁ？　と声が出そうになった。

〈銃〉の確認に椚がかけた時間は、わずか二秒半だった。

〈蝸牛《スネイル》〉の確認時間を基準に考えるなら、〈銃〉の効果は十～十五字程度ということになる。たとえば普通のチョキでも、効果は〈パーに勝ち、グーに負ける〉で十文字だ。それに匹敵するくらい簡単な手ってことか？　特殊効果はなし？　なんでもありの〈独自手〉で、そんな馬鹿な設定にするか？　やっぱりただのボンクラか？

あるいは――

「では、ゲームを始めます。ここで向かい合ってください」

椚は教室の後ろ側、ロッカー前のスペースに移動した。

はーい。やる気なげに応《こた》え、射守矢が席を立つ。佐分利もそれに続く。

短く折ったスカートと揺れるカーディガンを見つめるうちに、敵の本質をつかんだ気がした。

そうだよな、射守矢。

それがおまえの戦い方だ。

崩れかけた前提を建て直し、鉄骨で補強する。射守矢真兎はキレ者だ。行動には常に裏があると考えるべきだ。たとえばさっきの〝かけ声〟。無邪気を装った、このゲームのある側面を突いた質問だった。愚鈍なふりして戦略を練り、油断を誘い、死角から刺す。こいつはそうやって人に勝つ。

わかっていれば、刺し返せる。

机の間を歩きながら、佐分利錵子はにやついた。彼女はこのゲームに人生をかけてはいない。

退屈な生徒会運営の余興。遊び半分で挑む勝負だ。

しかし彼女は、遊びで敵を制し、余力で人生を転がす。そういう才の持ち主である。

このゲームも、すでに勝利を確信している。


私は勝てるだろうか。

ロッカー前で立ち止まると、射守矢真兎は天井を見上げた。不規則に穴が散る石膏《せっこう》ボードは何も答えてくれなかった。

椚の様子をうかがう。難しい顔をしているが、彼の顔は大抵難しいので内心までは読めない。

友人がその脇で首をきょろきょろさせ、手近な椅子を引き、目立つまいとするように肩をすぼめて座った。鉱田ちゃん。会長の持ちかけた条件が「鉱田も一緒に生徒会加入」じゃなくてよかったと思った。それだったら無条件で呑《の》んでいたかもしれないから。

友人の背後には、さっき自分が置いたホットココアの缶が見える。

仕込みはすでに終えている。

通用するかどうかは、始まってみないとわからないけど。

体の奥で何かがわだかまっている。勝負ごとにのぞむ前、常に抱く感覚だった。スリルでも愉悦でも気合いでもない名状しがたい何か。屋上のふちに立っていて、下は虚空で、普段の自分の歩幅より十五センチだけ遠い場所に足場がある、そんな感覚。

わざわざ分析したり、向き合ったりする気はなかった。この感覚を勝負に特有の何かだと捉《とら》えるのはどうしようもなく間違っている。射守矢真兎はそれを知っている。

なぜなら気づいてないだけで、この感覚は常にあるのだ。

――第一ゲームから賭《か》けに出ないとなあ。

最初に出す手はもう決めていた。


椚迅人も思考をしていた。

審判である彼だけが、両者の〈独自手〉を把握し、ゲームの全貌《ぜんぼう》をつかめる立場にいる。ついさっき目を通した二枚のメモを脳裏に浮かべ、比較する。

いまのところ、〈独自手〉の創作力で比べるなら――やはり会長のほうが一枚上手、といえるだろう。経験者にしか作れない手で、戦略も明確だ。

対して、射守矢の〈銃〉……この効果は、なんだ？

悪い手ではないと思うが、意図が読めない。場あたり的に作ったような、つまらない手に感じた。椚が知るいつもの射守矢らしくない。いったい何を狙っている？

〈独自手〉はこのゲームの要《かなめ》といえる。どんな効果を作るかで八割方勝負が決まる。それくらいは、射守矢にもわかっているはずだが。

違和感があった。五月に彼女と戦ったときと同じ、足元に地雷が埋まっている感覚が。

これまでの射守矢の行動と、言動を反芻《はんすう》する。彼女の仕掛けた地雷を探る。

ある場面を思い出した瞬間、彼は電撃に打たれた。

まさか——

*

「椚先輩？」

黙り込んだ先輩に声をかけると、彼ははっとしたように私を見た。「ああ」と応じ、姿勢を正す。真兎じゃあるまいし、まさか寝ていたわけじゃないと思うけど。

「では、自由律ジャンケンを始めます」

真兎と会長は一メートルほど間隔をあけて向き合い、お互いに右手を上げた。

酔客めいてだらけた銃士、対、妖気をまとった蝸牛《かぎゅう》使い。

「第一ゲーム」

「「最初は、グー！」」

おなじみのかけ声が全力で発され、椅子からずり落ちそうになった。

なんだかんだ言って、ただのジャンケンなのだ。真面目に見ることもないのかもしれない。まして勝負は七回もあるんだし。

「「ジャン、ケン——」」

重なっていた二人のかけ声は、しかしすぐに途切れた。

私はあっけにとられ、会長は「あぁ？」と声を出す。椚先輩が慌てて叫ぶ。

「い、射守矢！　もう変えられないぞ」

「かまいません」

真兎だけが、笑っていた。

自由律ジャンケン第一ゲーム。ただのジャンケンの、様子見の一回戦。

真兎が最初に選んだのは、

「さ……先出し？」

† 4

佐分利銚子の目は、射守矢の右手に吸い寄せられていた。

「ジャン、ケン、ポン」の「ケン」のタイミングで、予想外の先出し。

射守矢真兎が出したのは、**〈銃〉**だった。

「続行します。会長も手を――」

椚の声をよそに佐分利は思考する。〈銃〉。射守矢の〈独自手〉だが、審判の動揺ぶりからうかがうに効果と先出しは関係なさそうだ。とすると、
ああ、そうきたか。

このゲームに精通する佐分利は、いち早く敵の意図に気づく。

〈銃〉に対しグー・チョキ・パーのどれで勝てるか、佐分利にはまったく予想がつかない。しかし〈蝸牛《スネイル》〉を出した場合の勝敗ならわかっている。〈銃〉に対し勝つか負けるか、〈蝸牛《スネイル》〉の設定時に自分で決めたからだ。

もしも〈蝸牛《スネイル》〉が〈銃〉より強い設定なら、佐分利は迷わず〈蝸牛〉を出せる。だが弱い設定なら、それ以外の手を出さざるをえない。

ベールに包まれた〈銃〉と〈蝸牛《スネイル》〉の力関係。射守矢はそれを見極めるために〈銃〉を先出しした。

「――ジャン、ケン――」

椚がかけ声を始める。佐分利はさらに深く潜る。

射守矢が作った〈銃〉側の設定はどうだ？　自信満々に攻めてきた以上、「〈蝸牛《スネイル》〉に勝つ」設定である可能性が高い。それなら佐分利の〈蝸牛《スネイル》〉が「〈銃〉に勝つ」という設定だったとしても、勝ちvs勝ちで効果がぶつかり合い、結果はあいこで済む。〈独自手〉同士の対決ではしばしばそういう形の引き分けが起こる。

あるいは、全部ブラフなのか――

選択の時間は限られている。佐分利はわずかに悩んだ末、

「――ポン！」

最も安全な策を取った。

出したのは、射守矢と同じ――〈銃〉。

「あいこです」

椚が宣言し、同時に射守矢の頬が、にいっと持ち上がった。佐分利にとってその笑みは、殴り

たくなるような憎たらしさとキスしたくなるような魅力が同居していた。

佐分利は〈蝸牛《スネイル》〉を出せなかった。すなわち、射守矢真兎が、**〈蝸牛《スネイル》〉は〈銃〉に負ける。**敵の情報をひとつ奪った。

自由律ジャンケンは情報戦。まずは射守矢真兎が、

「もう一度です。最初は」

「「グー！」」

椚に促され、両者は再びかけ声に入る。佐分利はすでに分析を終えている。

射守矢の手は、次もおそらく〈銃〉だ。

その理由は、〈独自手〉設定時のあるセオリーにあった。

通常、〈独自手〉はグー・チョキ・パー・敵の〈独自手〉の四種のうち、三種に勝つよう設定することが多い。禁止されているのは「すべてに勝つ手」だけなので、三種までは許される。

射守矢視点ではいま、〈蝸牛《スネイル》〉が〈銃〉に負けることがわかっている。ならば〈蝸牛《スネイル》〉は残りの三種、グー・チョキ・パーに勝つ設定なのでは。当然そう考える。現状このゲームは「グー・チョキ・パーに〈蝸牛《スネイル》〉をぶつけたい佐分利」対、「その〈蝸牛《スネイル》〉に〈銃〉をぶつけたい射守矢」という構図――射守矢には、そう見えているはず。

射守矢の〈銃〉もセオリーにのっとった手だと仮定するなら、彼女にとっての最適解は続けて〈銃〉を出すことだ。〈蝸牛《スネイル》〉に勝てる上、佐分利がグー・チョキ・パーを出したとしても、破られる確率は三分の一。最も勝率が高い。

ならば、佐分利の出すべき手は。

再び〈銃〉を合わせてあいこにするか、グー・チョキ・パーのどれかで〈銃〉撃破の賭けに出るか。

堅実なのはやはり、あいこ狙いだ。賭けに出て負けた場合、〈銃〉のなんらかの特殊効果が発動する危険もある。膠着《こうちゃく》状態を作ることになってしまうが、ここは佐分利も〈銃〉を出して――と、いうところまで、たぶん射守矢は読んでいる。

「「ジャン、ケン――」」

両者の手が持ち上がる。射守矢真兎はまだあの笑みを浮かべている。

そうだよな射守矢、おまえはキレ者だ。オレが〈銃〉を出すと思ってる。だからおまえは、〈銃〉に勝つ手を出してくる。

なら、オレの出す手は――これだ。

「「ポン！」」

少女たちの右手が振り下ろされた。

射守矢真兎の手は、**グー**。

佐分利錵子の手は――〈銃〉。

「第一ゲーム、勝者は射守矢です」

椚が宣告し、鉱田が小さなガッツポーズを取った。射守矢も大げさに胸をなでおろす。

佐分利はうなじをかいた。ワックスのにおいが周囲に散った。

「射守矢ァ、ひとつ教えてくれ。始まる前、椚に〝かけ声〟の確認したのは、あの時点で先出しを想定してたからか？」

「まあそんなとこです。私の一歩リードですね」

「んー？　そうか？　射守矢、おまえが得た情報だがな、果たして信用できるか？　このゲームの確実なソースはジャンケンの勝敗、それだけだ。オレが嘘をついてないって確証がおまえにあるか？」

〈蝸牛《スネイル》〉と〈銃〉は直接ぶつかり合ったわけではない。〈蝸牛《スネイル》〉の効果は、まだベールに包まれている。

「オレは確実な情報を得たぜ」

それが射守矢の戦略にあえて乗った、理由だった。

〈銃〉はグーに負ける。グーを出すことで、撃破できる。

射守矢の〈銃〉はすでに、最強の武器たりえない。

「………………」

肩をすくめる射守矢に、もうあの笑みは浮かんでいなかった。


互いがリスクを取り合う初戦となった。

肉を切らせて骨を断つ気勢で、開幕からぶつかり合った。

優位に立ったのはどちらか。

射守矢真兎はこの第一ゲームにおいて、針の穴を通すようなある賭けに勝っていた。一方佐分利銃子は、一敗と引き換えに〈銃〉の撃破法を取得。加えてもうひとつ、射守矢から小さな情報をかすめ取ることに成功していた。

それは――

5

「では、第二ゲームを始めます」

椚先輩が言い、真兎と会長は再び向き合う。

しょっぱなから異次元の攻防を見たことで、私の緊張も少し高まっていた。

会長の言葉からうかがうに、真兎の先出しは〈蝸牛《スネイル》〉に勝つ手を探るための特攻だったみたいだ。二人の頭の中でどんな読み合いが行われてるのか、私にはわからないけど、適当にジャンケンしてるわけじゃないことはわかる。

真兎の立場に立って、次に出す手を考えてみる。

出せる手は五種類。グー、チョキ、パー、銃、蝸牛《スネイル》。

不気味なのはやっぱり〈蝸牛《スネイル》〉だ。自由律ジャンケンは普通のジャンケンと違い、たぶんパワーバランスが大きく崩れている。〈蝸牛《スネイル》〉が何に勝って何に負けるのか、早々に特定しないと戦略の立てようがない。

一勝したから余裕もあるし……私なら、〈蝸牛《スネイル》〉を出してみるだろう。さっき会長が言ったとおり、まだ情報の確度が低いので、いまのうちに効果を探っておきたい。

「最初は、グー。ジャンケン、ポン！」

私たち以外いない教室に、通算三度目のかけ声が響く。

真兎の出した手は、**〈蝸牛《スネイル》〉**。

佐分利会長の手は、**チョキ**だった。

初めての組み合わせだ。勝敗は……？

「第二ゲームは、佐分利会長の勝利です」

椚先輩が事務的に告げた。

会長のリアクションは「予定調和」という感じで、薄かった。私の予想も同じだったし、〈蝸牛《スネイル》〉を出すと読まれていたのかもしれない。

一対一、これで同点。でも、**チョキで〈蝸牛《スネイル》〉が破れる**と確定したのは収穫だろうか。真兎を応援する義理はべつにないのだけど、なるべくなら勝ってほしい。生徒会に入れられたら喋る時間、減っちゃうし。

「続いて第三ゲームです。両者用意を。……おい、射守矢」

椚先輩が呼びかけたが、真兎は無反応だった。

右手を〈蝸牛《スネイル》〉にしたまま目の上にかざし、美術品の真贋でも判定するみたいにじっと眺めている。そして、つぶやく。

「……チョキ」

いま会長が出した手に、大きな意味があるような——そんなつぶやき方だった。

「射守矢、構えろ」

「はーい」

ようやく動きだす真兎。手の形をグーに戻し、対峙《たいじ》する会長と同じ位置まで下げる。

また、かけ声が始まった。

「「最初は、グー。ジャンケン、ポン！」

真兎の出した手は、**チョキ**。

佐分利先輩は――え？

「ポン、っと」

一瞬遅れて、グーだった。

「第三ゲーム、勝者は佐分利会長です」

椚先輩が宣言し、会長は手をひっこめる。生徒会コンビは涼しい顔をしていた。

「ちょ……ちょっと待ってくださいよ先輩、いまのルール違反じゃないですか？　会長、真兎より遅れてグー出しましたよ」

「問題ない」

「あるでしょ！　先出しはよくてもあと出しはだめですよ、普通にズルじゃないですか！」

腕をつかんでぐわんぐわん揺らしてやったけど、先輩は「問題ない」と繰り返すだけだった。こちらを見ようともせず、ずれた眼鏡を直す。

「会長二勝、射守矢一勝です。続いて第四ゲームを始めます」

頭が沸騰するのを感じた。

会長が卑怯《ひきょう》な手を使うのはまだいい。でも、審判がそれを見過ごすってどういうこと？　フェアを重んじる人だと思っていたのに、結局身内びいきをするのか。かるたカフェのときは一緒にイカサマを破ったのに、今度は自分が仕掛ける側？　見損なったぞ椚迅人。

「真兎！　真兎もなんか言いなさいよ」

「私にもあと出しに見えたけど、椚先輩の判断ならしたがうよ。椚先輩がルールだからね。ですよね会長？」

「ああ。椚の判断は絶対だ」

「そ、そんな……」

真兎は結果を受け入れているようだった。ロッカーに寄りかかり、視線は窓へ向いている。その脳内にもグラウンドと同じく、風が吹き荒れているのだろうか。それとも我関せずといったていで、晴れ間が覗いているのだろうか。

自分だけ駄々っ子になったみたいな、歯がゆい気分で腕を組んだ。

「さーて。負けてるし、折り返しですからね。私もギアを上げてかないとな」

真兎は肩をぐるんぐるん回す。「おせーんじゃねーか上げるのが」と、佐分利会長。勝ち越したからか、余裕が見受けられる。

「では、第四ゲーム」

「最初は、グー。ジャン、ケン、ポン！」

真兎はアンダースロー投手のような大げさな横振りで、会長はこれまでと同じ縦振りで、互いに右手を繰り出した。今度のタイミングはぴったり同じだった。

真兎の手は、もう一度〈蝸牛《スネイル》〉。

会長の手は、〈銃〉。

まずい、と思った。第一ゲームで会長が〈蝸牛《スネイル》〉を出さなかったのは、たぶん〈蝸牛《スネイル》〉が〈銃〉より弱い設定だから。それくらいは私も気づいている。この勝負も会長の勝ちか？

「あいこです」

椚先輩が言い、
両者の目が見開かれた。

何か、ありえないことが起こったとでもいうように。

たしかにあいこは意外だけど……それほど驚くことだろうか。椚先輩は「効果や勝敗がぶつかり合った場合は〝あいこ〟になる」と言っていた。たぶん真兎の〈銃〉も〈蝸牛《スネイル》〉に負ける設定だったのだろう。お互いに負け合う形になり、あいこ。それだけのことでは？

驚愕《きょうがく》に染まっていた二人の顔が、同時に変化し——同時に笑う。

会心の笑みを浮かべたまま、二人は再び腕を振る。

「最初は、グー。ジャンケン、ポン！」

真兎の次の手は、**パー**。

佐分利会長は——一瞬遅れて、**チョキ**を出した。

「第四ゲーム、勝者は佐分利会長です」

「ちょっ、また……椚この野郎！」

私は汚職審判に不満を爆発させようとしたが、

「なーるほど」間延びした真兎の声にさえぎられた。「そういう効果ですか。一杯食わされました」

真兎はふらりと定位置を離れ、他人の机にお尻《しり》を載せる。プリーツスカートが持ち上がり、くつろぐように脚が組まれる。

「効果って……真兎、〈蝸牛《スネイル》〉の効果わかったの？」

「〈蝸牛《スネイル》〉はお邪魔手なんだよ」

「おじゃま？」

「『〈空手〉**扱いですべての手に負ける。次のジャンケンにおいて、相手はあと出しが可能になる**』。これが会長の作った〈蝸牛《スネイル》〉の効果だ。たぶんね」

言われてみれば、会長があと出しし、椚先輩がそれをスルーしたのは、どちらも真兎が〈蝸牛《スネイル》〉を出した直後のジャンケンだ。

でも、信じられなかった。

だって、〈独自手〉はなんでもありで。いくらでも強い手を作れるのに、わざわざそんな――

「ルールの穴だよ。『強すぎる手』は禁止だけど、『弱すぎる手』は禁止されてない。ゲーム中、効果を探ろうとした私が〈蝸牛《スネイル》〉を出す確率はかなり高い。一度でも出せば〈空手〉＋あと出しで自動的に二勝。二度出そうものなら四勝で勝ち越し、勝利確定ってわけ」

逆転の発想だった。

自分が勝つためではなく、真兎を負かすために作った〈独自手〉。〈独自手〉の発想は自由。相手はこちらの効果を知らなくて、四回勝ち越したほうの勝ち――こうした条件下なら、たしかに最弱の手が最強の手になりうる。そして最弱の手は、ルールの中でしっかり設定されていた。試合放棄と同義に見なす〈空手〉。

会長はただ、〈蝸牛《スネイル》〉以外を出しながら適当にジャンケンをしていればよかったのだ。待っていれば真兎が罠《わな》に落ち、自滅するから。

「第一ゲームで会長が負けたのもわざとだったかもね。どうです会長？」

「なるべく早く〈銃〉に勝つ手を知っときたかったからな。それさえ把握すりゃ、あと出しジャンケンでオレが負けることはなくなる」

「ネーミングも秀逸でしたね。〈蝸牛《スネイル》〉。足の遅いカタツムリがあと出し可能を示唆してる。英語名にしたのは釘《ネイル》の意味を含ませたかったからですか？　次のターンまで続く遅効性の呪術《じゅじゅつ》。藁《わら》人形に打ち込む釘《くぎ》ですね」

「いちいち見抜くなよ小っ恥ずかしいから」

佐分利会長は愉快そうだった。真兎の推理をふまえれば、第一ゲームの一度目のジャンケンで会長が〈蝸牛《スネイル》〉を出せなかったのにも納得だ。〈銃〉だけでなくすべてに負けるのだから——

あれ？　待った。

ついさっき、第四ゲームの一度目。〈銃〉と〈蝸牛《スネイル》〉がぶつかり、あいこになった。

〈空手〉扱いの〈蝸牛《スネイル》〉が、あいこ？

「てか、一杯食わされたはこっちの台詞だわ。四勝確定だと思ったんだが、まさかおまえも同じ戦略とはな」

会長の右手が再び銃を作り、

「銃だからって、実弾が入ってるとは限らねえ。おまえの銃は空砲だろ」

真兎の額に、銃口が向けられた。

「『〈空手〉扱いですべての手に負ける』。それが〈銃〉の効果だ。すべてに負ける〈蝸牛《スネイル》〉とぶつかって結果があいこってことは、それ以外考えられねえ。文字数から察するにほかの特殊効果はない。だろ？」

文字数？　なんのことかわからなかった。真兎は無言で先を促す。突きつけられた銃から弾が発射されないことを、知っているかのように。

「戦略はオレと同じ〝最弱の〈独自手〉〟。初手からこの発想してくるやつはなかなかいねーぞ、性格の悪いやつだな」

「〝あと出し〟をつけ加えた先輩のほうが性悪ですよ」

「うまい設定だったろ？　二勝確定の上、ジャンケンの範疇にもきっちり収まる。勘違いって場合もあるから敵を惑わせられるし、審判への不信で注意も逸《そ》らせられる。実際おまえは、気づくのに三ゲームを消費したな」

「…………」

「そろそろやべーんじゃねーか？　射守矢」

〈空手〉同士であいこ、というイレギュラーが起きたことで、会長が狙っていた四連敗はギリギリ回避した。でも、

「現在、佐分利会長、三勝。射守矢、一勝。あと一勝で会長の勝ちです」

真兎はロープ際に追い詰められていた。

第四ゲーム終了。残り三ゲーム。真兎が逆転するためには、ここから一戦も落とさず三連勝しなければならない。〈独自手〉が暴かれ攻め手を失った、この状況で。

真兎は腰に結んだカーディガンの袖を持ち、くるくる回しながら定位置に戻る。呑気《のんき》すぎる友人に代わって、私はつばを飲み込んだ。

私はのちに知ることになる。

この時点で、すでに勝負が決まっていたことを。

† 6

「互いの効果が判明して、両方が妨害用のゴミ手か……。こっから先はただのグー・チョキ・パーのジャンケンになりそうだな。ちょい興ざめだが、まあいいか」

そう言いながら、佐分利銚子は敵の反応を探る。

あきらめたのか飽き始めたのか、射守矢真兎からはゲーム開始時の積極性が失せている、ように見えた。ここから先は運否天賦《うんぷてんぷ》——そう捉えてくれているのなら、しめたものだ。

佐分利にはまだ、戦略が残っている。

それは〈蝸牛《スネイル》〉の効果バレを想定したプランB。ゲーム後半にじわじわと効いてくる、もうひとつの毒である。

「では、第五ゲームです」

「「最初は、グー！」」

二人は握りこぶしを出し、その手をまた振り上げる。佐分利はじっと、射守矢の手を注視する。

仕込んでいたのは〝手の盗み見〟だ。

腕を振り下ろす瞬間、大抵の人間のこぶしには、すでに出す手の兆候が現れている。グーなら握ったまま、チョキ・パーならこぶしが開き気味、というように。動体視力でそれを見抜き、勝率の高い手を合わせる。あと出しと同じく、ジャンケンにおける最も単純かつ最もポピュラーな不正行為だ。

　この盗み見、人によって出し方にバラつきがあったり、直前で手の形が変わったりすると、実際には理論どおりいかないケースが大半である。だが自由律ジャンケンにおいては、その空論が通るのだった。理由は主に二つ。

　ひとつは〈独自手〉の存在だ。習慣づいたグー・チョキ・パーに、異物である〈独自手〉二種がまざるこのジャンケン。パターンが複雑化するため、プレイヤーは〝何も考えず反射で出す〟という戦術を取りにくい。自分の繰り出す手に意識的になるので、その分兆候が現れやすくなる。

　加えて佐分利は、〈蝸牛《スネイル》〉にも小さな仕掛けを施していた。

〈蝸牛《スネイル》〉の形状は、親指をたたみ、その上に人差し指・中指・薬指を曲げてかぶせ、小指だけを立てる。

　射守矢に念押ししたとおり、親指の位置がポイントだった。通常のグー・チョキ・パーにおいて、親指がほかの指の内側に隠れることはまず起こらない。さらにゲームは「最初はグー」のかけ声で始まる。射守矢が〈蝸牛《スネイル》〉を出すつもりだった場合、「最初はグー」で通常のグーを出したあと、〝親指をほかの指の内側にくるむ〟という行為が絶対に必要になる。親指に着目すれば〈蝸牛《スネイル》〉とほか四種との区別は簡単だった。

　といっても、むろんイレギュラーは起こる。たとえば先ほどの、第四ゲーム一度目のジャンケン。射守矢は横振りで手を繰り出したため、佐分利からは手の形がよく見えなかった。そこで最も勝率が高い（と、あの時点では思っていた）〈銃〉で対応したところ、まさかの〈空手〉同士であいこになったのだった。

　今回の射守矢は？

縦振りだ。

「『ジャン、ケン――』」

射守矢が右手を振り下ろす。

握りこぶしを開いているのが、はっきりと見えた。

自由律ジャンケンにおいて〝盗み見〟が有効な理由の二つ目は、このゲームが七回勝負であることだ。二度、三度とジャンケンを繰り返すことで統計を取り、敵の癖を把握できる。

ここまで射守矢真兎が出した手は、計六回。〈蝸牛《スネイル》〉が二回に、グー、チョキ、パー、〈銃〉が一回ずつ。一手一手をつぶさに観察することで、佐分利はすでに射守矢真兎の癖をつかんでいた。

一番よくいるタイプだ。グーを出すときは、「最初はグー」のあと握ったこぶしをそのまま出す。チョキ・パー・〈銃〉の場合はこぶしをやや開いた状態で出し、〈蝸牛《スネイル》〉を出す場合は、振り下ろす時点で親指をすでにくるんでいる。

いまこぶしが開いているということは、射守矢の手はチョキ・パー・〈銃〉のうちどれか。ゴミ手である〈銃〉の選択肢はすでにないので、実質二択。

どちらにも負けないのは――

「『ポン！』」

安全圏の確信とともに、佐分利錠子は**チョキ**を出した。運がよければ四勝でゲーム終了、悪くてもチョキ同士であいこだ。

直後、眉間《みけん》にしわが寄る。

射守矢真兎の手は、**グー**だった。

「第五ゲーム、勝者は射守矢です」

椚が告げ、鉱田が胸を撫でおろす。プレイヤー側の二人だけが、起きたことを把握していた。

「ハメたな、射守矢」

「まあジャンケンするならこれくらいは基本でしょ」

メイク前の保湿について語るような気軽さだった。

自由律ジャンケンは情報戦。佐分利がつかまされていたのは偽の情報だった。射守矢はあえて癖を把握させ、チョキに誘導し、直前でこぶしを握り直した。

「オレが盗み見してるって気づいてたのか」

「確信はないけど警戒はしてました」

「いつからだ」

「かけ声が『最初はグー』って聞いたときからです。〈蝸牛《スネイル》〉も盗み見しやすい形状でしたし。あと第二ゲームのチョキですね、怪しいなーと思ったのは」

第二ゲーム。射守矢は手を振り下ろす瞬間、こぶしをやや開き、親指をくるむような兆候を見せた。おそらく〈蝸牛《スネイル》〉だと推測したが、まだ序盤であり、確信が持てなかった。グーはないだろうが、パー・チョキ・〈銃〉の可能性が等しくあった。

そこで佐分利はチョキを出した。〈銃〉に対する勝敗はあの時点では不明だったが、パー・チョキ・〈蝸牛《スネイル》〉に対しては負けずに済むからだ。

開始前から〝盗み見〟を警戒していたのなら、たしかにあの一手はあからさまだったかもしれない。

「会長三勝、射守矢二勝です。では第六ゲームを……」

「あ、ちょっとタイム」

射守矢は一度机に戻り、先ほど鉱田におつかいさせたココアの缶を持ってきた。タブを起こし、左手を腰にあて、風呂上がりの牛乳よろしくぐびぐびと喉《のど》を鳴らす。適温を通り過ぎてもうぬるくなっていると思うのだが、猫舌なのかもしれない。

「一口ちょうだい」「やだ」「えー買ってきてやったじゃん」鉱田との間でゆるいやりとりが交わされる。缶から漂う甘い香りが、緊張が切れた場の空気をそのまま写し取っていた。

〈独自手〉は看破され、盗み見も対策された。ここから先は正真正銘、運の勝負だ。

「早く終わらせないと台風が来るぞ」

「はーい」

椚に叱られ、射守矢は缶を持ったまま定位置についた。プレイヤーたちは同時に手を構える。

「では、第六ゲーム」

「「最初はグー！　ジャンケン、ポン！」」

佐分利の出した手は、**パー**。

射守矢の手は――

「はァ？」

〈銃〉だった。

親指の撃鉄と、人差し指のバレル。理解不能だった。ついさっきゴミ手だと判明したばかりの〈銃〉。それをなぜ、射守矢が自ら出す？

だが〈空手〉対パーなら勝敗は明らかだ。パーを出した佐分利の勝ち――

「第六ゲーム、勝者は射守矢です」

佐分利は耳を疑い、ギャラリーの鉱田も「え？」と疑問の声を上げた。

「おーい椚、眼鏡の度合ってんのか？〈銃〉対パーだぞ」

「すべてルールどおりです。第六ゲームは射守矢の勝ちです」

生徒総会で会計報告をするときと同じポーカーフェイスで、彼は繰り返した。

椚はおそらく、射守矢の生徒会加入には反対の立場だ。加入阻止のために造反？　いや、ないな。椚は堅物だ。荒野のど真ん中でも信号を守る、そういう男だ。

ならば、仕掛人は――目の前に立っているこの女だ。

「全部に対して〈空手〉扱いってわけじゃなかったか」

〈銃〉の効果を読み違えていた。

妨害目的のゴミ手ではなかったのだ。

これまで明らかになった〈銃〉の勝敗をもう一度整理してみる。〈蝸牛《スネイル》〉に対しては〈空手〉扱い。グーには負ける。パーには勝つ。チョキに対してはまだ不明。〝強さが変化する手〟は禁止されているため、効果には一貫した法則があるはずだが……。

「ずいぶん変な手を作ったな」

「面白いでしょ」

「面白いっていうか……わけがわからねーよ。オレは〈独自手〉ってのはそいつを映す鏡だと思ってる。戦略や思考の個性が表れるからな。けどおまえの〈銃〉には戦略が見えねえ。適当に作ったのか？」

「とんでもない。緻密《ちみつ》な考えにもとづいてますよ」

「……まあかく乱狙いって意味じゃ、ランダム性も戦略だが。実際かく乱されてっし」ため息が漏れた。「おまえはもっと、〝自由〟の趣をわかってるやつだと思ったんだがな」

自由と思考の放棄は似て非なるもの、というのが佐分利錵子の考えだった。

自由とは大湖に張った薄氷だ。どこでも好きに歩いていけるが、その一歩一歩には、踏み込む強さも、角度も、足の置き場にも、確固たる思考が要求される。何も考えず進む者は氷を踏み抜き、溺《おぼ》れ死ぬ。

このゲームにおいてもそうだ。〈独自手〉を通した戦略の読み合いが醍醐味《だいごみ》なのであって、その正体が「適当に作りました」ではつまらない。自由なのだから意味などいらない、というのは子どもじみた言いわけである。

佐分利の求める人材は、転倒を恐れ這《は》いつくばる臆病者《おくびよう》でも、冷水に落ちて勇者を気取る馬鹿でも、考えなしに走り回るガキでもなかった。氷上で華麗なステップを踏む、フィギュアスケーターの如き強者だった。

射守矢真兎は、理想の人材ではないのかもしれない。

「もっときついペナルティを科すべきだったかもな。負けたら全裸土下座とか」

「どういう意味です？」

「真剣勝負ならおまえの全力を見られるだろ」

全力──と射守矢はつぶやく。唇の下を指でなぞり、考え込む。

「このゲームは、会長にとって遊びですか」

「まあ遊び半分ではあるな」

「じゃあ仮に命をかけたゲームだったら、戦略や出す手は変わってましたか？」

「……？」

「たとえ命をかけていても、ガリガリ君とか缶ジュースとかもっとくだらないものを賭けていても、私はいまと同じことをしてると思うんですよね」

佐分利は射守矢真兎を見つめた。

亜麻色の長髪とグロスを塗った唇が、蛍光灯に照らされている。スカートベルトで調整しているのだろうか、形の整った短いプリーツ。右足側のクルーソックスがわずかに下がり、白い足首に薄い跡がついていた。相手はどこにでもいそうな女子高生で、それゆえいまの言葉がどちらの意味なのか、佐分利には判別がつかなかった。

「そりゃ、どんな勝負も適当に流すってことか？　それとも、どんな勝負も考え抜いて戦うってことか？」

「ちょうちょの羽ばたきが怖いんですよ」

「ちょうちょ？」

「何かを賭けてやる以上、負けたら何かを失うでしょ。小さな結果が大きなものを変えちゃうことだってある。そういうの、やだなあって」

そう言って射守矢は、ココアの缶へ視線を落とす。佐分利はどす黒い飲み口と、その奥に沈殿する生ぬるい液体を想像する。

口を開きかけ、すぐに思い直し、会話を打ち切った。煙に巻くような言葉につきあう必要はなかった。いま二人は、もっと効果的な〝面接〟の最中なのだから。

射守矢真兎の本性は、自由律ジャンケンが教えてくれる。

「じゃ、最終ゲームとっとと終わらすかァ」

佐分利は率先して右手を上げる。射守矢も鏡像のように手を上げた。

椚が咳払いをする。

「現在、会長、射守矢ともに三勝。このゲームに勝ったほうが勝者です。では、第七ゲーム」

「「最初は、グー！」」

こぶしを振り下ろしながら、分析する。

射守矢の〈銃〉。特殊効果は開始前の〝文字数〟の目安からして考えにくいため、想定しなくていいだろう。現時点で判明している〈銃〉に勝つ手はグーのみ。負ける手はパー。ゴミ手である〈蝸牛《スネイル》〉を出す選択肢はお互いないので、残り四種での読み合いとなる。

「「ジャン――」」

〈銃〉とチョキの関係はどうだ？〈銃〉はチョキに勝つのか、負けるのか？

〝盗み見〟にまつわる攻防が交わされた第五ゲーム。射守矢は佐分利にチョキを出させ、そこにグーを合わせた。もしも〈銃〉がチョキに勝つ設定ならば、あの局面で射守矢が出すべき手は、グーではなく〈銃〉だったのでは？　あのとき佐分利は〈銃〉をゴミ手だと認識しており、出せる手の選択肢はグー・チョキ・パーしかなかった。射守矢にもそれはわかっていたはず。射守矢がグーを出せば勝つ確率は単純なジャンケンと同じ三分の一だが、〈銃〉がチョキに勝つ設定だった場合は三分の二となる。〈銃〉を出せばパーとチョキに対し勝利できるためだ。万が一佐分利がチョキ以外の手を出してきたとしても、安全度が高い。

射守矢がそれを実行しなかった以上、**〈銃〉はチョキに負ける**という仮説が立つ。

ならば、勝率の高い手はグーとチョキだ。グーはチョキと〈銃〉に、チョキはパーと〈銃〉に、それぞれ二種ずつに勝利できる。両者がぶつかり合った場合はグーが勝つので、最善手はグーと見るべきか。裏をかくならパー、その裏をかくならチョキか〈銃〉。自分が射守矢だったら――

「「ケン――」」

えぇ⁉　と、鉱田の声が響いた。

佐分利もあっけにとられ、突き出された手を見つめた。構築していた推理は、その一撃で吹き飛んでしまった。

射守矢真兎の選択は。この土壇場で、再びの――

〈銃〉、先出し。

「――続行します。会長も出してください――」

第一ゲームと同じく椚が指示する。射守矢の唇は、笑みとも真顔とも取れる微妙な線を作っている。

何考えてんだ、こいつ？

やっぱり馬鹿か？

「ジャン、ケン――」

序盤とはまったく事情が異なる。〈銃〉に勝つ手はすでに明らかになっている。グーだ。グーを出せばこちらの四勝で、勝利確定。佐分利はこぶしを握り込んで――

罠だ。

瀬戸際で、直感にブレーキがかかった。

射守矢真兎はキレ者だ。行動にはすべて裏がある。

最初に決めた方針。それを思い出したことで、迷いかけていた森に道が開けた。そうだ、こいつは何かを仕掛けている。罠の正体はわからないが、素直にグーを出すのは危険だ。

ならば何をぶつける？

思考に割ける時間はもうない。だが敵の手が明らかなら、佐分利には確実な延命手段があった。

勝つことはないが、絶対に負けることもない手——あいこ、という手段が。

「ポン！」

佐分利は腕を振り下ろす。

出した手は、**〈銃〉**。

鏡映しの二丁の拳銃が、三十センチの距離を隔てて向かい合った。

決着が延びたことで、鉱田がふっと息を吐く。強風が窓ガラスを震わせる。椚は片手で眼鏡のつるに触った。射守矢はココアの缶に口をつけ、ごくりと一度、喉を鳴らした。

振り下ろした手は、まだ銃の形のままだ。

「第七ゲーム——」

その手が、ゆっくりと目の高さまで上がり、

「勝者は、射守矢です」

「ばーん」
軽やかな声とともに、
射守矢真兎の自由が、佐分利錵子を撃ち抜いた。

7

「……は？」

佐分利会長は、一歩退《しりぞ》く。

知らない大人に話しかけられた幼児みたいな、弱々しい反応だった。観戦する私も同じ気持ちだった。いま何が起きたのか、まったく理解できなかった。

「勝者って……何言ってんだ椚。あいこだろ」

「いいえ、射守矢の勝ちです」

「なんでそうなるんだよ、〈銃〉対〈銃〉だろ？　あいこに決まってんだろ」

「射守矢の勝ちです。すべてルールどおりです」

「馬鹿言えよおい、第一ゲームのときは普通にあいこだったろ！　それとも、なんか特殊効果があるってのか」

「開始前に設定された、両者の効果を発表します」

椚先輩は二枚のメモ用紙を出し、順に広げる。

「〈蝸牛《スネイル》〉の効果は『〈空手〉扱い。**次のジャンケンにおいて相手はあと出しが可能になる**』でした。〈銃〉の効果は、『**グー・チョキ・パーに勝ち、〈蝸牛《スネイル》〉に負ける**』でした」

「はぁ？」

メモ用紙には真兎の字で、たしかにそう書かれている。

特殊効果は何もない。〈空手〉のかの字も書いてない。誰もが思いつきそうな、ごく普通の

〈独自手〉。

「グー・チョキ・パーに勝つぅ？　じゃあ第一ゲームでオレの出した〈銃〉がグーに負けたのはなんでなんだよ？　第四ゲームで〈蝸牛《スネイル》〉とあいこになったのは？　〈空手〉に対しては何出しても勝ちのはずだぞ？　それにその効果なら〈銃〉同士はあいこだろ」

「あいこにならなかったのは、会長の出した〈銃〉が〈空手〉だったからです」

「イミフも大概にしろよ！　俺と射守矢の手で何が、違……」

会長の文句が途切れた。

見過ごしていた何かに気づいたように、さっと敵に向き直る。真兎と会長。突き出し合った手と手。鏡映しの銃と、銃。

「ゲーム開始前。射守矢の確認に俺が同意したことで、ルールはこう定められました。『事前に決めた手の形と少しでも違えば〈空手〉。たとえ指一本でも差異は認められない』と」

椚先輩の声に合わせて、会長のあごが重力に負け、口が大きな円を描いた。

「〈独自手〉設定時、射守矢は左手を出していたんです」

私は改めて真兎を見た。

だらしなく立った友人は、いま、左手で〈銃〉を出している。第六ゲームのときからそうだった。当然だ。右手がホットココアの缶でふさがっていたのだから。

ゲーム開始前は？　たしか真兎は、最後のポテチを口に運びながら、片手間のように〈銃〉の形を見せた。ポテチをつまんでいた手は、右だった。油のついた指をウェットティッシュで拭《ぬぐ》い、ボールペンに持ち換えたのを覚えている。利き手が食べ物でふさがっていたわけだから、〈銃〉

は、左手で作ったことになる。

右手と、左手。

私にはまだ理解が追いつかなかったけど、佐分利会長には伝わったようだ。ずっとジャンケンに使ってきた自身の右手を見つめ、会長はか細い声を漏らした。

「射守矢……まさかおまえ、最初から」

「俺の口から、起きたことを説明します」椚先輩が語り始めた。「まず〈独自手〉設定時。射守矢は左手で〈銃〉の形を作り、俺たちに見せました。了承後に俺は気づきました。指一本でも差異を認めないルールだとしたら、腕一本違った場合は？ 通常のジャンケンなら左右どちらの手でも区別はしませんが、今回のゲームは異なります。射守矢の誘導ですでに言質を取られていた」

――事前に決めた手の形とちょっとでも違えば〈空手〉ですか？ 指一本でも？

――当然だ。その判定も俺が行う。

「右手で〈銃〉を出した場合、射守矢の設定した形とは鏡映し――面対称になってしまう。ルールにしたがうなら大きな差異です。そこで俺は、**右手で出された〈銃〉は〈空手〉として扱う**ことに決めました。その結果、射守矢は二種類の武器を手に入れました。妨害目的の右手の〈銃〉と、左手の本物の〈銃〉」

空砲の右と、実弾の左。

真兎が用いたのは、二丁拳銃《けんじゆう》。

効果が変化する〈独自手〉は、複雑すぎる手として禁止が言い渡されていた。だけどそのルールを逆手に取り、右手と左手を使い分けたなら。メモ用紙にはその効果を一文字も記すことのないまま、掟《おきて》破りの〝変化する手〟が成立することになる。

いつからそんなことを考えていたのか。ふと思い出したのは、椚先輩が〈独自手〉の形について説明したときのことだった。明示された条件は「グー・チョキ・パーと同じく片手で出すことができ、指の折り曲げだけで作れること」。必ず右手で、とは決まっていなかった。それを聞いた真兎は、何かを味わうように唇を舐めていた。

もしかすると、あの時点からすでに――

「不安だったのは、椚先輩に私の意図が伝わってるかどうかでした」真兎はいつの間にか腕を下げ、ロッカーに背をもたれさせていた。「だから第一ゲームから賭けに出たんです」

「あの先出しか」

「いえいえ会長、先出しは単に〈蝸牛《スネイル》〉の効果を探るための特攻でした。負けても情報得られますし、リスクの大きい賭けじゃなかった。大博奕《ばくち》だったのはあいこのあと、二度目のジャンケンです。会長が右手で出した〈銃〉が、私のグーにちゃんと負けてくれるかどうか」

第一ゲーム、真兎と会長はまず、右手で〈銃〉を出し合った。

椚先輩の視点からは〈空手〉と〈空手〉のぶつかり合い。結果はあいこ。でも有効手同士のぶつかり合いでもあいこにはなるわけで、真兎の視点からは判別がつかなかった。

そして二度目のジャンケンで、〈銃〉とグーがぶつかり合う。

グーが負ければ、左右関係なく〈銃〉は有効手だということ。真兎の目論見《もくろみ》は崩れ去る。

グーが勝てば、右手の〈銃〉は〈空手〉扱いになったということ。真兎の戦略が通ったことになる。ここで初めて判別可能になったわけだ。

そういえば椚先輩が第一ゲームの勝敗を宣言したとき、真兎は大げさに胸をなでおろしていた……。

「オレが二度目も〈銃〉を出すとは限らなかったろ。そこも含めての博奕か？」

「〈銃〉出しは確信してました。あの状況での最適解は〈銃〉でしたし、裏の裏を読んだとしても情報得るためにわざと負けにくるだろうなー、と。会長は見た感じ人生勝ち続けてきたタイプで、たぶん負けず嫌いです。最初のジャンケンで私に情報を取られたなら、意趣返しを画策する。実際そうなったでしょ？」

図星を指された会長はごまかすように鼻を鳴らす。

椚先輩との《愚煙試合》や、旗野さんとの勝負でもそうだった。真兎は常に、人の性質を見抜いて勝つ。

「結果、グーは勝ちました。いやーさすが椚先輩だなー私たちの間に言葉とかいらないんですよねー」

「賭けに勝って、射守矢には余裕ができたようです」先輩はなれなれしい後輩をスルーした。「第二ゲーム、射守矢は〈蝸牛《スネイル》〉の効果特定に舵《かじ》を切ります。二ゲームを消費し、妨害用のゴミ手であることをほぼ把握します」

「あと出し効果は予想外だったのでちょいあせりました。でも同時に、大チャンスだと思いました」真兎は左右の手で銃とかたつむりを作り、「〈蝸牛《スネイル》〉が〈空手〉であることが確定すれば、左手の〈銃〉が無敵の手になるからです」

「あ、そっか」私はつぶやきながら思考をまとめる。「〈銃〉の本来の効果は、グー・チョキ・パーに勝って〈蝸牛《スネイル》〉にだけ負けるってやつで……でもその〈蝸牛《スネイル》〉が〈空手〉なら、〈空手〉ってたしか試合放棄と同じで、負ける手出しても勝てるから……」

「そうゆうこと。で、もうワンゲーム消費してでも確定させようと思った。確実な方法は右手の

〈銃〉と〈蝸牛《スネイル》〉をぶつけること。どっちも〈空手〉ならあいこになるはず。会長のほうから〈蝸牛《スネイル》〉を出してくる可能性はないから、私が出すしかない。だったら〈銃〉は会長に出してもらうしかない」

「どうやって出させたの？　偶然？」

「オレの〝盗み見〟を利用したな」会長が言った。「手が見えにくくなるよう、振り方を横振りに変えた」

真兎はあのときと同じように、アンダースローの素振りをしてみせた。

「言ったじゃないですか、ギアを上げてくって」

私にはいまいちわからない。目線で椚先輩に尋ねる。

「会長は射守矢の手を盗み見ることで、常に勝率の高い手を出せる立場にあった。そのさなかにイレギュラーが起きれば、安全策をとる公算が高い。会長視点だと、あの時点で最も負けない手は〈銃〉だった」

「そうなんですか？」

「〈銃〉はセオリーどおりの強《つえ》え手だと思ってたからなぁ」

「なるほど……」

結果、〈蝸牛《スネイル》〉と右手の〈銃〉がぶつかり合い、そしてあいこになった。

私はまた思い出す。あいこが宣言された瞬間の、二人の会心の笑み。お互い〈独自手〉の効果を見抜いたからだと思っていたけど、真兎の笑みにはもっと深い理由があった。

「射守矢は無敵の〈独自手〉を手に入れたことになり、しかも敵に気取られていない。あ、の、時、点、で、勝、利、が、確定しました」

第四ゲーム終了時。一勝三敗で、真兎は追い詰められていた。

でも、逆だった。詰んでいたのは佐分利会長のほうだったのだ。

「会長が〈銃〉以外出してたらやばかったんじゃない？〈蝸牛《スネイル》〉は全部に負けるから真兎の三敗でしょ？　その次のゲームもあと出し効果でもう一敗で、会長の四勝……」

「それはないんだよ鉱田ちゃん。次のゲーム、私が左手で〈銃〉を出しちゃえば、会長は何をあ、い、い、い、あと出ししても絶対勝てないんだから」

「……あ」

「余裕があったからこそ第四ゲームで遊べたわけ」

「第四ゲームのもうひとつの成果は、会長の頭に〈銃〉がゴミ手だとすり込んだことですね」分析する椚先輩は、少しだけ楽しそうだった。「それが仇《あだ》となって、左右の入れ替えトリックは完全に意識から隠された。射守矢が賭けに出たのはむしろ第五ゲームのほうでしょう。奥の手を温存し、〝盗み見〟を逆手にとる形でまず一勝。そして第六ゲームで、本物の〈銃〉を抜いた」

あのとき。真兎はタイムをかけ、ゲーム開始前から用意していたホットココアを開けた。私をパシらせたのも、やたら熱がったのも、全部仕込みだったのだろう。

そうやって自然な形で右手をふさぎ、誰にも違和感を持たれぬまま、ジャ、ン、ケ、ン、に使う手を左、い、い、い、い、手にスイッチさせた。

かくして、第六ゲームで左手の〈銃〉とパーがぶつかる。〈銃〉本来の効果は「グー・チョキ・パーに勝ち、〈蝸牛《スネイル》〉に負ける」なので、真兎の勝ち。会長はこの現象を効果の読み違いだと推測したけど、それは半分正解で半分不正解だった。

迎えた第七ゲーム。真兎が左手で出した本物の〈銃〉、対、会長が右手で出した〈空手〉の

〈銃〉。結果は当然、真兎の勝利――

「第五ゲームから左手使おうとは考えなかったのか？　オレがあそこでチョキ出す確証は百パーセントじゃなかったろ」

「あの時点だと、会長私の手をじろじろ見てたわけでしょ。そんな状態で切り替えたら違和感持たれちゃうじゃないですか。スイッチのタイミングは〝盗み見〟を崩してからじゃないといけなかったんです」

「あー、そういうことな」

自由律ジャンケンは情報戦。より多くの情報を隠し、より多くの情報を得た者が勝つ。最も大きな情報を独占し戦況を操ったのは、真兎のほうだった。

「『緻密な考えにもとづいてますよ』、か」会長は、真兎の言葉を引用する。「たしかにそうだったな」

「会長のおかげですよ」

「あ？」

「そのかっちょいいピアスです。左耳にだけつけてるでしょ。ゲーム名聞いたとき、それ見て思いついたんです」

会長はきょとんと目を開き、左耳で揺れる十字架に触る。

風船から空気が抜けるように、笑い声が尾を引いた。それから彼女は、メッシュ入りのショートヘアを左右に振ってみせた。

「完敗だ。まいったまいった。始める前から勝ち確だって思ってたんだけどなァ、予想以上だったな射守矢。おまえはフィギュアスケーターだ。最高だ」

全七回の各自の手と勝敗図

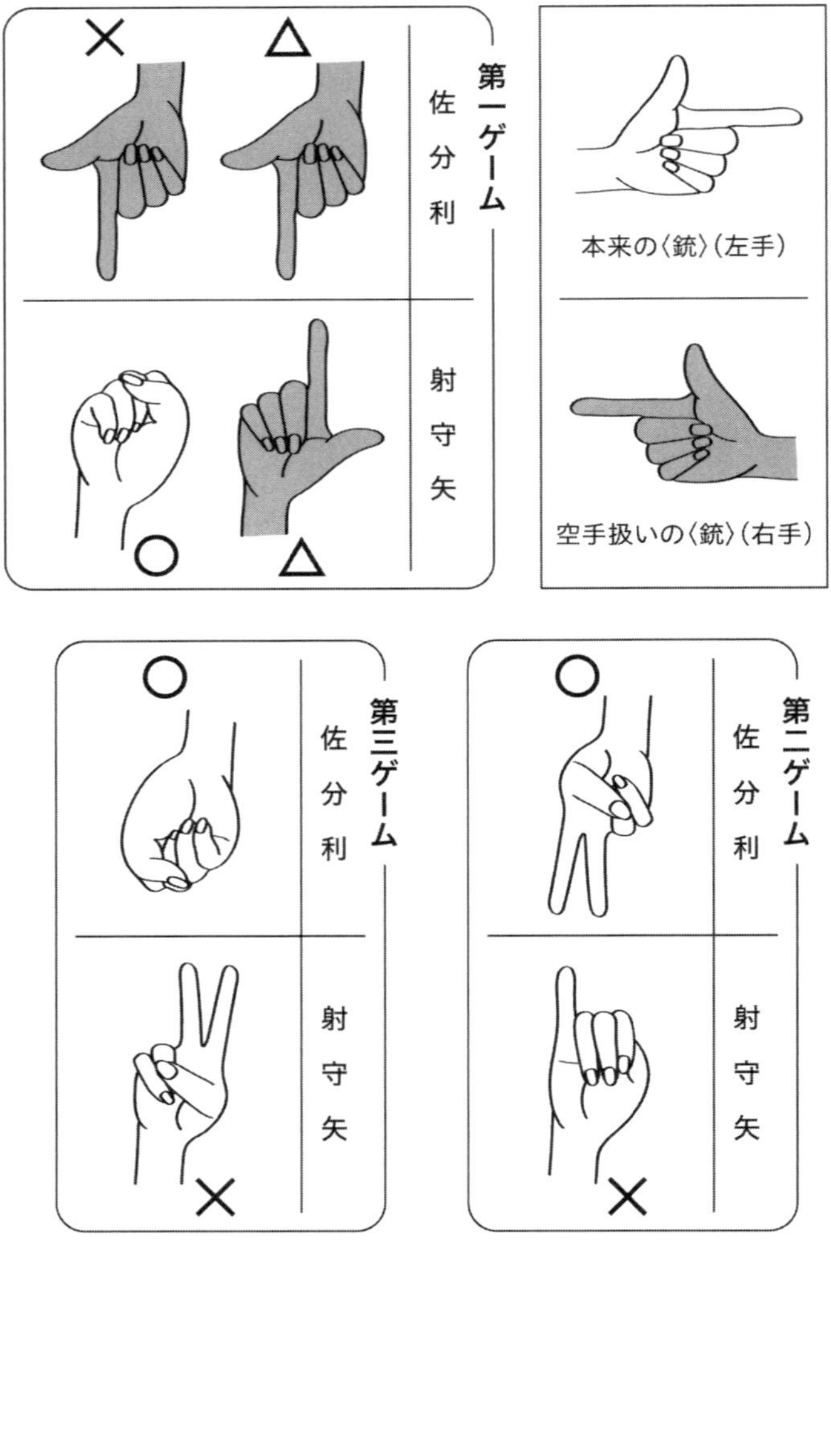

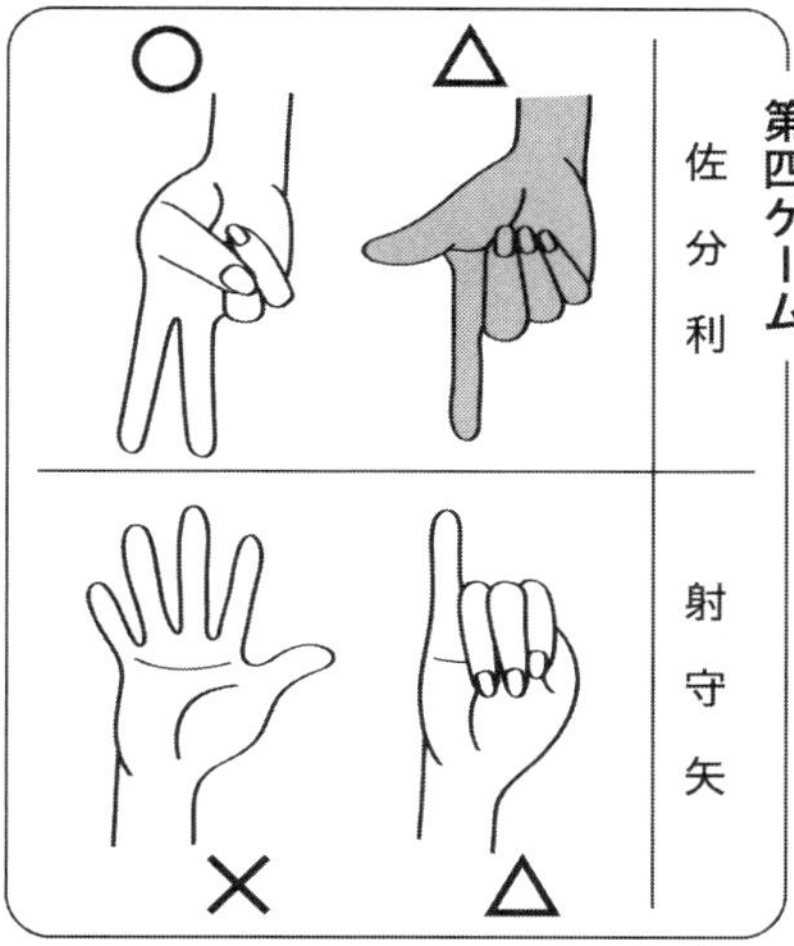
第四ゲーム
佐分利
射守矢

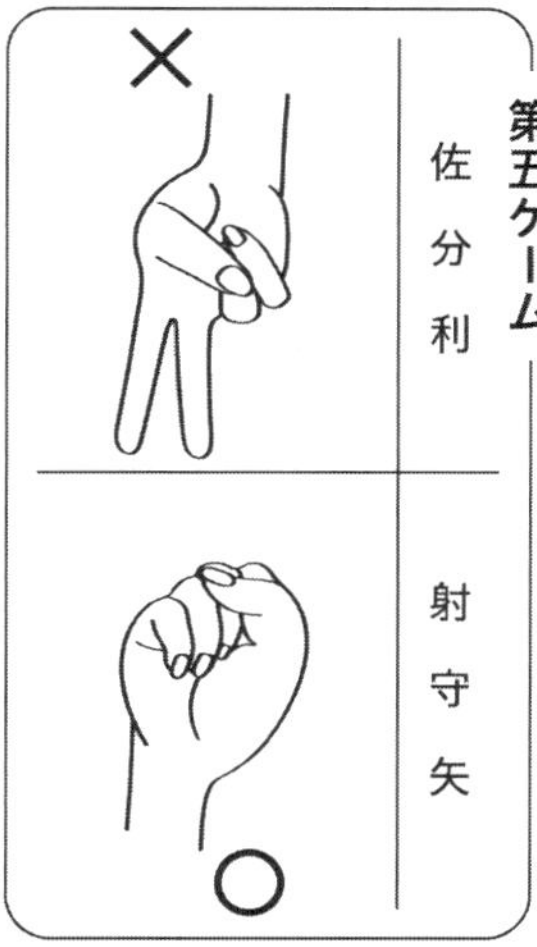
第五ゲーム
佐分利
射守矢

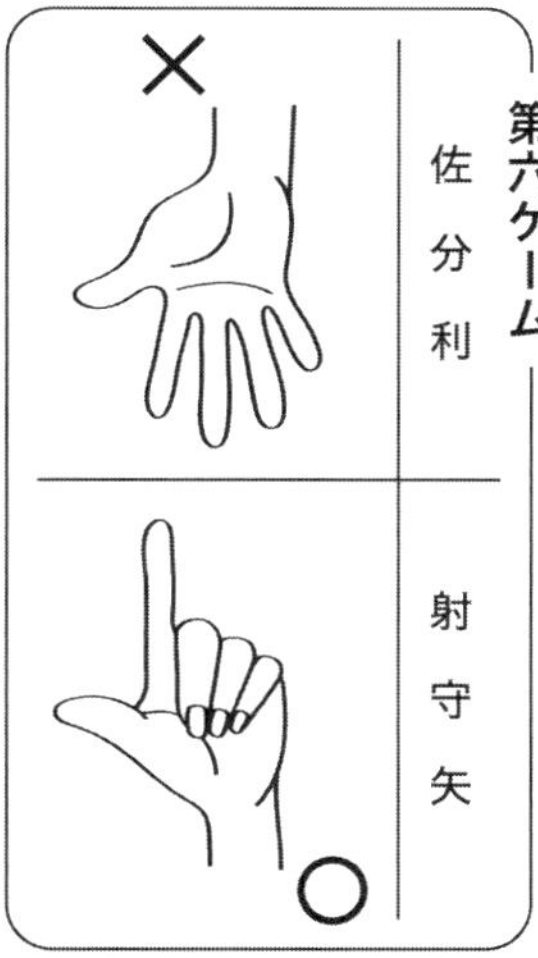
第六ゲーム
佐分利
射守矢

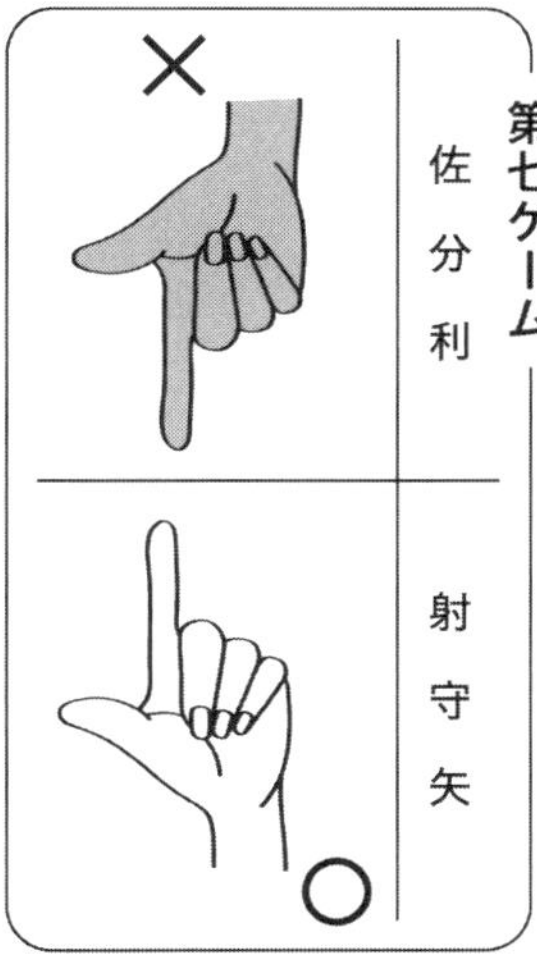
第七ゲーム
佐分利
射守矢

「御託はいいんで約束守ってください」真兎は一歩、会長に近づく。「雨季田絵空とやらせてくれるんでしょ」

「まあそうあせんなよ」

敗北を受け入れた会長には威厳と余裕が戻っていた。入学式の挨拶と同じように悠々と、スラックスをはいた脚が机の間を闊歩《かつぽ》した。教室の時計を見やり、他人の机に置いていたコールマンのリュックを手に取る。

場所変えようぜ、と、校舎の外へあごがしゃくられた。

8

連れ込まれたのはマックでもサイゼでもタリーズでもなく、かき氷屋だった。

駅前から一本入った通りにあって存在はなんとなく知ってるけど値段も敷居も高そうなので行く気にはならないなーと思っていた、スタンドボードにチョークで日替わりメニューが書いてあるタイプの店だ。

台風が近づいているせいか、お客は誰もいなかった。奥まった四人がけのボックス席に座る。かき氷って気温でもないので私たちは飲みものを頼んだけど、真兎だけは練乳とちおとめスペシャルを頼んだ。

「もしかしてオレらがおごる流れか？」

「そりゃそうでしょ私勝ったし。後輩ですし」

「ここ出てコンビニ前にヤンキー座りして話すか」

「俺が払うのでやめてください」

「あーいいですいいです真兎が払うんで。払わせるんで」

「椚先輩のこと気の毒になってきました。誕生日いつです？　胃腸薬贈ったげますよ」

「六月だ。もう過ぎた」

「意外と教えてくれるんだもんな」

「生徒会ってここの常連なんですか？」

「空《す》いてるし店長が美人なんだよ」

「会長って……」

「んー？」

「まあいいや」真兎は無駄話を切り上げ、「で？」

姿勢を崩し、テーブルに頬杖《ほおづえ》をついた。真兎なりの静聴の準備だった。

私は真兎の分まで穴埋めするように背筋を伸ばす。真兎の内心はわからないけど、絵空が関わる話なら知っておきたい。

削られる氷の音をＢＧＭに、会長は髪をかき上げた。

「オレはさー、生徒会運営にぜんぜん興味ないって思われてるしまあ実際そうなんだが、これでもオレなりに学校のことを考えてんだよ」

予想外の導入に、眉《まゆ》をひそめる。

「三年間やってみてわかったことは、何をするにも結局金ってことだ。地獄の沙汰もなんとやらだな、フェンス直すにも自販機増やすにも頬白祭に芸人呼ぶにも、予算がなきゃ始まらねえ」

「真に受けるなよ射守矢。これから話すことは九割方、この人の私欲とただの興味だ」

椚先輩が口を挟む。会長は肩をすくめただけで否定はしなかった。彼女はお冷のグラスについた水滴を指でなぞりながら、ありふれた世間話のように切り出した。

「星越《せいえつ》高校って知ってるか？」

私は真兎と顔を見合わせる。二人同時に「知ってますけど」と答える。

「私立星越高校。埼玉県入間《いるま》市にある私立高。生徒数千人、今年で創立八十周年。学力は全国トップクラスで、政治家・社長・文化人を多数輩出。公立の頬白とは比べものになんねーくらいのエリート校だ。徹底した秘密主義で、校風やカリキュラムに関して情報が極端に少ないことでも知られてる。長野の夕霧《ゆうぎり》女学院、鹿児島の黒鯨塾《こくげいじゆく》と並んで〝日本三大不可侵校〟って呼ばれることもある」

ウィキから引用したみたいに説明する会長。そこまで詳しくは知らなかった。私が知っているのは偏差値の高さと学費の高さ、そしてもうひとつ。

「たしか、絵空が行った高校ですよ。推薦A枠で、学費免除で」

すでに下調べ済みなのだろう。会長はうなずき、リュックのポケットに手を入れる。

「さて。その栄えある星越高校には、ユニークな伝統がある」

パチン、と、テーブルの上に何かが置かれた。

オレオくらいのサイズ、板チョコくらいの厚みの、三枚の円板だった。樹脂製だろうか、黄色く塗られたフチに白い星の模様が六つ入っていて、中央には〈S〉の飾り字が印字されている。

これって――

「何に見える？」

「……カジノとかの、チップ？」

「ほぼ正解。こいつは**Sチップ**って呼ばれてる。Sは〈scholarship〉のSだ」

「スカラシップ？　奨学金、ですか？」

「ザッツライ、ミス・コウダ」いい発音で佐分利会長がうなずいた。「星越では入学時、新入生全員にこのSチップが十枚ずつ貸し与えられる。Sチップを三年間保持すると、卒業時にちょっとしたボーナスが待ってる。一枚十万円で換金できるんだ」

　意味の理解には数秒かかった。私は改めて、三枚の薄いチップを見つめた。

「換金……え？　これ、お金なんですか？」

「言っただろ、奨学金だって。まあ聞け。チップを全部換金できるってわけじゃない。最初に貸し与えられた十枚分を、学校側に返却する義務がある。十枚×十万で、百万円分をな」

　いったいなんの話なのか？　私は聞き返そうとしたけど、

「三年間十枚のチップを持ち続ければ、普通に返してプラマイゼロですね」真兎にはすでに、舵の方向が見えているらしかった。「じゃあ、十枚持ち続けられなかった場合はどうなるんです？」

「不足分は自腹で埋める。たとえば卒業時に三枚しか持ってなかったとしたら、差額の七枚分、七十万円を学校に納める。まあ自腹っていうか、ほとんどの生徒が親に払ってもらう形だが。最大で百万の借金を背負《しょ》うことになるが、星越のやつらはみんな金持ちだからたいして痛い額じゃねえわな。あ、どーも」

　店長さん（たしかに美人）が注文品を運んできた。練乳とちおとめスペシャルは果肉たっぷりのソースがかかったふわふわの雪山で超おいしそうだったけど、真兎はスプーンに手を伸ばさなかった。話のほうに集中している。

「なるほど。手持ちが十枚以下なら借金、と」ここからが本題だと言いたげに、真兎はうなずいて、「じゃあ逆に、十枚より多く持っていた場合は？」

「最初に言ったとおりだ。一枚十万で換金して、学外に持ち出せる。奨学金って扱いでな。二十枚持ってたら十枚返却、十枚換金で百万円。百枚持ってたら九百万円。二一〇〇枚持ってたら二千万円だ」

高校生の私たちにはなじみのない額が飛び出た。

会長は湯気の立つブラックコーヒーをすすり、真兎に顔を近づける。密談めいた仕草だが、声のトーンは落ちなかった。

「と、するとだ。星越の中で何が行われてるかは、想像つくよな？ 連中はSチップを奪い合ってる。生徒間でチップを賭けたゲームを繰り返してな。事実上の賭博《とばく》だが、校内限定である以上違法かどうかは微妙だし、学校側は黙認だ」

「ゲームには《**実践向上**《キャリアアップ》》という名がついてるらしい」

椚先輩がコメントを挟み、真兎が小さく噴き出した。

「それ冗談だとしたら、椚先輩の発言史上一番面白いですよ」

「俺は冗談は言わない」

「じゃあなおさら面白いですね」

「Sチップは一枚十万円。生徒千人に対してそれが十枚ずつ、計一万枚」会長は指先で数式を書き、「しめて十億円分が、星越の校内を常時ぐるぐる回ってる、ってことになる」

先ほどとはさらに桁《けた》の違う数を耳にして、私はしばらく硬直した。

最初に浮かんだ言葉は宝くじで、次に浮かんだのは石油王だった。十億円に伴う私のイメージはその程度が限界だった。そんな大金が、奨学金として同い歳に振る舞われている？ 格差にめまいがしそうだ。

「卒業時に大量に持ち出されてバランスが崩れることもまれにあるが、そういうときは学校側から適宜チップが追加されるみてーだ。まあ国の財政と同じだな」

「で、でもそんなお金、どこから」

「星越はOB・OGの層も厚いから、毎年半端ない額の寄付金が集まる。Sチップの元手は主にそこから出てる。それに毎年、三億程度は生徒から回収できるシステムだ。例年ごく一部の生徒がチップを独占して、ほかのやつらは手持ちゼロってパターンらしいからな」

私は計算してみる。

生徒数千人ってことは、卒業生が毎年三三〇人程度。チップを荒稼ぎした三十人に三億円が流れたとしても、残りの三百人が百万円の借金を背負い、学校に払ったなら――３００×１００万で、三億円。学校側の損失はゼロになる。

「賢くて醜い資本主義の縮図。弱肉強食のエリート養成所。《実践向上《キャリアアップ》》と称して奨学金を奪い合うギャンブル校。それが、私立星越高校だ」

会長は言葉を切り、ボックス席に沈黙が流れた。

真兎はようやくスプーンを手に取り、かき氷をすくった。時間をかけて一口食べたけど、いちごの甘さを堪能《たんのう》したようには見えなかった。会長に目を向けたまま、真兎は指を三本伸ばした。

「三つお聞きしたいんですが。その話が本当だとして、まず、〈不可侵校〉の秘密をなんで会長が知ってるんです？　それも調べたんですか？」

「会長が独自に調べた部分もあるが、ほとんどは頬白高の生徒会役員に代々共有されている情報だ」

椚先輩が答えた。

頬白高の生徒会で、代々？　どういう意味だろう。真兎も首を傾げつつ、続ける。

「質問その二。その不可侵校の違法スレスレの一枚十万の貴重なチップが、なんでここに三枚もあるんです？　それともこれ偽物ですか？」

本物だよ、と会長は答えてから、

「ついでに質問その三も言ってみな」

「……雨季田絵空と戦えるってのが報酬のはずでしたけど。いまの話が、それにどうつながるんですか」

会長は飲みかけのコーヒーを脇へずらし、三枚のチップを真兎の側へ押し出した。

話がひとつ先のフェーズに進んだことが雰囲気でわかった。

「このSチップ、当然ながら門外不出だ。星越校内では情報管理も徹底されてる。それでもごくまれに、学外に流出することがある。盗まれたり、拾われたり、アホが人に売ったりしてな。一枚十万の価値があるし、校営ギャンブルの証拠品でもあるわけだから、流出はクソヤバい。一枚たりとも見逃せねえ。誰かが回収しないとな」

「回収は、星越の生徒会役員が行うならわしだ」椚先輩が説明を引き継ぐ。「見た目はただのおもちゃだから、チップの価値を知らぬ者に対しては回収も簡単だ。だが……価値を知っている者、星越のシステムを把握している者が相手だった場合は、どうなると思う」

真兎はちょっと考えてから、

「十万円をタダで手放すって人は少ないでしょうね。お互いSチップを持ってるわけですし……《実践向上》《キャリアアップ》の出張版を挑んで、相手を負かすのが手っ取り早いかな」

「おまえんちの家庭教師は仕事が楽だろうな」正解の笑みとともに、会長の指がチップを叩《たた》いた。「さて。このSチップは二十年ほど前、うちの生徒会に流れてきた。どうもそのころの会長が星越のやつと顔見知りで、パクるかもらうかしたらしいな。まあ経緯はどうでもいい。こいつはそれ以来会長から会長へと代々受け継がれて今日に至る、頬白生徒会のちょっとしたお宝ってわけだ。年代物だが、オレの調べによると現在もSチップのデザインは変わってない。現役バリバリ。三十万円の価値がある」

私は信じがたい気持ちでチップを眺めた。この三枚で、練乳とちおとめスペシャルが二百杯くらい食べられるわけか。

「当時から《実践向上《キャリアアップ》》に関する知識はこっちにもあった。チップをパクった会長づてでな。そこで二十年前の先輩たちはこう考えた。『こいつを元手に星越の生徒会を返り討ちにし続ければ、大金が手に入るんじゃないか』」

「うわー、夢物語……」

「だよな鉱田ちゃん。実際夢だ。星越高校生徒会って言やあ星越内でもトップの連中だ。クソ頭がいい上に《実践向上《キャリアアップ》》もやり慣れてる。頬白みたいな凡人校が挑んだところで負けるに決まってる。でも、もしできたら？　いや無理だろ。でも、もし？　いやいや……告白に迷う中坊と同じだ。結果は保留になり、徐々に忘れ去られた。パクったチップも星越側に気づかれることはなかった。かくして二十年が過ぎた」

二十年前。私はまだこの世に存在せず、両親も結婚前だったろうか。遠い過去と、そのころの頬白高校に思いを馳《は》せ――ふと、気づいた。

「二十年前って、もしかして」

「そうだな。《愚煙試合》はそのために作られたんじゃないかとオレはにらんでる。勝負に強いやつを効率よく見つけ出すためにな」

愚煙試合。

文化祭の屋上使用権をゲームで奪い合う、頬白高独自の伝統。

たかが場所取りにずいぶん大げさな制度を作ったものだと、内心あきれてはいたのだけど。裏の意図があったとすれば見方も変わってくる。

馬鹿と煙は高いところが好き。創始者たちが目指した高みとは、単に屋上のことだったのか。それとも――手を伸ばしても届かない、大金獲得計画のことだったのか。

「で、だ。会長になったとき、先代からその話とチップの現物を受け継いでな。オレは凍結されてた計画を動かしてえと思ったんだよ。それから二年半、適任者を探し続けてた。三月になっても見つからなかったら椚に挑ませるつもりだったが、なんとおまえが見つかった」

コーヒースプーンの先が真兎に向けられる。真兎は迷惑そうに顔をずらした。

「話をまとめると、星越の生徒会さんと私とで勝負させたいってことですか」

「そういうことだ」

「椚先輩のほうが適任だと思うけどな。正直あんまり興味ないです」

「いーや、おまえは興味あるね」

「？」

「質問その三の答えだが」会長はその言葉が生む効果をよく承知しているかのように、あえてなんでもなさそうに続けた。「雨季田絵空はいま、星越の生徒会役員だ」

かき氷を掘削していたスプーンが止まった。

横顔が髪に隠れていて、真兎の表情は私からは見えなかった。スプーンは数秒経ってからまた動き始めたけど、真兎の口に運ばれることはなかった。二度、三度と掘り返され、美しく盛られていた雪山は内側に向かって崩れ落ちた。他人事みたいにその光景を眺めてから、真兎は会長に向き直った。

「会長……これってもしかして、《自由律ジャンケン》に勝っても負けても同じルートだったんじゃないですか？」

「言ったろ、始める前から勝ち確だったって。オレはこういう戦い方をするんだよ」

物事を意のままに運ぶ——プレイヤーではなく、プロモーター側の才能。

ゲームとはまた別の次元で、佐分利会長は真兎に勝っていた。

「それに一応、勝つ意味はあったぜ。おまえを生徒会に引き入れれば、会長命令って形でしたがわせられるし、勝って得た金は生徒会のもんにできる。だがおまえ個人で戦う場合は金の扱いが微妙になるからな」

「お金は生徒会のふところに入れていいですよ」

「そう言ってくれるってことは、ＯＫってことか？」

真兎はＳチップに手を伸ばした。ネイルグロウを塗った指先がチップをつまみ、重さ、大きさ、感触、色、すべてを把握するようにじっくりともてあそんだ。

「元手が三枚じゃ心もとないですね」

「三枚ったって三十万だぜ。不満か？」

「絵空はもっとプールしてるはずです。やり合うにはチップを増やさないと」

「なるほどな。目標は？」

「最低でも三百枚」

私は紅茶を噴きそうになり、椚先輩も目元をぴくりと動かす。

Sチップ、三百枚。

つまり――三千万円。

「じゃ、まずは軍資金集めだな」佐分利会長だけが笑っていた。「土俵は作ってやる。あとは任せる。かき氷もおごってやるよ」

話はそれで終わった。真兎は「ごちです」と言い、溶けて魅力が失せ始めた練乳とちおとめスペシャルを片付けにかかる。

ソファーにもたれた気だるげな姿はいつもと同じ放課後の真兎で、たったいまゲームで三千万稼ぐと宣言した女にはとても見えなかった。冗談で言ったのかも。そうであってほしかった。大金が絡んだこんな話、夏休みの延長のような私たちの日常には不釣り合いだ。

けれど自由律ジャンケンの最中、真兎が言った言葉を思い出してしまう。

――命をかけた勝負でも、私はいまと同じことをやっていると思うんですよね。

真兎が絵空との再会にこだわる理由はなんなのだろう。真兎にとって次の勝負は、どのくらい重要なのだろう。文化祭の場所取りや、クラスメイトの出禁解除や、今日のジャンケンと同じくらい？　それとも、命をかけるくらい？

カン、カンという音で我に返る。風にあおられた空き缶が、外を転がっていく音だった。いつの間にか雨が降りだしていた。雨粒が伝う窓ガラスを私は無言で見つめた。自分の背筋にも同じ水滴が這ったような気がした。

スマホを取り出す。ＬＩＮＥを開き、すぐ隣に座っているけどいつもより遠い場所にいる真兎へ、メッセージを送った。先輩たちには聞かせたくない内容だった。

〈絵空と何があったか教えて。相談のるから〉

隣でスマホが震え、真兎がそれを確認する。すぐに返信がきた。

〈なんもないよ〉

〈嘘〉

〈ほんと。気にしないでだいじょぶだから〉

〈何されたの〉

〈されてない〉

でも――と、文を区切りながらメッセージが続く。その投稿を済ませると、真兎はスマホを伏せてしまい、苺《いちご》ソースをのせたスプーンを口に運んだ。

つぶれた赤いドロドロの果実が、私には一瞬、人の血肉に見えた。

〈でも〉

〈ひとつだけ、謝らせたいことがあるんだ〉

9

「降ってきよったなあ」

窓の外を眺めながら、新妻晴夫《にいづまはるお》はぼやいた。独り言の多い男だった。

眼下のハードコートに雨粒のドット模様が現れ、またたく間に侵食が広がる。ラケットを握ったテニス部員たちが屋根の下へ逃げてゆく。中庭に面したこの部屋からは空模様が見づらいが、向かいのD棟のミラーガラスに淀んだ雲が映っていた。

「あかんなぁーこれは、空があかん。神龍《シエンロン》出るときの色しとる。うわもう本降りやんこれ。ネオ対スミスやん。早《は》よ帰らんと電車止まるでこれ。なあ？」

そっすねー。ソシャゲのプレイ音とともに、二年の巣藤《すどう》がぞんざいに返す。ソファーに陣取り、テーブルに足を載せている。課金しないと勝てないゲームの何が面白いのか、新妻にはよくわからないが、数百万いるユーザーのトップランカーでありながらなお上位を狙う姿勢は見習いたいと思っている。

「早よ会議済ませて帰ろか。集まり悪いな今日。三人だけか？」

「賢いやつは台風見越して帰ってるんすよ。ここに来てるの暇人だけです」

「おまえは忙しそうやけどな」

「あーくっそシクった先に呪文でバフがけすんだった」

「先輩とコミュニケーション取ってくれん？　てかマジで三人？」

「あと二十秒でお姫さまが来ます」

デスクで図面を引いていた桶川《おけがわ》が、ぼそりと言った。またオリジナルの奇抜な金管楽器を考案中らしい。できれば難航してほしかった。試作が始まると金属加工部に入り浸り、生徒会には顔を出さなくなるのだ。

しばらくすると新妻にも、近づいてくる足音が聞こえた。

「昨日より音が重い」と、桶川。「百グラム太ったか、また稼いだかだな」

「新妻先輩、一言言ったほうがいいんじゃないすか。制御不能ですよあいつ」

「べつにええやろ稼ぐ分には。生徒会にヤバいやつおるってなれば一般生徒はヤンチャできんようなる。おれらも活動しやすい」新妻はカチューシャでまとめた茶髪を撫でた。「それに、言うにしたって強く言えんわ。枚数はもう、あいつのが上やからな」

ドアが三度ノックされ、返事を待たずに開いた。

少女だった。

小柄だが、背筋がすっと伸びている。長さをそろえた漆黒《しっこく》の長髪と、筆で薙《な》いだように濃く端麗な眉。あどけなさの残る目をわずかに細め、巫女《みこ》に似た空気をまとっている。パールグレーのセーラー服の上に水色のパーカーを羽織っているが、この学校ではその程度のアレンジは許容範囲だ。

パーカーの左胸には、開いた傘のマークが刺繍《ししゅう》されていた。

「遅れてすみません。米腹《よねはら》先輩との《実践向上《キャリアアップ》》が長引いてしまって」

「米腹？　演劇部の？　部室で女とヤッてたっていう？」

「明日からはおとなしくなるんじゃないかしら」

少女は机に、トランク型のチップケースを置く。学校側が貸し出しているものだが、彼女と同サイズを持ち歩く者は学内に数えるほどしかいない。

革張りのケースから、ゴトリ、と鈍い音が鳴った。

「いま何枚や？」

「三百枚とちょっとです」

「一クラス丸々つぶしとるやん、えぐいなあ」

「先代の会長は一億持ち出したとか。わたしなんてまだまだです」

「そら三年かけてコツコツって話やろ。一年の九月で三千万も稼いどるやつ、ほかにおらんわ」

「母子家庭なので、みなさんと違って家計が苦しいんです。返済不要の奨学金なら、できるだけもらっておかないと」少女は窓の外を見やる。「降ってきましたね」

「神龍《シエンロン》出るで」

「イオンモールでジャッキー出るでって言うのと同じくらいつまらないですね」

「自殺するときは遺書におまえの名前書くわ」

「なんか機嫌いいね」桶川の優れた聴覚は、感情の機微にも敏感だ。「稼いだから？」

「雨だから」

「雨が好きなん？」

「傘が好きなんです」

変わり者であることは承知しているので、特につっこまなかった。新妻はタブレットをタップする。

生徒会用のメールボックスを開いたとき、んぉ？　と声が出た。

「珍しなあ。回収試合のお誘いや」全員の視線がこちらへ向くのを感じた。「久々やな、一年ちょいぶりか？　あれか、神奈川の緋天《ひてん》とかゆう高校とやったとき以来」

「回収、何枚です？」

「三枚だけ。楽勝やな。巣藤、桶川、おまえら頼むわ」

「えー？　雨季田は」

「こいつは社交性ないからあかん」失礼な、という反論は無視して続ける。「まあ三年になったときの予行練習と思て、ひとつ頼むわ。おれもつきあったるから」

「帰っときゃよかった」とブーたれる巣藤。桶川は案外乗り気らしかった。製図用コンパスを置き、「相手は？」と尋ねてくる。

「んーと、ほおじろ高校？　の生徒会さんやな。西東京《にしとうきょう》市の」

「頬白？」

少女が聞き返した。

「どうかしたんか？」

「いえ……。友人が通っているので」

懐かしむように、少女は窓辺に肩を寄せる。

泥水、雨粒、たわむ電線。そして、色とりどりの傘。

荒れ狂う景色へ向けて、雨季田絵空は微笑んだ。

「真兎、元気かなあ」

だるまさんがかぞえた

1

何百回も通った道の、最後の一度を歩く。

廃業した理容室の軒先にサインポールだけが放置されている。アパートの前の自販機ではレアなアップルサイダーを売っている。そこを過ぎると貸し農園の看板に出くわすけど、地図が色あせていて読み取れない。

学校と自宅を結ぶ最短ルート、住宅街の路地を抜ける近道。今後の人生でわざわざこの道を通ることは、たぶん二度とないと思う。それはわかっているのだけど、名残惜しさは特になくて、景色も歩調も感情も拍子抜けするくらいいつもどおりだった。校門を一歩出たとたん、スイッチが切れたように、私はただの中学生に戻ってしまっていた。

「鉱田ちゃん、号泣してたでしょ」

一切泣かなかった女がからかってくる。証書の入った筒を、バトンでも操るように片手でくるくる回している。

「最後、後輩に囲まれたから、ちょっとウルッときただけ」

「慕われてたのはいいことだね」

「どうかなー。仲よしアピールで囲んでただけかも。私も去年、見送る立場でそうしたし」

ダンス部内で人気のジャンルはストリートダンスやK－POP系で、私が熱中していたタップダンスはだいぶマイナーだった。みんなから〝扱いづらいやつ〟と思われていた自覚はある。後輩たちから贈られた花束はいま、ヤンキーが持つ金属バットみたいにぞんざいに肩に載っている。

「真兎は誰かとなんか話した？　けっこう仲いい人いたじゃん。二年の諏訪《すわ》ちゃんとか、内川《うちかわ》先生とか」

「私は誰の一番でもないから」

平気な顔で寂しいことを言ってくる。私にとっては一番だぜ、ヘイヘーイみたいなフォローを入れてやろうかと思ったけど、会話のテンポを逃してしまい、結局「あ、そう」とだけ返す。真兎にとっては交友関係とか、本当にどうでもいいのかもしれない。

剝《は》がれかけた政党のポスター。廃品回収業者のがらくた置き場。ぱっとしない路地を、二人で歩く。ちなみにこの近道の発見者は真兎だ。こういう変なルートを探し出すのが得意なやつなのである。

なんでこいつと仲よくなったんだっけ。

記憶はすでに曖昧《あいまい》だった。二年で同じクラスになって、初めのころは接点なくて……ああそうだ、突然、ある女子に話しかけられたのだった。「おもちをライスケーキって呼ぶの、無理があると思わない？」と。そのとき彼女と議論していたのが、真兎だった。私たち三人は貴重な昼休みを餅《もち》の英訳の話に費やし、最終的に辞書を引き、cakeには〝すり身などを平たく固めたもの〟という意味もある、というウンチクを得て解散した。そして翌日からも、ことあるごとに変な話題を振られるようになった。

「絵空とは、ちゃんとお別れした？」

私が真兎に尋ねたとき、

「いたいた」

大通りに出る曲がり角から、ひとりの女子が現れた。

ツヤのある黒髪が胸の造花によく似合っていて、そのまま卒業アルバムの表紙にでもなりそうだった。真兎が、彼女の名を呼ぶ。

「絵空」

「待ってたのに、先に行っちゃうから」絵空はスマホ片手に近づいてくる。「最後だし、写真くらいは撮っておこうかなって」

「そんなキャラじゃないでしょ」

「どんなキャラだと思ってたの？」

真兎に、ふわりと笑いかける絵空。「撮ろーよ」と私が言い、二対一で意見がまとまった。

真兎と私は最寄りの頬白高校に行くけれど、絵空は入間市の星越高校に行く。厳しい条件の推薦に合格したらしく、我が校初の快挙だと先生がほめていた。そういうわけで、絵空の気持ちはよくわかった。私たちと絵空の道はこの先で二つに分かれている。三人で前みたいにつるむことは、もうできない。

用意がいいことに、絵空はスマホ用のミニ三脚を持参していた。タイマーをセットして、駐車場の塀の上に置き、少し離れた場所に並ぶ。

真兎と絵空が、私を左右から挟む形になった。肩とか組んだほうがいいかな。いらないかな。悩んでいると、真兎と手の甲同士が触れた。向こうからそっと指を絡ませてきたので、握り返す。この程度がちょうどいいだろう、私たちには。

「鉱田さんは、謝恩会出ないの」

シャッターが下りるのを待つ間、絵空が小声で話しかけてくる。

「あー、べつにいいかなって。真兎とそのへんでなんか食べて、帰る」

「そんなキャラだったんだ」

「そうだったのかもね」

苦笑気味に、返す。

いままでの私なら、つきあいだからと顔を出していたかもしれない。

でも、二ヵ月前のちょっとした出来事をきっかけに、私の中では何かがふっきれてしまって、以前より少しだけわがままになっていた。空気を読まないことがこんなに性《しょう》に合っているとは、私自身も意外だった。〝自分探し〟というやつにようやく成功したのかもしれない。校長先生はスピーチで「君たちも大人になった」なんて言っていたけれど、

「知らないことばっかりね」

心の中を読むような一言。

え？　と聞き返そうとしたとき、シャッター音が鳴った。

たぶん私は、口を半開きにして微妙に絵空のほうを向いた、ひどく間抜けな状態で撮られてしまったと思う。テイク2を願い出たかったけど、もうスマホはしまわれていた。

それじゃ、と手を上げて、絵空は去っていく。春の風に揺られ、流れる黒髪。振り向かないまま、声だけが私たちに投げられる。

「写真、シェアしておくから」

でも私には、そのあと写真を見た記憶がない。

絵空がシェアを忘れてしまったのか、私がメッセージを見逃したのか。自分の間抜け面を見た

覚えもないし、真兎と絵空の笑顔を見た覚えもない。

――知らないことばっかりね。

絵空のほがらかな笑顔の横で、真兎はどんな顔をしていたのだろう。

真兎のことを、絵空のことを、私はどれだけ知っていたのだろう。


そんなことを思い出しながら、インスタントのコーンポタージュを飲みほした。見るともなしに流していた『王様のブランチ』を消して、洗面所へ向かう。鏡の前では、部活のユニフォームを着た弟がニキビを前髪で隠そうとやっきになっていた。「ませてんじゃねー」と蹴《け》って追い出す。

まわりとつり合う程度にメイクをして、髪を整え、一歩さがって上半身を映す。ロンTとショートのニットベスト、下はデニムパンツ。あなたにとってオシャレとは？　と聞かれたら、私は「目立たないこと」と答える。

玄関でスニーカーを履いていると、リビングから顔を出した母に「どこ行くの」と尋ねられた。

「小手指《こてさし》の公園」

「こうえん？」

十六歳の娘が口にする行き先としては、だいぶ珍しかったのだろう。聞き返された。目的をなんと話すべきか、私はちょっと考えたのち、

「真兎の遊びにつきあってくる」

「真兎ちゃんと？　へえ、ピクニックでもするの」

ドアノブをつかみ、古いマンション特有の重いスチール扉を体全体で押し開ける。いい天気だ

った。おでかけ日和だ。でも、するのはピクニックじゃない。

ドアを閉める直前、私はぼそりと母に言った。

「三千万円稼ぐんだって」

2

十時五十分、集合時間ちょうどに頬白駅に着いた。

定期で改札を出たとたん、「鉱田ちゃーん」と恥ずかしい呼びかけを食らう。ファミリーマートの前で、真兎と生徒会の先輩二人が待っていた。

真兎が約束に間に合っているのは珍しい。それだけ気合いが入ってるってことかもしれないけど、服装は普段の休日と変わらない。ぶかぶかのニットカーディガンに、膝丈《ひざ》スカートに、ショートヒールブーツ。亜麻色のロングヘアをシュシュでまとめて、肩の前に垂らしている。片腕にはなぜか、籐《とう》のふたつきバスケットをさげていた。

「ほら見て見てこれかわいくない？　ジブリみたいでしょ」

「あ、うん……え、中身は？」

「カードゲームにハマった伯爵が考案した食べ物だよ」

「それ俗説だぞ」と椚先輩が口を挟んだ。サンドイッチのことだろうか。ていうか、

「なんで？」

「だって公園行くならお弁当は必須《ひっす》でしょ。レジャーシートとフリスビーも持ってきたよ」

母のほうが真兎のことをよくわかっていたみたいだ。

「メシ食おーがイチャつこーが、なんでもいいけどさ。こっちの用事を先にすませろよな」

佐分利会長が言う。片耳で揺れるピアスに、下北《しもきた》っぽいダメージ加工のロンT。制服を脱いだ会長は普段にも増してボーイッシュだ。

「わかってますよー」と、真兎。

「サンドってオレらの分もあんの？」

「コンビニで買ったらどうです？」

「そろったなら行こう。約束に遅れる」

時間厳守の栦先輩が、改札のほうへ歩きだした。ルーズなほか三名が続く。

「射守矢ァ。さっきの話だが、ほんとにいいんだな？」

「まあ状況見つつで。会長にお任せします」

ホームへの階段を下りる途中、会長と真兎のやりとりが聞こえた。私の到着前に何か話していたのだろうか。

栦先輩が、盛大なため息をつく。初めて見る先輩の私服はネイビーのシャツにスラックスという、制服と大差ない恰好《かっこう》だった。眉間《みけん》に寄ったしわがいつも以上に深い。

「栦先輩も来たんですね」

「会長に呼ばれただけだ」

話しかけると、ぞんざいに返された。楽しみな予定ってわけじゃなかったみたい。私が来た理由も「なんか集合時間が送られてきたから」なので、先輩の仲間なのだけど。

でも、友人が進学校の生徒と大金を賭《か》けたゲームをする、と聞いたら、心配になってついていくのが人の性《さが》ではないだろうか。少なくとも私には、真兎を放ってブランチの映画ランキングを見ていることはできなかった。

「真兎、勝てそう？　ほらなんか、コンディションとか」

「コンディションは、寝不足だね。サンドイッチのために早起きしたから」

にへら、と笑う真兎。午前中かつ未成年なのに、アルコールが入ったように緩んだ口元。やっぱり心配だった。いろんな意味で。

私立星越高校。

秘密主義を貫く国内屈指のエリート校。その校内で〝通貨〟として流通している、Sチップと呼ばれるものがある。

Sはscholarshipのsで、名目上の扱いは奨学金。チップの価値は、一枚につき十万円。通常は星越高生の間だけでやり取りされるSチップだが、ごくまれに流出し、学外の者の手に渡ることがある。そうした場合、星越の生徒会が秘密裏に回収作業を行う決まりになっているのだという。

回収作業とは具体的には、星越校内で行われているのと同じ、Sチップを賭けたゲーム——通称《実践向上《キャリアアップ》》のこと。もちろん星越側が負ければ、さらに多くのチップを流出させてしまうことになるのだが、そこはさすがのエリート集団。常勝であり、回収に失敗したことは一度もないらしい。

私たちが通う頰白高には、二十年以上前に流出した三枚のSチップが保管されていた。

そして現役の佐分利会長が真兎に目をつけ、星越とひと勝負させようと思いついた。真兎は最初断ろうとしたが、会長からある条件を出された結果、乗り気になってしまっていた。

いまから行われるのは、その出張版《実践向上《キャリアアップ》》。

真兎の目標は、勝負に勝ち、かつ、三枚しかない元手を三百枚に増やすことだという。

変なことに巻き込まれてしまった、とつくづく思う。いまならまだ引き返せるのかもしれないけど、それを決める権利は私にはない。プレイヤーは真兎で、決めるのも真兎。その本人はといえば「丘を越え　行こうよ～」のメロディーで口笛を吹いてる。なぜ私は頭痛薬を持ってこなかったのだろう。

まあ三十万円といっても、もともとは棚ボタ的に降って湧いたお金だ。負けたらそれを返して終わり、というだけだし……いつもの真兎の勝負よりは、むしろ今日のほうが気楽なのかも。

ホームに電車が滑り込んでくる。

決してレールを外れることができない車両に、私たちは乗り込む。

頬白駅から西武池袋線《せいぶいけぶくろせん》に乗り、飯能《はんのう》方面へ。

東京と埼玉の境目に沿って二十分ほど揺られたあと、小手指駅で下車した。椚先輩が地図アプリを開き、私たちを先導する。

十分ほど歩くと、指定された〈赤鐘《あかがね》公園〉に着いた。

サッカーコートが丸ごと入りそうな、けっこう大きい公園だ。平坦で見通しのよい敷地内に、すべり台やジャングルジムが散らばっている。芝生では小学生たちがサッカーをしていた。住宅街の真ん中にあり、外にはぐるりと道路が巡っているけど、二メートルくらいの高さの生垣が隙間なく公園を囲んでいるので、飛んでいったボールが窓を割ったりする心配はなさそうだ。

入口の真正面には、立派な樫《かし》の木が生えていた。

検索すると〈樫の木公園〉という名称も出てきたので、公園のシンボル的存在らしい。樫の木を挟んだ反対側にはもう一ヵ所の入口もあって、南北どちらから入っても、まず木が視界に飛び込むような作りになっている。でも、私たちは設計者の期待を裏切ってしまったかもしれない。別の場所を見ていたから。

　樫の木のそば——木陰に置かれたベンチの前に、三人の少年が集まっていた。私たちが近づいていくと、すぐにひとりが振り向き、残りの二人もこっちを向いた。

　三人とも私服だったけど、近所の子たちでないことは雰囲気でわかる。

　頭がよさそう、とも、育ちがよさそう、とも違う。

　ただ者じゃなさそう、とも、意識が高そう、とも、やや違う。

　世界から半歩踏み出した場所に立っているような、なんともいえない空気を彼らはまとっていた。

「あれ、もしかして……」

「えーと、そちらは」

「あ、そうです」

「あ、ですよねー」

　そしてそんな空気とはまったく関係なく、初オフ会の待ち合わせみたいな感じで挨拶《あいさつ》が交わされた。

「どうもどうも、メールした頬白高校の佐分利です。こっちは椚と、鉱田」

「ああよかった、どうもー、ボク、星越高校の新妻いいます。こっちは二年の巣藤と、桶川です。どうぞ、よろしくお願いします」

　茶髪をカチューシャでまとめた男子が、愛想よく名乗る。高そうなカジュアルジャケットを着ているけど、関西弁なので漫才師のようにも見える。

「すいませんね、わざわざ呼び出してもうて。遠なかったですか？」

「いや、電車で一本っすから。こちらこそ申し訳ないです、こっちの都合でご足労を」

「いやいやー、ええんですよぉ。これ、ボクらの仕事ですから。電車賃もね、経費出るんで。ほんなら原宿《はらじゅく》集合にしときゃよかったなぁ、おしいことしたわーつって、いま話してたんです」

「えー？　はっははは、ウケるなあ。ははは」

「はははは」

〃政治〃のにおいをプンプン放ちながら、にこやかに話す代表者二名。私は、新妻さんの後ろに控えた残りの二人へ視線を移す。

巣藤という人は、韓流アイドルみたいに髪をセットし、オーバーサイズのトレーナーを着ている。何事にもキョーミなしといった印象で、先輩たちが話す間も顔を上げず、スマホをいじっている。横に倒して両手で持ち、せわしなくタップしていることから察するに、ゲームをやっているみたいだ。

桶川と呼ばれたくせっ毛の男子は、私と同じようにこちらを観察していた。目が合ってしまい、「ども」って感じで会釈し合う。ブルゾンのポケットに両手をつっこんでいて、巣藤さんと同じく愛想がなさそうだった。

「チップの確認、いいですか」

巣藤さんの声が、会長たちの間に割り込む。スマホからは顔を上げていない。

「はいよ」

佐分利会長が三枚のSチップを見せる。イエローと星でふち取られた樹脂製のチップ。頬白高校に代々受け継がれてきた〃お宝〃だ。新妻さんたちも、ベンチに置いていたバッグを開ける。

中にはトランク型のチップケースが収まっていた。巣藤さんと桶川さんはそれぞれ四十枚程度、新妻さんは八十枚程度所持していた。

傍目《はため》には、高校生がおもちゃのカジノチップを見せ合っているだけに見える。けれどSチップの換金レートは、一枚十万。いまここにある金額の合計を想像して、私はたじろいでしまった。

およそ、一六〇〇万円——私の家を買えるくらいの金額が、公園のベンチに無造作に置かれている。

「ほな、確認OK、お互い了承ってことで……《実践向上《キャリアアップ》》始めましょか」

ぱちん、と両手が合わさった。

「ゲームは巣藤か桶川がやります。そっちのプレイヤーは、佐分利さんでええかな」

「やるのはオレじゃないよ」

「あ、そうなん？」椚先輩へと視線がずれて、「ならキミか」

「俺でもない」

「ああ、この子か」新妻さんは私に笑いかける。「しっかりしてそうやもんな」

「えーと、私でもなくて……」

「それ〈ブレス・マギア〉？」

残るひとり——まったくしっかりしてなさそうな、ちゃらんぽらんの具象化系女子が、いつの間にか巣藤さんのスマホを覗《のぞ》き込んでいた。

近すぎる距離にたじろぐように、巣藤さんが身を引く。

「そうだけど……やってるの？」

「やってはないけど知ってます、海外で人気ですよね。イラストとかよく見ますよ。私ジュールってキャラが好きだなー美人だしおっぱいおっきくて」

「ジュールは男だよ……あんたが見たのは勝手に女体化させたファンアートだ」

「射守矢ァ、自己紹介」

会長に呼ばれると、真兎は後ろ歩きで私の横へ戻った。カーディガンの重さに負けたみたいに、ぬるり、と頭が下げられる。

「頬白高校一年、射守矢真兎です」垂れた前髪から笑顔を覗かせ、「よろしゅう」

真兎は新妻さんの口調を真似た。アクセントは大阪よりも京都風だった。

「一年生？　ええんですか、佐分利さん」

「問題ねーよ。オレも椚もこいつに負けちまったからな」

「ふーん……ま、後輩同士の対決ならちょうどええか」

三年生たちが話す間も、真兎は素知らぬ顔だ。萌え袖《そで》からスマホを覗かせて、何かを検索している。覗き込むと、オンラインゲーム〈ブレス・マギア〉の公式サイトだった。〈本日正午より限定イベント〉とか、〈ジュール出現率二倍！〉とか、派手な告知がポップアップされる。本物のジュールは筋骨隆々としたおじさんだった。

「ゲーム、早くやりましょうよ。サンドイッチがひからびちゃいます」

真兎はベンチにバスケットを置いた。「そやな」と、新妻さんは後輩二人を振り返る。

「星越からは、どっちが出る？」

巣藤さんと桶川さんは相談し合うように視線を交わし、

「じゃ、おれが」

巣藤さんが名乗り出た。

柔らかな風が樫の葉を揺らし、芝生からは男の子のはしゃぎ声が聞こえる。のどかな土曜の空の下、私たちは勝負の段取りを進めた。守秘義務などいくつかの制約が交わされ、佐分利先輩がサインをした。審判は、新妻さんと椚先輩が合同で務めることになった。

ようやくソシャゲをやめた巣藤さんが、真兎と向かい合う。

「ゲームの内容はどうする？　新品のトランプとか、いろいろ持ってきてるけど」

「早く終わるならなんでも。チップも三枚オールインでいいです」

三枚全賭け——三十万円賭けてひと勝負ってこと？　いつもどおりといえばそうなのだが、なげやりすぎる。本当に大丈夫なのだろうか。

巣藤さんは考え込みながら、視線を周囲に走らせる。ベンチ、掲示板、時計、そして樫の木。

「なら、せっかく公園に来てるし、射守矢さんも《実践向上《キャリアアップ》》は初めてだろうし……十分くらいで終わる、二人用のゲームがあるんだけど。どう？」

「たしかに、ここならアレで遊びやすいな。距離もちょうどいい」

察したように桶川さんがつぶやく。真兎が、あるワードに反応した。

「きょり？」

「そう」巣藤さんは話しながら、一歩ずつ真兎へ近づく。「慎重に歩いて、標的との距離を詰める。標的は定期的に振り向いて、それを阻む……。誰でも知ってるゲームだよ。少しだけルールが足されて、心理戦の要素があるけどね」

そして立ち止まると同時に、奇妙な言葉を口にした。

「ゲーム名は——《だるまさんがかぞえた》」

3

「ころんだじゃなくて、かぞえた？」

鉱田という女子が、素直な疑問を口にする。「楽しそうですね」と射守矢が言い、巣藤がルールの説明を始める。

新妻晴夫は、ぼんやりとそれを聞いていた。

《だるまさんがかぞえた》なるゲームのことは知らなかったが、巣藤が選んだからには勝つ自信があるのだろう。なら、どんなルールだろうとかまわない。いまの新妻には、もっと気になることがあった。

射守矢真兎という女についてだ。

先ほど、新妻だけが気づいたことがある。

「星越からは、どっちが出る？」と聞き、巣藤が名乗り出た瞬間、射守矢はわずかに笑ったのだ。獲物がひっかかった、とでもいうように。ほんの刹那《せつな》の微表情だったが、彼女の前に立っており、かつ、星越高生徒会役員として数多《あまた》の勝負を経験してきた新妻は、それを見逃さなかった。

笑った理由は、なんや？

ひとつの仮説を立てる。

頬白高の面々が公園に入ってきたとき、いち早く反応したのは桶川だった。南口に背を向けていた彼は、背後から近づく体重四十～六十キロ程度の四人分の足音を聞きつけ、振り向いた。

射守矢真兎が、それを不審に思ったとする。「振り向くタイミングがたまたま合った」では納得せず、何か原因があるはずだ、と考えたとする。

桶川は、なぜ自分たちの接近を知覚できたか。背を向けていたのだから視覚ではない。屋外なのでにおいを嗅《か》ぎ取れたとも思えない。

消去法で、聴覚。

射守矢真兎はこうした推理により、挨拶を交わす前の時点で、桶川が鋭い聴覚を持っていることを見抜いていたとする。

挨拶のあと、新妻から「ゲームは巣藤か桶川が行う」という発言が出る。射守矢は聴覚に秀でた桶川よりも、巣藤と戦ったほうが有利そうだと考える。そこで巣藤へ絡みにいき、彼が好きなゲームをけなすような発言をして、反感を買っておく。思惑どおり巣藤がプレイヤーに名乗りを上げ、だから射守矢は、笑顔を見せた——

筋は、通る。

すごい子やな。新妻は内心で感嘆した。観察眼は星越生並み。演技も、仕込みもうまい。

でも、素人や。

巣藤と桶川は星越生の中では珍しく、個人プレイよりもコンビネーションで戦うタイプだ。タッグ戦はもちろん、選手とセコンドに分かれた勝負もやり慣れている。ブロックサインとアイコンタクトで、敵に気取られない意思疎通も可能だ。

ゲーム自体は、戦略性に長《た》けた巣藤のほうがむしろ得意。桶川の聴覚は、盤外からのサポートでこそ真価を発揮する。仲間内のささやき声や、緊張による呼吸の変化。敵の情報を機敏に聞き分け、巣藤に伝えることができる。

《実践向上《キャリアアップ》》はSチップのかかった真剣勝負、盤外工作はむしろ当然である。不正や嘘は見抜けないほうに落ち度があり、それらすべてを含めた対応力を総じて〝強さ〟と呼んでいる。それが新妻の主義であり、星越全体の主義でもあった。

二択をミスったな、射守矢さん。

同情するように、新妻はカーディガンの少女を眺める。

旅路において最も重要な、最初の分かれ道を間違えた。

この先どんな道を選んでも、彼女はゴールにたどりつけない。

＊

「ころんだじゃなくて、かぞえた？」

地域によってはそういう別名がある、というわけではなさそうだった。椚先輩や佐分利会長もいぶかしげな顔をしている。私の頭の中では「ころぶ」と「おとす」以外の行為を求められただるまさんが、太い眉《まゆ》をひん曲げていた。

「楽しそうですね」真兎が言う。「詳しいルールを聞きましょうか」

「プレイヤーは**〈標的《マーカー》〉**と**〈暗殺者《キラー》〉**に分かれる。〈標的《マーカー》〉はあの樫の木の前で、〈暗殺者《キラー》〉は公園の入口でスタンバイする。大股《おおまた》で歩けば、樫の木までは四十歩程度かな」

巣藤さんは私たちが入ってきた南口を指さした。樫の木までは一直線で、距離は五十メートルくらい。

「〈暗殺者《キラー》〉はスタート地点から、一歩ずつ〈標的《マーカー》〉に向かって歩く。〈標的《マーカー》〉は〝かけ声〟とともに定期的に振り向き、敵の動きをチェックする。〈暗殺者《キラー》〉が歩いている姿を視認できれば、

〈標的《マーカー》〉の勝利。チェックを回避しつつ接近し、〈標的《マーカー》〉にタッチすることができれば、〈暗殺者《キラー》〉の勝利。簡単だろ」

簡単とか以前に、それは誰でも知っている〝だるまさんがころんだ〟のルールだった。ただ、オニと子が物騒な呼び方に変わっただけだ。

「かけ声ってのは『だるまさんがかぞえた』ですか？」

真兎が呑気《のんき》な質問をした。巣藤さんは「ああ」とうなずいて、

「ただし、かけ声に緩急をつけることは禁止だ。『だ、る、ま、さ、ん、が、か、ぞ、え、た』のリズムで、一文字ずつはっきりと発音してもらう。〈暗殺者《キラー》〉も早歩きは禁止で、かけ声と同じリズムで一歩ずつ進んでもらう」

「お互いゆっくり？　それじゃ、ぜんぜんゲーム性なくないですか」

「ここからが、少し特殊なところだ。かけ声はいま言った十文字が基本だけど、毎回同じ文字数とは限らない。十文字より短くてもいいし、長くてもいい」

ジッパーを開ける音が鳴った。桶川さんが自分のバッグをあさりながら、ルール説明を引き継ぐ。

「このゲームでは、〈標的《マーカー》〉が顔を隠してから振り向くまでの流れを一セットとし、五セットに分けて行います。そして〈標的《マーカー》〉と〈暗殺者《キラー》〉は、各セットの開始前に入札をしてもらいます」

桶川さんは二冊の色違いのメモパッドと、二本のサインペンを取り出した。そのうち一本を真兎に渡す。

「入札？」

「紙に数字を書いて、審判に預けるだけでいいので」

「なんの数字ですか？」

「〈標的《マーカー》〉の場合はかけ声の文字数。〈暗殺者《キラー》〉の場合は、進む歩数。両プレイヤーとも、必ずその数字どおりに行動してもらいます」

真兎が、肩の前に垂らした髪をさわった。何かを察して、思考の糸を紡ぎ始める——そんなふうな動作だった。

「流れとしては、たとえばこんな感じさ」

巣藤さんが、拾った枝で地面をガリガリとこする。一メートルほどの間をあけて、一方には木のマークを、もう一方にはスタートラインを描き、両側に小石を置く。

「〈標的《マーカー》〉が8を、〈暗殺者《キラー》〉が5を入札したとする。位置についたら、ゲーム開始。〈標的《マーカー》〉が『だ、る、ま、さ、ん……』と五文字唱える間に、〈暗殺者《キラー》〉も五歩進む。〈暗殺者《キラー》〉は入札歩数を消化したため、そこでストップ」

ぴょんぴょん、と〈暗殺者《キラー》〉に見立てた石が五回動かされた。

「〈標的《マーカー》〉はさらに『が、か、ぞ』まで唱え、八文字目で振り向く。相手は動きを止めているから、この場合はチェック回避、〈暗殺者《キラー》〉側のセーフ。次のセットに移る」

〈標的《マーカー》〉側の石がくるっと向きを変えてから、すぐ元に戻された。

「第二セットでは〈標的《マーカー》〉が4を、〈暗殺者《キラー》〉が7を入札したとしよう。〈標的《マーカー》〉は『だ、る、ま、さ』で振り向く。〈暗殺者《キラー》〉は四歩進んでいるが、そこで止まるわけにはいかない。入札分がまだ三歩残っているからだ」

「あー、なるほど」と、真兎。「振り向いた時点で〈暗殺者《キラー》〉が歩いてるので、この場合は〈標的《マーカー》〉の勝ちってことですね」

〈例1〉

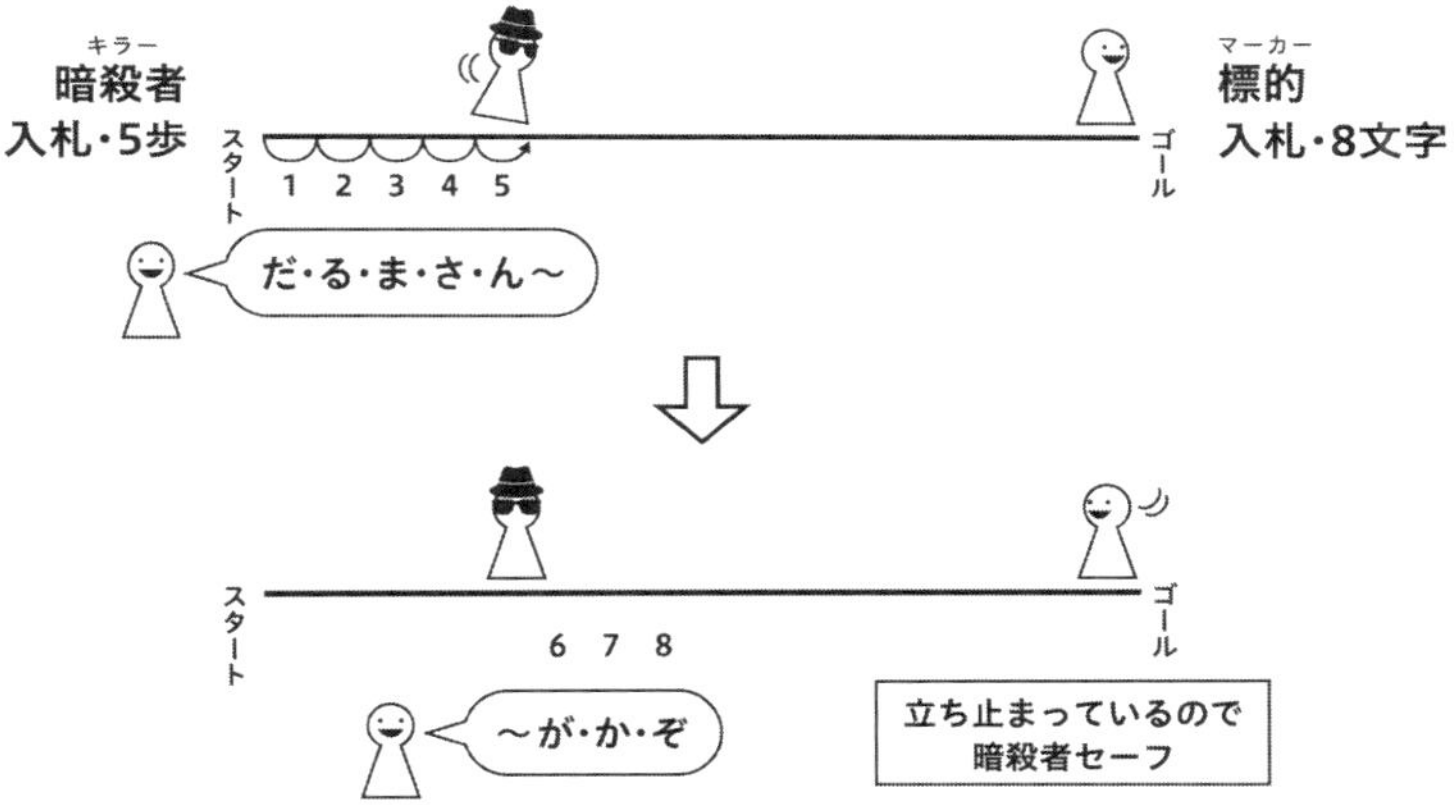
暗殺者《キラー》
入札・5歩
標的《マーカー》
入札・8文字
スタート
ゴール
1 2 3 4 5
だ・る・ま・さ・ん〜
6 7 8
〜が・か・ぞ
立ち止まっているので
暗殺者セーフ

〈例2〉

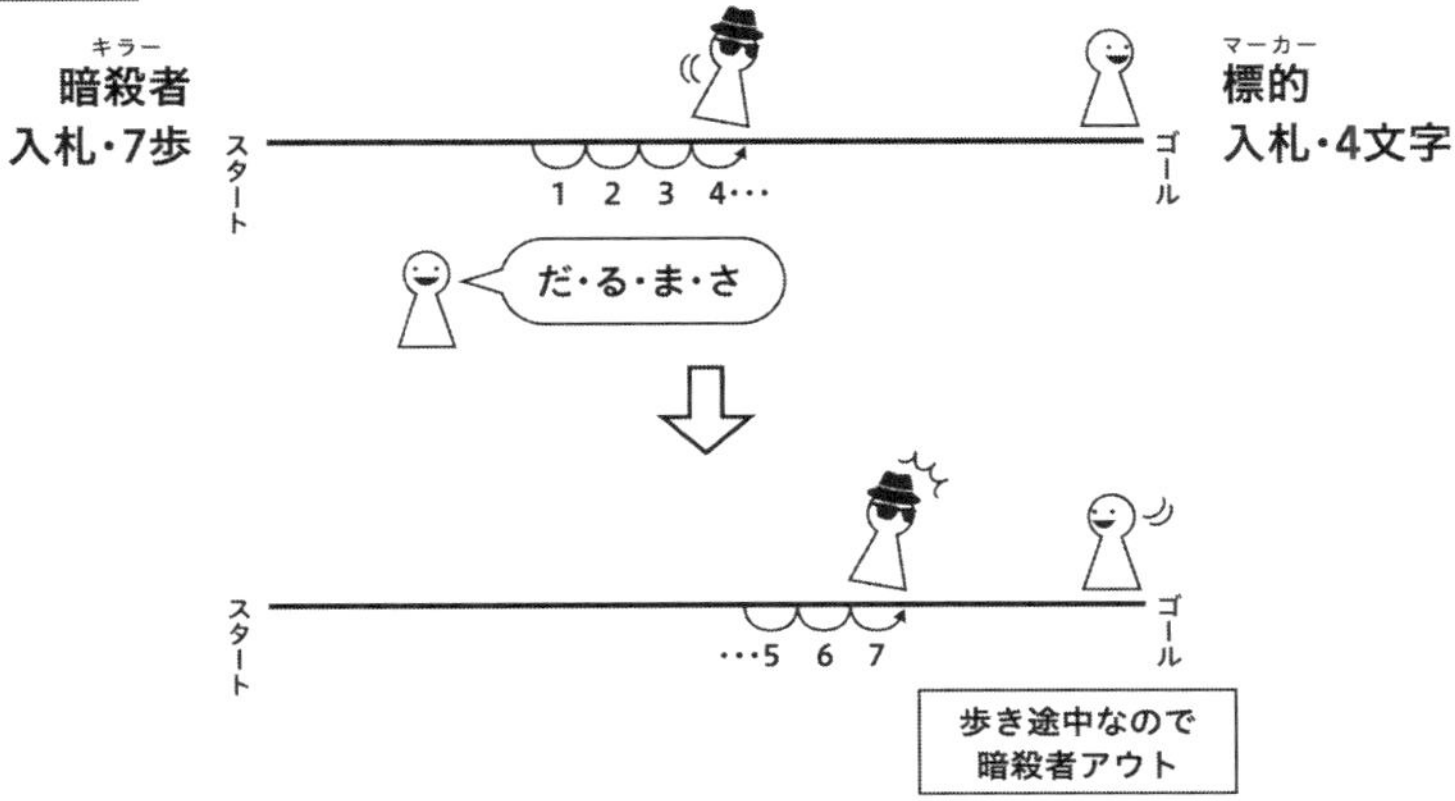
暗殺者《キラー》
入札・7歩
標的《マーカー》
入札・4文字
スタート
ゴール
1 2 3 4…
だ・る・ま・さ
…5 6 7
歩き途中なので
暗殺者アウト

「そういうこと。本家のルールより基準が明確で、わかりやすいだろ」

本家の〝だるまさんがころんだ〟は早口でかけ声をすませるテクがあったり、「おまえいま動いたろ」「動いてないよ」と言い争いが生じたり、けっこう判定が雑だ。それに比べればいいルールかも、と私は納得しかけたのだけど、

「質問がある」椚先輩が割り込んだ。「ゲームは全部で五セットだったな。第五セットが終了した時点で、〈暗殺者《キラー》〉が〈標的《マーカー》〉の位置までたどりつけていなかった場合はどうなる」

「暗殺失敗ですからね。その場合も〈標的《マーカー》〉の勝ちです」

「なら、〈標的《マーカー》〉に有利すぎるな。一度でもチェック成功すれば勝利なら、〈標的《マーカー》〉が低い数を入札し続ければ〈暗殺者《キラー》〉に勝ち目はない。チェックを回避するには〈暗殺者《キラー》〉のほうも低い数を入札し続ける必要があるが、それだと五回で〈標的《マーカー》〉までたどりつくことは不可能だ」

「あ、そういえばそうですね。さすが椚先輩だなー」

他人事《ひとごと》みたいに追従する真兎。かくいう私も、指摘を聞いてようやく気づいた。

〈暗殺者《キラー》〉がゴールまでたどりつくためには、五セット合計で四十歩、歩かないといけない。一セットにつき三歩とか四歩ずつしか進めないとしたら、たしかに勝てない。

苦言は想定済みだったのだろう、巣藤さんは落ち着いて続ける。

「ゲームバランスをとるために、〈標的《マーカー》〉側にはもうひとつ縛りがあります。――〈標的《マーカー》〉が入札する数字は、**五セット合計で必ず50になること**」

真兎の唇の隙間から舌が覗き、平日よりも少しだけ派手なライトピンクのリップグロスを、ぬらり、とひと舐《な》めした。

「っていうと?」

「五十文字の消費ノルマを、うまく割り振りながら入札しなきゃならないってことさ。第一セットで十文字消費したら、残りは四十文字。第二セットで五文字消費したら、残りは三十五文字だ」

〈標的《マーカー》〉側の縛りをふまえて、私はもう一度考える。

椚先輩が言ったような、小さい数字戦法を〈標的《マーカー》〉が取ったとしよう。すると、後半に大量の文字数が余ってしまう。ゲーム終了時に帳尻《ちょうじり》を合わせるため、どこかのタイミングで20とか30をいっぺんに入札しなきゃいけなくなる。でも、〈暗殺者《キラー》〉のほうもそれはわかっているから、〈標的《マーカー》〉の大量入札に合わせて大きく距離を詰めようとし——そんなふうに、読み合いが生じる。〈標的《マーカー》〉は五十文字を使いきり、〈暗殺者《キラー》〉は四十歩を渡りきる。

自分と相手の消費ノルマを計算しながら行われる、だるまさんがころんだ。

「たしかに、心理戦ですね」

真兎は嬉《うれ》しそうにうなずいた。

「ちなみに、双方の入札が同数だった場合——つまりチェックと停止が同時の場合は、チェック回避として扱う。そして互いの入札は、各セット終了時に公開される。不正やルール違反が発覚した場合は、その時点で違反側の負け。ルールは以上だ」

細々した補足をし、巣藤さんは説明を終えた。

「おもろいネーミングやな」と、それまで黙っていた新妻さんが評した。「『だるまさんがころんだ』はちょうど十文字やから、昔は子どもが数を数えるときに使われてたって話もある。『かぞえた』なら原点回帰ってワケや。おれはこのゲーム初めて聞いたけど、巣藤が考えたん？」

「ええ、まあ。新入生に《実践向上《キャリアアップ》》を挑まれたとき、よくやるんです。手軽なので」

手軽、なのだろうか。けっこう難しいゲームに思えるけど。星越高生の感覚はやっぱり私たちとずれている。

「あのー、巣藤さん」ゆっくりと、真兎が手を上げた。「ちょっと足したいルールがあるんですが」

「……なに？」

「〈暗殺者《キラー》〉は〈標的《マーカー》〉にタッチしたら勝ちってことでしたけど、いまの説明だけだとタッチをよけたりもできちゃいそうだなーと思って。樫の木の定位置から動かないってルールで大丈夫ですか」

「もちろんさ」巣藤さんの返事には、当たり前のことを聞くなよ、という侮蔑《ぶべつ》のニュアンスがこもっていた。「〈標的《マーカー》〉は各セットの継続中、一歩もその場から動かないこと。屈《かが》んだり、身をよじったりするのも禁止。これでいい？」

「それと、ゲーム中は全員スマホ禁止にしません？　外野がこっそりメールで指示とか、なしにしたいので」

「いいとも。プレイヤーもそれ以外も、電源を切っておくってことで」

「もうひとつ」

しつこい追加ラッシュを食らい、巣藤さんはあからさまに顔をしかめた。

「まだあるの？」

「せっかくの数字あてゲームなので、ボーナスを決めませんか」

「ボーナス？」

「〈標的《マーカー》〉と〈暗殺者《キラー》〉の入札した数が一致したら、**ピタリ賞**ってことで、賭け金十倍」

声を弾ませ、恋人がおねだりするようなかわいらしい仕草で、真兎は提案する。

星越サイドの三人に数秒の沈黙が降りた。新妻さんは頭をかき、巣藤さんは公園の時計に視線を流す。桶川さんがかぶりを振りつつ、真兎の前に出る。

「射守矢さん、それはちょっと……」

「まあいいさ、桶川」巣藤さんが遮った。「ＯＫ、射守矢さん。そのルールでやろう。新妻先輩も、それでいいすか」

「プレイヤー間で同意したなら、おれは口出しせんよ」

新妻さんが言い、もうひとりの審判である椚先輩もうなずいた。

巣藤さんは真兎に向き直り、スマホを取り出す。

「さっそく〈標的《マーカー》〉か〈暗殺者《キラー》〉かを決めよう。ダイスロールのアプリ入れてるから、それを使って……」

「私〈暗殺者《キラー》〉がいいなー」真兎は上目遣いで、再びおねだりした。「だめですか？」

巣藤さんは至近距離で真兎と見つめ合い、口元をぴくりと動かし、すぐ真顔に戻った。スマホの電源を切り、ポケットにしまう。

「いいよ。僕はちょうど、〈標的《マーカー》〉をやりたい気分だったんだ。じゃ、役割も決まりってことで。あとは先輩お願いします」

「ほな、実践向上《キャリアアップ》《だるまさんがかぞえた》。賭け金はＳチップ三枚、勝者の総取り。異論ないな？」

真兎と巣藤さんはそろってうなずく。

「まずは第一セットの入札や。紙に数字書いてから、そやな……この石の下にでも、置いてもらおか」

新妻さんは大きめの石を二つ拾い、自分たちの前に並べた。ところどころで出る子どもっぽさに私は苦笑したけど、椚先輩の反応は違う。

「たしかに誰かが保管するより、石の下のほうが不正の余地がないな」

「バレるようなイカサマは興ざめやろ。ルールは絶対、それが星越流や」

新妻さんは二色のメモパッドから紙を一枚ずつちぎって、巣藤さんと真兎に渡す。巣藤さんは赤色、真兎は黄色。二人とも入札の数字はすでに決めていたみたいだ。巣藤さんは私たちに背を向けて、さっと書き込む動作をした。真兎は近くにあった掲示板の裏にひっこみ、すぐに戻ってきた。

二人は同時に石を持ち上げ、カジノのディーラーみたいに下に何もないことを示してから、折りたたんだ紙片を置き、石を載せた。

「両プレイヤーは、所定の位置へ」

椚先輩が指示する。巣藤さんは公園のシンボルである樫の木へ向かい、真兎は四十歩離れた入口へ歩いていく。私はいつになく不安な面持ちでそれを見送る。

真兎の選択に、疑問を抱いていた。

自ら〈暗殺者《キラー》〉を志願した真兎。でもこのゲーム、〈暗殺者《キラー》〉側が有利とはどうしても思えないのだ。

〈標的《マーカー》〉の消費ノルマは五十文字、〈暗殺者《キラー》〉の消費ノルマは四十歩。

五セットで平均を取ると、〈標的《マーカー》〉は一セットごとに十文字ずつ、〈暗殺者《キラー》〉は八歩ずつ消費しなきゃいけない。

もしも両者がその平均を取りつつ入札したなら、〈暗殺者《キラー》〉の入札が〈標的《マーカー》〉の入札を常に下回ることになる。つまり、すべてのセットでチェックを回避し続けて、勝てる。

でも、現実はそんなに甘くないだろう。〈標的《マーカー》〉の入札が一度でも〈暗殺者《キラー》〉を下回れば、その時点で一発アウト。そうでなくても、五セット以内に〈標的《マーカー》〉に近づけなかったら自動的に〈暗殺者《キラー》〉の負け。

やっぱり、厳しいんじゃないだろうか。

佐分利会長は鉄棒に寄りかかり、高みの見物を決め込んでいる。私は近づいていって、こっそり尋ねる。

「〈暗殺者《キラー》〉って、有利なんですか？」

「不利だ」即答だった。「だが、射守矢はそっちがお好みみてーだな」

「……なんで？」

「あいつは常に殺《や》る側だから」

パンクな見た目の会長が言うと、ジョークに聞こえなかった。

「準備ＯＫで～す」

脱力感あふれる声とともに、真兎の手が振られる。巣藤さんは手を振り返してから、樫の木の幹と向かい合い、腕で顔を隠す。

小二のとき以来およそ八年ぶりに見る、〝だるまさんがころんだ〟開始前の構図。思い出との違いは私たちの背が伸びていることと、特殊ルールが足されていることと、そして、三十万円が賭けられていること。

椚先輩が一歩前に出て、声を張った。

「第一セット、開始」

4

樫の木の前に立ち、射守矢真兎がスタート地点に着くのを待つ間、巣藤は公園の時計に目をやった。

十一時四十分。ほっと胸を撫《な》でおろす。このペースなら、昼前には解散できるだろう。

何しろ、勝負は一瞬で終わるのだから。

巣藤は危ない橋を渡り終え、すでに安全圏にいた。

このゲームにおいて最も重要なのは、役割決めの際〈標的《マーカー》〉を選べるか否かだ。巣藤がスマホに入れたダイスロールアプリには、起動前に一定の操作をすると出目が高くなる、というバグが検出されていて、いつもならそれを利用し〈標的《マーカー》〉側になる手筈《てはず》だった。

が、今回はラッキーなことに、相手側から〈暗殺者《キラー》〉を志願してきた。大方、消費ノルマが少ないので〈暗殺者《キラー》〉のほうが有利、などと考えたのだろう。

やっぱり、他校生は馬鹿だな。

「準備OKで～す」

車止めの前から、射守矢真兎が手を振る。巣藤はにこやかに手を振り返した。それから樫の幹と向き合い、腕で顔を隠す。意識はすでに〈ブレス・マギア〉の世界へ移り、正午から始まる限定イベントと、オンラインバトルのことを考えていた。

巣藤にとって、現実の勝負はくだらない遊びでしかない。

バーチャル世界の勝負のほうが、はるかに複雑で面白い。属性の相性差、アイテムによる能力加算、個体値による先攻・後攻の決定、ＡＩが繰り出す攻撃のパターン。すべてがシステマティックに設計された世界で、育てたキャラクターをぶつけ合う。そこには真の読み合いがあり、思考を費やす価値がある。

現実の勝負は、まったく違う。人間はバーチャルの戦士たちよりはるかに愚かだ。〝盲点〟をひとつ作るだけで、簡単に足をすくえてしまう。

《だるまさんがかぞえた》は、巣藤が考案した一撃必殺のゲームである。

十分くらいで終わる勝負。基本は〝だるまさんがころんだ〟と同じ。〈標的《マーカー》〉はかけ声を唱えてから振り向く。発音ははっきり一文字ずつ——巣藤は巧妙に言葉を選ぶことで、ルールの中にひとつの盲点を作っていた。射守矢が追加条件を出してきたときは少しだけひやりとしたが、馬鹿な女子は立ち位置やらスマホやら、どうでもいいことしか考えておらず、肝心な確認を怠った。

〈標的《マーカー》〉は各セットの前に、かけ声の文字数を入札する。

その文字数を唱えてから、振り向いてチェックを行う。

入札の上限は50。

下限は、決まっていない。

つまり、ルール上可能なのだ。

ゼロ文字チェックが。

「第一セット、開始」

椚とかいう眼鏡の男が宣言する。

直後、巣藤は無言で振り向いた。

射守矢真兎はスタート地点に立ったまま、きょとん、と呆《ほう》けている。首は疑問を呈するように傾き、伸びきったカーディガンが肩からずり落ちそうで、絵にかいたような間抜けぶりだった。

唇がほころんでしまう。

《実践向上《キャリアアップ》》慣れしていない新入生《カモ》たちとの勝負で、何度も見てきた光景だった。相手は起きたことを理解すらできていない。いまから歩きだそうと思っていたのに、どうしたのだろう？　言い忘れたことでもあるのかな。回転が遅い脳みそで、そんなことを考えている。

「第一セット終了ですね。先輩方、入札の開示をお願いします」

この展開を見慣れている桶川が言う。新妻と椚が石を持ち上げ、メモ用紙を開き、順にそれを読み上げた。

「〈標的《マーカー》〉――巣藤の入札は、〈0〉や」

え？　見物していた鉱田という女子が声をあげ、

「〈暗殺者《キラー》〉――射守矢の入札は、同じく〈0〉。チェック回避だ」

「……え？」

巣藤も声をあげた。

椚の手を見つめてしまう。開示された黄色いメモ用紙には、たしかに巣藤が記したのとまったく同じ数字が書いてある。

すたすた、すた……少年たちの遊ぶ声にまじって、軽快な足音が聞こえる。

射守矢真兎はこちらに戻ってきながら、親戚《しんせき》に小遣いをもらった子どもみたいににやけていた。

その笑みは無邪気で、無頓着《むとんちゃく》で、無責任で――巣藤にはひどく不気味に思えた。

「わーい、あてちゃったぁ。ピタリ賞だ」

現実の勝負は、盲点を突いた者が勝つ。

敵の頭に、思い込みをすり込んだ者が勝つ。

たとえば、0は入札できないという思い込み。ルールはフェアだという思い込み。そして――

「賭け金、十倍ですね」

敵が弱い、という思い込み。

＊

予想外のことが立て続けに起こり、私は硬直していた。

開始と同時に巣藤さんが振り向き、開示された入札は0で、真兎も同じ数を入札していて――

そして、いきなりのピタリ賞。

追加されたそのルールを、私は重視していなかった。真兎の遊び心程度にしか捉《とら》えていなかった。互いの入札が一致するなんて、確率的にはほとんどないと思っていたから。

真兎は読んでいたのだ。

巣藤さんの一撃必殺、ゼロ文字チェックを見抜いていた。最初から数字をあてる自信があり、だから大胆なルールを提案した。勝利を確信していた巣藤さんは、深く考えずにその条件を呑《の》んでしまった。

もしかすると真兎が〈暗殺者《キラー》〉を選んだのも、このため――

「に、新妻先輩……」

巣藤さんは頼りない口ぶりで判断を仰ぐ。クールを気取っていた彼の殻が、一枚ずつ剝《は》がれ始めていた。新妻さんの顔からも余裕が消えていた。

審判はジャケットの袖《そで》ボタンをいじりながら、ため息をひとつついた。

「決めてたもんはしゃーないな。賭け金は十倍、ここからはSチップ三十枚の勝負や」

Sチップ、三十枚——三百万円。

「ちゅうても、ひとつ問題がある」新妻さんは佐分利会長のほうを向く。「おたくらが持ってるSチップは三枚きりやろ。このまま負けたとき、残りの二十七枚——二百七十万円分はどう工面する？　チップが足らんかったら、現金でもらうってことになるが」

「スマホ禁止ルール、いまだけ破っていいか？」

新妻さんの了承を得ると、佐分利会長はあるサイトを開いて私たちに見せた。動画サイトみたいだけど、サムネイルにはマスクで顔を隠した下着の女性とか、制服のスカートから伸びる脚とか、いかがわしい雰囲気の画像が表示されている。

「アダルト向けのライブ配信サイトだ。視聴者からの投げ銭って形で金を稼げる。負けた場合は、ここで射守矢に少し恥ずかしいことをしてもらう。不足はその金で工面する」

……え？

「ちょ、ちょ、ちょ」脳がその意味を理解してから、私は会長に詰め寄った。「だめですよ、そんなの！」

「射守矢のほうから言いだしたんだからしょーがねーだろ」

思わぬ一言にまた固まる。椚先輩は苦虫を噛《か》みつぶしたような顔をし、黙り込んでいる。ひょっとして、私が着く前に駅で話していた話題とはこれのことか？　椚先輩の機嫌が悪かったのもこの話のせい？

だったら、私も椚先輩に完全同意だ。こんなの理不尽すぎる。大金を賭けた勝負といっても、元手は二十年前に運よく転がり込んだ三枚のチップ。失ったところで頬白高側の損失は何もない。そもそも真兎は会長に巻き込まれただけの〝代打ち〟で、身体を張る理由なんてどこにもないのに。

理由なんて――

私は真兎のほうを見る。話題の張本人は我関せずといった顔で、地域の地図が貼られた掲示板を眺めている。

「真兎、あんたね」

「んー?」

「わかってんの」

「んー」

「こっち見ろ!」

肩をつかんで、無理やり振り向かせた。

至近距離でまなざしがぶつかる。綺麗《きれい》な顔立ちの、胡乱《うろん》な瞳《ひとみ》を覗き込む。年がら年中一緒にいるのに、ずいぶん久しぶりの感覚だった。

「わかってんの? 負けたら……」

「平気だよ、鉱田ちゃん」

最後まで言う前に、遮られた。

勝つから平気、という意味なのか、負けてペナルティを科されても平気、という意味なのか。私にはわからなかった。いつもと同じ気楽な口ぶり。けれどその奥に、鉄球のように重たい、動かしようのない塊を感じた。嚙みしめた歯と、肩をつかむ手に力がこもった。

これが、真兎なりの覚悟なのか。

絵空との再会が、それほどまでに大切なのか。

いまの真兎にはある目的がある。

星越の生徒会にいる、私たちの中学の同級生――雨季田絵空と戦うこと。

賭け金をつり上げたのも、大量のチップを稼いで絵空と対等に渡り合うため。真兎は絵空に「謝らせたいことがある」のだという。

中学時代を振り返ると、たしかに卒業間近の真兎と絵空との間には、妙な距離感が生じていたと思う。けれど、きっかけに心あたりはなかった。私の知らないところで生じた、私の知らない因縁。

キスしそうな距離で見つめ合っても、真兎は私のことは見ていない。

絵空だけを、見ている。

「……どうして」

どうしてそんなに、絵空のことが。

遮られてもいないのに、私の言葉は自然と途切れた。手を離し、顔をそむける。真兎は何ごともなかったようにカーディガンの襟を直す。

「……ま、払えるゆうなら、合法でも非合法でもかまわんけど」新妻さんが、さらりと怖いことを言った。「ほな、ゲーム継続ってことで。第二セットの入札しよか」

新たなメモ用紙がプレイヤーたちに配られた。巣藤さんは私たちに背を向け、真兎はペンをくるくる回しながら、さっきと同じように掲示板の後ろに消える。

ちゃんと考えてよ、と私は祈りを込めることしかできなかった。もう私にとってもただのゲームじゃない、三百万円と友達の尊厳がかかっている。

お祈りの効果は微妙だった。真兎は五秒ほどで戻ってきて、石の下に紙を隠す。

巣藤さんは、少し遅れてそれに続いた。三百万は星越生にとっても大金なのだろう、彼の顔にも真剣さが増している。

二人が所定の位置についてから、椚先輩が言った。

「第二セット、開始」

＊

巣藤は入札用のメモ用紙を持ったまま、ペンを動かせずにいた。星越に入学して以来、こんなことは初めてだった。

ハメられた。

それは認めざるをえない。

ゼロ文字チェックの看破と、賭け金のつり上げ。一撃必殺を確信していた巣藤は、追加ルールを呑まされ、射守矢真兎に操られた。読み合いにおいて、射守矢が巣藤を上回った。

現在のベットはSチップ三十枚、巣藤にとってもかなりの大金だ。負ければ持参金の半分以上を失うだけでなく、大量のチップを学外に流出させてしまうことになる。星越高生徒会の看板に泥を塗り、責任を負わされる――

目をつぶり、最悪の未来を振り払う。

関係ない。勝ちさえすればいい。

〈標的《マーカー》〉の有利は依然として変わらない。巣藤は、このセットで射守矢よりも低い数を入札するだけで勝てる。大金も自分の功績になる。射守矢が負債をどう工面するかなど、知ったこっちゃない。

できるかって？　できるさ。おれは、他校生とは勝負の年季が違う。

たしかに、ゼロ文字チェックは看破された。

だが――張り巡らせた勝利へのルートは一本ではない。

数字を書き終えたのだろう、掲示板の裏から射守矢が戻ってくる。

巣藤はさりげなく、桶川のほうをうかがった。

相棒はこちらとは目を合わせないまま、自分の右耳をかき、片足のつま先をトン、と一度動かした。ごく自然な、ありふれた動作だった。

――二画。

二人の間だけで通じるサインである。

射守矢真兎は盗み見を警戒し、掲示板の裏で数字を書いた。その気配りは賞賛に値する。

だが、音までは隠しきれない。

巣藤をハメたことで油断した射守矢は、前回よりも強めに筆圧をかけたようだ。サインペンを紙につけるときの、「キュ」という音。それが二度鳴った。常人には聞き取れないほどかすかな音でも、桶川は別だ。彼の耳は決して情報を誤らない。

何も知らない対戦相手が、石の下にメモ用紙を隠す。巣藤は即座に思考を始める。

射守矢真兎は、二画で数字を書いた。

二画の数字。候補は4、5、10、11、12、13……7や9も、書き方のクセによっては二画になる。1も、下の横棒を書いたとすれば二画か。

射守矢が書いた可能性のある数のうち、最小の数は1。なら、それより低い数は――

巣藤はメモ用紙に、〈0〉と書いた。

射守矢より一拍遅れて、石の下にメモ用紙を隠す。新妻も桶川が出したサインには気づいたはずだが、何も言わなかった。仮に指摘されたところで、サインを受け取ったことを証明するすべはない。〝バレるようなイカサマは興ざめやろ〟。逆にいえば、バレないイカサマなら許されるということだ。

第二セットの準備に入る。樫の木の前に立ち、顔を隠す。OKで〜す。先ほどと同じように、スタート地点から射守矢の声が聞こえる。

ヘラヘラしてられるのも、いまのうちだ。

「第二セット、開始」

椚が宣言し、
同時に、巣藤は振り向いた。

四十歩先のスタート地点、手のひらサイズに縮んだ〈暗殺者《キラー》〉を、にらみつける。射守矢真兎は車止めにお尻を載せ、ぶらぶらと足を振っている。

――歩くだろ。

――最低一歩は、歩くはずだ。

――歩くよな。

――歩けよ。

確信は徐々に形を歪《ゆが》め、懇願へ変わった。巣藤は壊れたコントローラーでキャラクターを動かそうとしていた。直進のコマンドを何度も入力しているのに、射守矢真兎はその場から動かなかった。

「第二セット終了のようだ」椚が言った。「入札の開示を」

「お……おう」

動揺した声で新妻が応じる。二人の審判は石を持ち上げ、メモ用紙を読み上げる。

「〈標的《マーカー》〉巣藤の入札――〈0〉」

「〈暗殺者《キラー》〉射守矢の入札――同じく〈0〉。チェック回避だ」

殴られたような衝撃が走る。

信じがたい気持ちで、巣藤は椚が開いたメモ用紙を見つめた。視界の隅では、桶川もまったく同じ顔をさらしていた。

その数字は、通常ではありえない二本線で書かれていた。

「そ、そんな馬鹿な」
桶川が声を漏らす。

彼の聴覚は完璧《かんぺき》だった。巣藤もサインを読み違えなかった。おかしかったのは射守矢の書き方だけだ。なぜ、あんな書き方で0を？　サインを予想されていたのか？　〝二画〟のヒントで、巣藤が0を入札するよう誘導した？

ありえない。

だって――だってそのためには、射守矢が桶川の聴覚の鋭さを知っている必要がある。ついさっき会ったばかりなのに、知っているはずがない。そんなこと、できるはずが。

「忘れてないだろうな」椚の冷静な一言が、追い討ちをかける。「二度目のピタリ賞だ。賭け金が、さらに十倍になる」

「……あっ」

足元が、ぐらついた。

巣藤は樫の木に背中と後頭部をぶつけ、丹念にセットした髪が崩れた。そのまま腰が抜けないようにするだけで精いっぱいだった。「やった～」ヘラヘラ笑いながら、射守矢真兎が戻ってくる。跳ね回るウサギみたいに、ブーツが軽快なステップを刻む。

「あかん」諦念《ていねん》の半笑いとともに、新妻がつぶやいた。「格が違うわ」

だるまさんがかぞえた、第二セット終了。

射守矢真兎、現在ゼロ歩。

賭け金、三千万円。

巣藤さんが、狼狽《ろうばい》している。

それは真兎が優位に立ったことを意味していて、一応真兎の応援って立場で見物している私にとっても嬉しい出来事、なのだけど。いつもはそのはずなのだけど。いまの私は公園の中で、敵プレイヤーと同じように心を乱されていた。

5

二連続のピタリ賞。

開始時三十万だったはずの賭け金は、わずか十分でとてつもない額に膨れ上がっていた。

勝てばSチップ三百枚——三千万円。真兎がこないだ言っていた、対絵空用の軍資金目標に届く。甲子園《こうしえん》で大活躍してドラフト一位指名とかされない限り、高校生が持てる額じゃない。星越高生でもそんなに持ってる人って一握りなのではないか。でもちょっと待って、負けたらこっちが三千万払うってこと？　真兎が恥ずかしい配信をして？　そんなの無茶だ。絶対だめだ。

混乱する私に対し、先輩たちは冷静だった。佐分利会長が口を開く。

「さてと。新妻さん、今度はこっちが担保を確認する番だな。賭け金は三百枚になった。あんたらのチップ、全部合わせてもそんなにねーだろ」

「……今日来てない役員の手持ちも含めたら、生徒会のプールは八百枚近くや。負けた場合は、後日そこから払う」

「よし。じゃ、続行だな」

「ま、待ってくれよ。聞いてないよ、十倍の十倍なんて……」

「巣藤」後輩の不平を、新妻さんがたしなめた。「ルールは絶対や、ガタガタわめくな。楽勝と高くくって、無茶な条件呑んだおまえが悪い」

「だ、だっておれ……」

逃げるように、巣藤さんの視線が公園の時計へとずれる。違和感を覚えたのか、新妻さんが「おい」と尋ねる。

「おまえ、なんか用事でもあるんか」

「そ、そういうわけじゃないんすけど」

「まさか」新妻さんの顔がはっとなった。「〈ブレス・マギア〉か」

「ひ、昼から限定イベントが、あって……」

巣藤さんの声はいまにも消え入りそうだった。新妻さんは何か言いかけてから、低くうめき、額に手をあてた。

「それで巣藤を選んだんか」

「え？」

「イベントの告知はサイトにも載っとる。おまえが正午までに勝負を終わらせたがってることを、射守矢は見抜いたんや。だから自分も急いでるアピールをして、おまえを土俵に誘い出した」

――ゲーム、早くやりましょうよ。サンドイッチがひからびちゃいます。

――早く終わるならなんでも。チップも三枚オールインでいいです。

「桶川に任せたら時間のかかるゲームを提案するかもしれんからな。自分で勝負して《だるまさんがかぞえた》で瞬殺って流れが、巣藤にとっては一番よかった。射守矢はその思考を狙い撃ちしたんや」

「ね、狙い撃ちって、なんのために」

桶川さんが聞く。

「〝十倍ルール〟を呑ませるためや。巣藤は一刻も早くゲームを終えて解散したかった。そんなとき、相手が面倒な追加ルールを提案してきたらどうなる？　追加する・しないで揉《も》めたら大幅なタイムロスや。多少無茶な条件でも、巣藤ならそれを呑む可能性は高かった。あんときの巣藤は瞬殺を確信しとって、ピタリ賞なんて出るわけないと思っとったはずやしな。しかも立ち位置やらスマホやら、細かい追加でさんざんあせらせた直後のことや。警戒心もうまく削《そ》がれとった」

真兎が〈ピタリ賞〉を提案したとき、桶川さんは難色を示した。でも巣藤さんがそれを遮り、条件を呑んだ。

「ほかにも射守矢側のメリットはあった。急いでるっちゅうことは、巣藤が提案してくるゲームはフェアに見えて一瞬でケリがつくハメゲーの可能性が高い。その前提がわかっとったら、敵の戦略──ゼロ文字チェックも予想しやすい」

「…………」

「おまえは最初から踊らされとったんや」巣藤さんに言い放ってから、新妻さんは独り言のように、「星越生同士ならともかく……あの子とおれらは初対面やぞ。どんな洞察力やねん」

「ねーねー。第三セット、やりましょーよ」

感嘆されたばかりの洞察力も、はね上がった賭け金の重さも、まったくにおわせずに真兎が言う。片腕の端でぷらぷら揺れるカーディガンの萌え袖。いまもなおゲームを楽しんでいるような薄笑いは、星越の人たちだけでなく、私の背筋にも冷たい感覚を走らせた。

樫の木に拳《こぶし》を叩《たた》きつけてから、巣藤さんが顔を上げる。

瞳には、闘志が宿っていた。

「まだ、負けてない……。このゲームは〈標的《マーカー》〉側が絶対有利。あんたは残り三セット、ノーミスで四十歩渡りきる必要がある。おれが一度でも読み勝てば、おれの勝ちだ」

たしかに真兎は、スタート地点から一歩も動けていない。有利な状況とはぜんぜんいえない。

「賭け金を上げるために、いろいろ仕込んできたみたいだが……上げたところで、勝負に勝たなきゃ意味がないんだよ」

「ご心配なく」真兎はメモ用紙を受け取り、「次で勝ちますから」

不敵な予言を残して、掲示板の裏に消えた。

巣藤さんも唇をわななかせながら、紙にペンを走らせる。

両者の紙が石の下に置かれ、三度目の入札が終わった。

「す、巣藤……」

「任せとけ」

気遣うような桶川さんを、巣藤さんは強い言葉ではねのける。彼は髪を触り、崩れていた髪型をセットし直した。背筋を伸ばし、樫の木のほうへ。

真兎は三度《みたび》、公園の南口へ向かう。一歩ごとにその背中が小さくなっていき、四十歩という距離の遠さを私に思い知らせた。位置に着くのを待つ間、巣藤さんはじっと真兎の背中をにらみつけていた。

射殺すような視線を弱めぬまま、巣藤さんは樫の木を向く。車止めの前から、真兎が「ＯＫで～す」と手を振る。

椚先輩が咳払《せきばら》いし、告げた。

「第三セット、開始」

そして私たちは、信じられないものを見た。

＊

「だー、るー、まー、さー、んー、がー」

今日初めて――いや、このゲームを考案してから初めて、巣藤は子どもじみたかけ声を唱える。樫の木と向かい合い、腕で目元を隠し、視界は闇に包まれている。

文字どおりの暗中模索だった。戦略はことごとく破れ、桶川のアシストももうない。肩には星越生のプライドと、三千万円がのしかかっている。観客席から奴隷の試合を見物していた少年は、いつの間にか闘技場に引きずり下ろされていた。呪文もアイテムも課金の力もないまま、生身の勝負を強いられていた。

だが、勝てる。

《だるまさんがかぞえた》は巣藤自身が考案したゲーム。正攻法も知り尽くしている。

このゲーム、五セット制とはいうものの、実のところ第四セット終了の時点で勝敗が決まるという特徴がある。互いに文字数と歩数という消費ノルマがあり、最終セットでは残ったノルマをぶつけ合うだけの勝負になるからだ。

第四セット終了時に起こりえるパターンは、次の三通り。

A　**〈標的《マーカー》〉の残り文字数が〈暗殺者《キラー》〉の残り歩数より少ない**――たとえば〈標的《マーカー》〉の残りが十

文字に対し、〈暗殺者《キラー》〉の残りが二十歩だった場合。この場合は〈標的《マーカー》〉の勝利が確定する。最終セットで〈暗殺者《キラー》〉が二十歩進む間に、〈標的《マーカー》〉は十文字を消化し、必ず振り向くことができるからだ。

B　**〈標的《マーカー》〉の残り文字数が〈暗殺者《キラー》〉の残り歩数より多い**——たとえば〈標的《マーカー》〉の残りが三十文字、〈暗殺者《キラー》〉の残りが十歩だった場合。この場合は〈標的《マーカー》〉が敗北確定。〈標的《マーカー》〉は最終セットで30を入札せざるをえず、十歩以内に振り向くことは絶対にできない。

C　**両者の残りが同数**——たとえば〈標的《マーカー》〉の残りが十文字、〈暗殺者《キラー》〉の残りも十歩だった場合。チェックと停止が同時の場合は回避として扱うので、この場合も〈標的《マーカー》〉の負け。

——おれが勝つための方法は、二つ。

ひとつは、第一・第二セットと同じように低い数を入札し続け、射守矢を〝チェック〟する方法。しかし万が一射守矢に読まれた場合、B・Cの状況を容易に招いてしまう。現状、巣藤の残り文字数は五十、射守矢の残り歩数は四十。もともと〈標的《マーカー》〉の消費ノルマには10ポイントのハンデがついているため、小数入札が続くと射守矢側の有利に傾く。

加えて低い入札は数字がかぶりやすく、二度、三度とピタリ賞が出てしまう危険もある。それだけは絶対に避けなければならない。

——リスクが高すぎる。

巣藤はこのルートを早々に切り捨て、もうひとつの勝ち筋を選んだ。

残り二セットで、Aの状況を作ること。

具体的にはどうすればいいか。このセットと次のセットで、巣藤の入札を合計した数が、射守矢の合計を上回ればいい。ただし、ハンデを埋める十以上の差をつけて。

平たくいえば、大きめの数を入札する、ということだ。
20、30、あるいはそれ以上。50すべてを一挙に入札するという手もあるが、射守矢もそれを見越して40を一挙入札してきたら、一発で決着がついてしまう。40以上はハイリスクだ。ならば、さしあたりハンデ分を埋められて、かつチェックの確率も高い、10～15程度が妥当――
というのが、入札直前まで考えていたことだった。

「かー、ぞー、えー、たー……」

巣藤は十文字を唱えきる。かけ声はまだ続く。

〝次で勝ちますから〟。

射守矢は不用意な発言をした。

調子づき、巣藤をあなどり、見え見えのブラフを放ってしまった。

彼女が〝次で勝つ〟ためには、四十歩を一気に渡る必要がある。

私は第三セット、大量入札するかもよ――そうした脅しをこめた一言。

つまりあの発言には、巣藤の大量入札を牽制《けんせい》する意図がある。

射守矢の狙いはB・Cの状況を作ることだろう。巣藤を怖気《おじけ》づかせ、小数入札を繰り返させ、自分も〈0〉入札を続ける。そうやって、10ポイント分のハンデを留《とど》めたまま、第五セットまで試合を運ぶ。

この戦略は射守矢にとっていくつもの利点がある。

まず、第三・第四セットはチェック回避確定の〝安全圏〟にいられること。さらに〈0〉がかぶれば、ピタリ賞で賭け金を再度はね上げることも可能。

第三・第四セットでかぶりが出なかったとしても、悲劇は第五セットに待ち受けている。射守矢は巣藤の残り文字数を正確に把握できるため、最後に必ずピタリ賞を出せるのだ。

第五セット入札時、仮に巣藤の残りが四十五ならば、射守矢も〈45〉を入札すればいい。射守矢は四十歩を渡りきり、巣藤にタッチ。入札は五歩分残っているが、「タッチしたら勝利」というルールなので、その時点でゲームは終了。ただし、入札の数字が一致しているため、三度目のピタリ賞が発動する。射守矢は勝利と同時に三億を入手――敵が狙っているのは、そんな大逆転劇だろう。

――欲をかいたな、射守矢さん。

「だー、るー、まー、さー、んー、がー、かー、ぞー、えー、たー」

巣藤は二十文字を唱えきる。かけ声はまだ終わらない。

第三セット、巣藤の入札した数は〈49〉だった。

裏の裏をかいた、大量入札。上限から一文字減らしたのは、万が一に備えたピタリ賞回避のためだ。もしも射守矢が〈40〉を入札していたら、このセットで勝負が終わってしまう。接近した彼女にタッチされ、暗殺されることになる。崖《がけ》から飛び下りるような、巣藤にとって初めての、決死の賭けだった。

――勝てるさ。

必ず、勝つ。他校生の、ヘラヘラした態度の、ド素人の、こんな女に負けるわけがない。

「だー、るー、まー、さー、んー、がー、かー、ぞー、えー、たー。だー、るー、まー、さー、んー、がー……」

三十文字を唱え、四周目のかけ声に入る。四十文字目を唱えきる瞬間、少しだけ声が震えた。

背中に手が触れることはなかった。

足音も聞こえない。気配も感じない。

射守矢は、はるか後方で立ち止まっている。

読み勝った——安堵《あんど》が押し寄せてきた。〈ブレス・マギア〉の世界ランキングに初めて入ったときを超える、生身の世界で味わう、血の通った嬉しさだった。無意識に、声が弾む。

「だー、るー、まー、さー、んー、がー、かー、ぞー、えっ！」

残りの九文字を唱えきり、目にあてていた腕を離す。視界に光が戻る。

巣藤は勢いよく振り向いた。

射守矢真兎は、
どこにもいなかった。

「…………？」

右から左へ、首を回す。スタート地点。ベンチの前。いない。時計の下。掲示板の裏。芝生。遊具。いない。視界の、どこにもいない。

意味がわからず、審判たちのほうを見る。新妻と椚も、桶川も、佐分利と鉱田という女子も、スタート地点を見つめたままぽかんと口を開けていた。

そのうちのひとり——佐分利の唇が、にいっと持ち上がり。

対を成すように、新妻の顔が蒼白《そうはく》に変わった。

「あの、新妻先輩。おれ、振り向きましたけど」

「…………」

「先輩？　あの、射守矢はどこに……」

「あかん」新妻は返事どころではなく、ただかぶりを振るだけだった。「あ、あかん」

異様な空気が歓喜の余韻を拭《ぬぐ》い去る。言いようのない不安がにじり寄り、心を侵食し始める。

巣藤は語気を荒らげ、友人へ尋ねた。

「桶川、何が起きてるんだ？　射守矢はどこにいるんだ」

「い、射守矢は……」

「あいつはどこなんだよ！」

桶川はブルゾンの腕を上げ、震える指先で、

「外だ」

生垣の向こうを指さした。

「い、い、いい、い」

「公園の外周を歩いてる」

6

今度ばかりは私だけじゃなく、全員があっけにとられていた。

真兎のとった行動は、常識からまったくかけ離れたものだった。第三セット開始と同時にくるりと向きを変え、「だー、るー、まー……」という巣藤さんのかけ声に合わせて一歩ずつ進み、

四歩ほどかけて公園の外に消えてしまったのだから。

桶川さんが片耳に手をあてる。震え声で、巣藤さんに現状を教える。

「足音が、聞こえる……いまも、歩き続けてる」

「げ、ゲームを放棄したってことか？」

「ちげーよ」と、佐分利先輩。「なー新妻さん、〈暗殺者《キラー》〉の勝利条件はこうだったよな。〈標的《マーカー》〉に接近し、タッチしたら勝ち」

「……そうや」

「縛りは入札にしたがうことと、一定のリズムで歩くことだけ。接近するルートはべつに直進と決まっちゃいない。射守矢は公園の外から回り込むルートを選んだ。それだけだ」

私たちの目は、自然と掲示板に吸い寄せられた。

地域のおしらせや少年野球のメンバー募集にまじって、公園周辺の地図が貼られている。

赤鐘公園は住宅街の真ん中にあり、外をぐるりと道路が巡っている。公園の出入口は、北と南の同じ場所にひとつずつあり、どちらから入っても正面に樫の木を望めるようにできている。

つまり——二つの入口を結ぶ線の、その中心に樫の木がある。

真兎のスタート地点は南口。〈暗殺者《キラー》〉はそこから正面に見える樫の木へ向かって進むのだと、思っていた。〝だるまさんがころんだ〟で遊んだことがある者なら、誰だってそうするはずだと。

でも、たしかに、そこにはもうひとつのルートが存在していた。

南口から出て、外を回って、北口から再び公園に入り、そこからまっすぐ樫の木を目指す——大回りの迂回《うかい》ルートが。

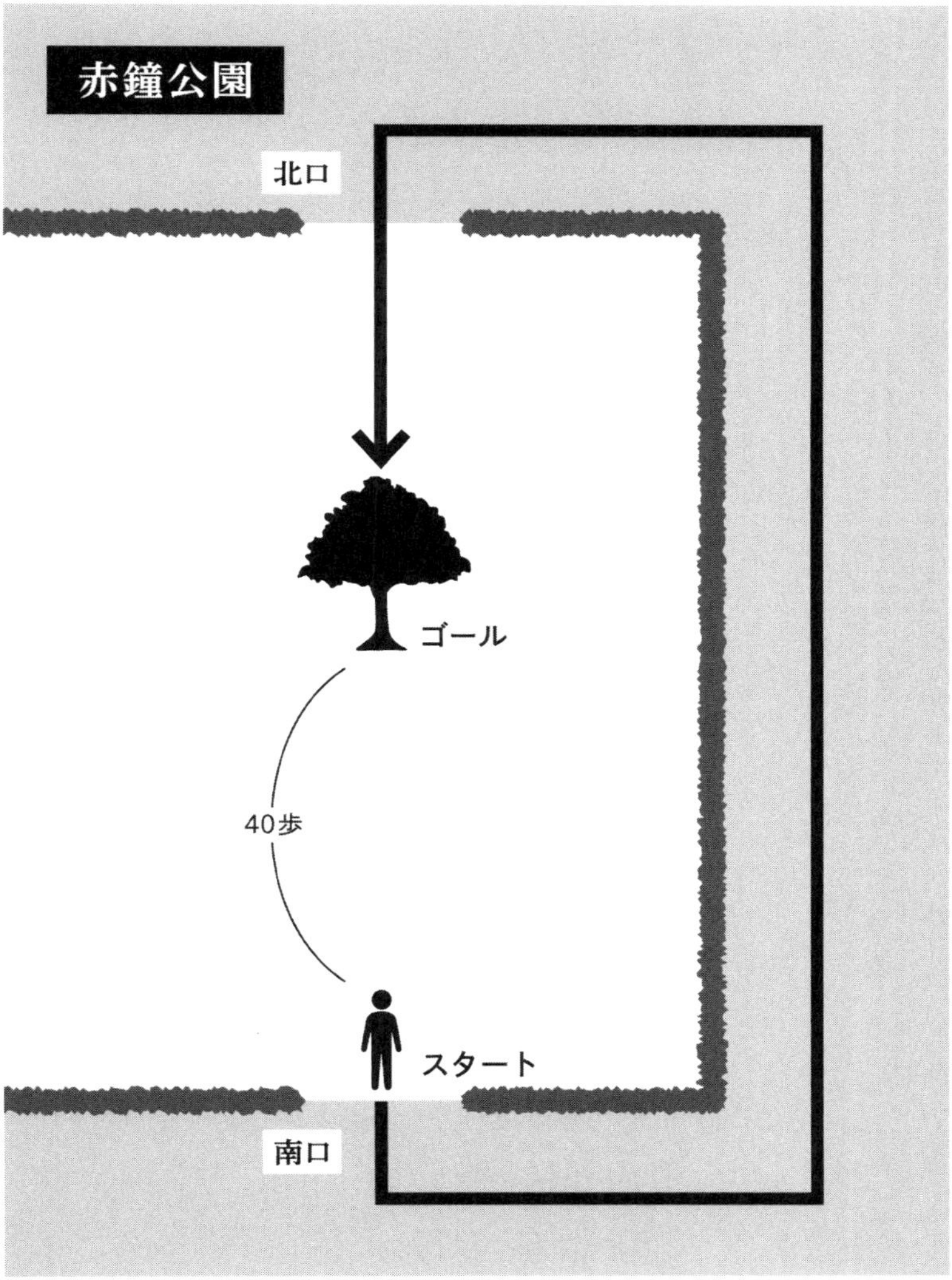
赤鐘公園
北口
ゴール
40歩
スタート
南口

「な、なに言ってんだよ」巣藤さんは納得しない。「おれはもう振り向いただろ。射守矢が移動中ならチェック成功で、おれの勝ちだ」

「いいや」と、椚先輩。「ルール説明時、おまえはこう言った。〈標的《マーカー》〉は、〈暗殺者《キラー》〉が歩いている姿を視認できればチェック成功だと。おまえはまだ〝視認〟していない」

もう涼しい季節なのに、巣藤さんの額に汗が浮かぶ。同時に、芝生でサッカーをしている少年たちから笑い声が上がった。

赤鐘公園の敷地は、高さ二メートルの生垣によって隙間なく囲まれている。

真兎が外を歩いていても、敷地内にいる巣藤さんから、その姿は絶対に視認できない。

「そ、そんな屁理屈《へりくつ》……」

「開始前に両者が同意したルールだ。射守矢はそれを利用しているだけだ」

「だ、だいたい、歩き続けてるってなんなんだよ！　入札のルールはどうなった！」

「第三セットは継続中だが……例外的に、開示するか」

椚先輩が左右の石を持ち上げ、二枚のメモ用紙を開く。


巣藤さんの入札は、〈49〉。

真兎の入札は、〈１００００〉だった。


「い、ちまん……？」

巣藤さんの顔が歪み、佐分利会長は「ふはっ」と笑い声をあげる。

「ずいぶん健康的だな。椚ぃ、こりゃルール違反か？」

「違反ではないですね。四十歩はあくまで最短距離をとった際の目安。〈暗殺者《キラー》〉側の入札上限は、厳密には決まっていません」

「ああ、そうかよ！」敵校二人のしたたかな会話を、巣藤さんが振り払う。「いいさ、べつに。どっちにしろ、あいつは北口から戻ってくるんだ。そこをおれが〝視認〟すればいいんだろ」

「どうやって見る気や」

新妻さんが、静かに言った。

「ど、どうって普通に……」

「忘れたんか巣藤。おまえはその場から動けん。射守矢が追加したルールや」

――樫の木の定位置から動かないってルールで大丈夫ですか。

――もちろんさ。〈標的《マーカー》〉は各セットの継続中、一歩もその場から動かないこと。屈んだり、身をよじったりするのも禁止。

巣藤さんの渋面が、驚愕《きょうがく》に染まった。彼は見えない糸に操られるように、樫の木のほうへ向き直った。

〈標的《マーカー》〉の定位置は樫の木の前。

公園の北口は、その木の向こう側。

公園の北側を見たくても、物理的に見えないのだ。肩幅よりも太い幹が、巣藤さんの視界を完全に邪魔しているから。真兎が北口から樫の木を目指してまっすぐ歩いてきても、木の裏側にいる巣藤さんには、やはり絶対に視認できない。

「か、関係ねえよ、そんなの」巣藤さんは食らいつく。「おれにタッチするためには、射守矢が木を回り込む必要がある。タッチの瞬間はあいつの体が見える。おれの勝ちだ！」

「そう、瞬間だ」椚先輩がうなずいた。「〝瞬間〟ということは、タッチと視認は同時に起きるということだ。新妻さん、ルールの確認を。停止とチェックが同時の場合は、どうなる決まりだ？」

新妻さんはもうすべてを察していた。彼は目をつぶり、食いしばった歯の間から答えた。

「チェック回避……〈暗殺者《キラー》〉側のセーフとして扱う」

ルールは絶対、それが星越流や。

数分前に発された彼の言葉どおりに。すべてが厳密なルールにのっとって。

標的は、暗殺者に追い詰められていた。

「す、スマホ……か、カメラで、視認を……」

巣藤さんは悪あがきを続け、自らも屁理屈をひねり出そうとする。が、言葉尻はすぐにしぼんだ。ゲーム中、スマホの操作は禁止。これも真兎が追加したルールだった。

開始前から勝敗は決まっていたのだ。

入札のルールを聞いた時点で、真兎にはこのルートが見えていた。

だから、細かい禁則事項を足した。だから、一見不利な〈暗殺者《キラー》〉を選んだ。だから、はね上がった賭け金にも動じなかった。だから、第二セット終了時にゼロ歩でも平気だった。だから、

第三セット前に「次で勝ちます」と宣言した。

いや。もしかしたらあの宣言にも、裏の意図があったのかもしれない。たとえば真兎には、生垣の向こうに身を隠すまでの三～四歩を安全に渡りきる必要があった。巣藤さんが小数入札をしてくると真兎には都合が悪かったわけだ。だから大量入札をにおわせて、巣藤さんの思考を——

「鼻歌が聞こえる……あいつ、歌ってやがる」桶川さんは疲れきったように、ベンチに座った。

「トトロの『さんぽ』だ」

ほどなくして、公園の北口に真兎が現れた。

敷地内の混乱なんてまったく気にも留めない、よく晴れた土曜の昼下がりにふさわしい、軽快な歩調だった。樫の木の直線上で九十度向きを変え、まっすぐ公園に入ってくる。束ねた髪とカーディガンを揺らして、スタイルのいい脚を交互に動かして、テンポよく、一歩ずつ、樫の木に近づく。

私たちの反応を見て、巣藤さんも暗殺者が近づいてきたことを悟ったようだ。けれど彼には、あとずさることさえ許されない。標的にはもう、どこにも逃げ場がない。

「お、桶川ぁ！　鏡だ！　どっかから持ってこい！」

「もう無理だ。そこまで来てる……」

「なんとかしろよ！　三百枚賭けてるんだぞォ！」

「射守矢に、勝てると考えたな」経験者である椚先輩が、巣藤さんに言った。「なら、その時点でおまえの負けだ」

その一言でとどめを刺されたように、巣藤さんの体から力が抜ける。

同時に――幹の陰からぬうっ、と伸びてきた腕が、彼のトレーナーの裾《すそ》に触れた。

「はい、タッチ」

7

イレギュラーや。

それは充分わかっている。

他校生相手ということで油断しすぎたことによる失態。十倍ルールを呑んでしまったがゆえの代償。星越生同士の緊張感のある勝負なら、まず起こりえない事態。不幸な交通事故のようなものだ。それはわかっている。

とはいえ。

とはいえ、や。

あたたかな木漏れ日の下、新妻晴夫は身を凍らせる。

わずか十五分。たった一度のゲームで、Sチップ三百枚を取得。

Sチップの所持数は星越生ひとりにつき平均十枚。つまりこれは、星越生三十人から有り金をすべて巻き上げる——そんな暴挙に相当する。

ビギナーズラックではない。不正や暗躍の成果でもない。この女は初見のゲームにおいて、真正面から巣藤を打ち破った。ルールを聞きながら戦略を立て、展開を読み、布石を打ち、狙い撃った。

まるで、矢で射抜くように。

星越高の代表者として本来感じるべき責任やあせりは、いまの彼には希薄だった。へたり込んだ巣藤に声をかけることも忘れていた。新妻はただただ驚嘆しながら、カーディガンを着た化物を見つめていた。

ぬらり、と化物が新妻に近づく。

それは気だるげな少女の声で、唇には薄笑いを浮かべて、ごく普通の言い方で、とても恐ろしいことを言う。

「足りない分は、いつ持ってきてもらえますかね？」

新妻は怖気づかなかった。

髪をかき上げ、自分よりも背の低い射守矢を見据える。

「まだや……。まだうちには」

「とっておきがいる」射守矢がかぶせた。「知ってます」

「……？」

「《実践向上》《キャリアアップ》、今度はこっちが受けますよ。三百枚賭けて遊びましょう。その子が勝てば、私はすっからかん、チップもそちらが全額無事回収。なんにも問題なくなります。そうでしょ？」

予想外の流れに、新妻の思考がやや鈍る。

その隙間から、侵食するように。射守矢真兎は目を細め、声を低くし、新妻にだけ聞こえるように言葉を続けた。それは年下の少女から新妻への、脅しであり、命令だった。

「雨季田絵空を連れてこい」

＊

ベローチェで『地球の長い午後』を読んでいる最中、スマートフォンが鳴った。

表示された〈新妻〉という名前を見た瞬間、ストローを上っていたオレンジジュースの動きが止まる。ほんの一秒足らずだった。すぐに唇がほころび、液体は彼女の中へ吸い込まれる。

文庫本を伏せ、電話に出る。もっと静かなカフェなら店の外へ出る必要があったかもしれないが、ベローチェは庶民派だ。彼女はここより高い店にはめったに行かない。

「もしもし」

『あ、雨季田か？　その、えーとやな……』

「いくら負けたんです？」

くすくす笑いながら、尋ねる。

新妻たちはこの時間、頬白高校相手に〝回収〟を行っていたはず。無事に回収できたならグループチャットに一言投稿するだけで済む。わざわざ電話が来たということは、負けてSチップが足りなくなったということだ。

『……三百枚』

「あらあら」予想よりも多かった。「深く考えずに相手の条件を呑むからですよ」

『な、なんでそれを』

「こんな短時間で三百枚取られたなら、賭け金をつり上げるルールがあったとしか考えられませんから」

『いや、ほんま、面目ない。や、おれじゃなくて巣藤のヘマなんやが……。ほんでな、あちらさんが』

「追加の《実践向上》《キャリアアップ》を望んでる、とか？」

『……ああ。おまえを指名しとる』

「お受けします」

即座に答えた。

巣藤をボコボコにして三千万円を奪い取った高校生が誰か、察しがついたからだ。

「条件がひとつ。回収したチップは生徒会メンバーに配分せず、すべてわたし個人の所有にすること。かまいませんか」

『……深く考えてもええか？』

「だめならわたしは出ません」

『わかったわかった。学外に流出させるよりは、そっちのがまだマシや』新妻は声を落とし、『すまんな、雨季田』

「どうして謝るんです？　わたしのお金が増えるのは、いいことですよ」

通話を終えると、彼女はそのまま画像フォルダを開いた。なんとなく、昔を思い出したくなったのだ。

カレンダーの上ではほんの半年前でも、中学時代ははるか遠い記憶に感じた。高校で過ごした数ヵ月がそれだけ濃密だったということかもしれない。写真をよく撮るほうではないので、画像はあまり多くなかった。ピースサイン。ブレた野良猫。サーティワンのトリプルポップ。雨にけぶる街の景色。どうして撮ったかもうろ覚えな、他愛ない生活の断片。

ふと、その中の一枚が目に留まった。

早春の空を背景に、三人の少女が並んでいる。胸には卒業式の造花。自分はほがらかに笑い、真ん中の少女は口を半分開けており、もうひとりは、砂のような無表情だった。

ああ、そういえば「シェアする」と言ったきり忘れていた。

メッセージアプリを開き、トークグループをさかのぼる。三人で作ったグループチャットはまだ削除していなかった。画像を選択し、投稿する。

五秒ほどで既読がついた。

既読〈1〉。ほぼ間を置かずに〈2〉。さらに通知音が鳴り、画像の下に新しいメッセージが現れる。

〈撮り直したほうがよさそうだね〉

発言者の名前は〈射守矢真兎〉。

雨季田絵空は楽しそうにその画面を眺め、やがて何ごともなかったように、文庫本の続きを読み始めた。

オレンジジュースのグラスの表面から、結露の水滴が垂れる。

水滴は途中で二筋に分かれ、競うようにガラスを這《は》い、グラスとテーブルの境目で、またひとつに溶け合った。

フォールーム・ポーカー

0

この世で一番大切なものは、何か。

都心と郊外の、大人と子どもの、理想と現実の、自由と束縛の、真面目と不真面目の、あらゆるものの狭間《はざま》でぬるま湯に浸《つ》かるように生きていたそのころの、中学三年の私たちにとって、その問いかけは道徳の時間に教師から配られる睡眠薬か、ミスドのテーブル席でストロベリーリングに添えられる暇つぶしの道具でしかなかった。

「ゆとり」

カルピスウォーターをちびちび飲みながら絵空が答える。鉱田ちゃんは「なんで？」と重ねて尋ねる。

「鉱田さん、『ドラゴンボール』読んだことある？」

「知ってるよあれでしょ、カエルと入れ替わっちゃう話」

なんでそこだけ知ってるんだよ、と言いたくなったけど口にドーナツが詰まっているので自重する。絵空は目の前でコミックスを開いているかのようにセリフを諳《そら》んじる。

「三巻でね、悟空《ごくう》とクリリンが修行を始める前に、師匠の亀《かめ》仙人が言うの。武道を習得する目的はケンカに勝つためでもちやほやされるためでもない。『心身ともに健康になり、それによって生まれた余裕で人生を面白おかしくはりきって過ごす』ためじゃって。亀仙人はとぼけた人だけどわたしはこれって真理だと思った。結局人間のやることって、全部ゆとりを得るための行為なんだと思う。体を鍛えるのも、何か学ぶのも、戦争するのも、お金を貯めるのも」

鉱田さんはなんだと思うの？　トレーに落ちた食べかすを紙ナプキンでまとめながら、絵空が聞き返す。いまの主張が絵空の本心かどうかはわからなかった。水槽に投げ込まれたガラス瓶。二年半つるんでも絵空の内面はつかめない。そこが面白くて、一緒にいる。

もうひとりと一緒にいる理由は、少し違う。

うーん、と鉱田ちゃんは眉間《みけん》を寄せて腕組みする。本気で考えているようだ。吟味の末に発された答えは、

「……ごはん」

「ごはん」

「そして……平和」

「どっち」

「ごはんが先か、平和が先か……その答えは堂々巡りの、ウサギとカメですね」

「鉱田ちゃんそれってたぶんニワトリとタマゴだよ」

私はそっと訂正してあげた。大会を終えたばかりで気がゆるんでいるのか、今週の鉱田ちゃんは天然強めでちょっと面白い。

「真兎は？　この世で一番大切なもの、何？」

鉱田ちゃんが私のほうを向く。その動きを追いかけるようにショートヘアの毛先が揺れる。日なたに置いたスノードームみたいに瞳《ひとみ》が静かに輝いて、唇の端にはゴールデンチョコレートのバタークランチが一粒くっついている。

私たちが水槽の魚なら、その子は海に吹く風だ。

わかりやすくて、心地がよくて、屈託も飾り気も裏表もない。戦略ばかり気にしている私にとってその子は絵空と正反対の魅力を持っていて、ゆえに絵空と同じくらい異質だった。不安になるほど無防備なのに、押しつぶされないのはなぜなのだろう。風に触れられる者なんていないからか、根底に強い芯《しん》があるからか。その目で見つめられたときに私がいつも抱くのは、憧《あこが》れるような気持ちと、洗われるような気持ち。

彼女にならい、私も本気で考えることにする。壁に頭をつけ、目をつぶる。歯にこびりついたストロベリーリングの甘さが脳までじわじわ染みてくるような気がした。消去法を繰り返して答えをひとつに絞ったけれど、ひょっとしたら最初から回答は決まっていて、それを口にする勇気を得るのに時間を要しただけかもしれなかった。

目を開けても、彼女は私を待っている。私はためらいつつ、口を開く――

「鉱田ぁー」

店の外から声が聞こえた。二人の女子が通りかかり、鉱田ちゃんに手を振っている。ダンス部員たちだ。鉱田ちゃんも「おー」と手を上げ、リュックをつかんだ。

「ごめん、予定入ってたんだった」

「ミーティング?」

「追い出し会」

苦笑と六八〇円を置き土産に鉱田ちゃんは去っていく。あとには帰宅部の暇人二名が残った。

先週、立川《たちかわ》のホールで、企業主催の中学生ダンスコンテストがあった。鉱田ちゃんはソロのジャンルフリー部門にタップダンスで参加。準決勝までいったのだけど、負けてしまった。対戦相手はショート動画で有名になったダブステップダンスの子で、審査員の何人かとも顔見知りだった。観客席にいた私は不満を抱きつつもその結果を受け入れた。人脈や知名度で勝ち上がるのがあの子の戦略だったのだろう。あの子はあの子で全力を尽くしたのだろう。得たゆとりで、人生を面白おかしく過ごすために。

「飲んだら？」

絵空がドリンクを差し出してくる。鉱田ちゃんが残していったコカコーラだった。私は絵空とそれを交互に見てから、結露で濡《ぬ》れたグラスを受け取り、ストローに口をつけた。炭酸が抜けて氷もとけて、味はほとんど水だ。

「真兎、鉱田さんの志望校とか聞いてる？」

「さあ」

「気にならないの」

「なんで」

「合わせたいんじゃないかと思って」

新作メニューの広告へ目をそらす。鶏白湯麺《とりパイタンめん》。ドーナッ無関係。

「適当でいいよ進路なんて。絵空は？」

「星越の推薦をもらうつもり」

「え、行けるの？」

さすがに驚いた。入間市にある星越は、〝名門〟ということ以外謎の多い私立校だ。推薦枠は大学のＡＯ入試に近い形式で、書類選考と自己ＰＲ面接の一発勝負だと聞く。ただし基準がかなり特異で、絵画で賞をとりましたとかアプリ開発で何百万稼ぎました程度の個性では弾《はじ》かれてしまうらしい。

「なんか、アピールできることあるの」

「テストで一位でもとろうかしら」

「そのくらいじゃ通らないと思うけど……」

「まあ、これから考える」絵空は頬杖《ほおづえ》をつき、いつまでもストローをくわえている私をからかうようにつけ加えた。「おいしい？」


この世で一番大切なものは、何か。

いまの私は正解を知っている。コンマ二秒で即答できる自信がある。

あのやりとりから一年しか経っていないし、相変わらずぬるま湯の中で生きているし、これといって人生経験が増えたわけでもないけれど、十年後だって八十年後だって、答えは変わらないと思う。

この世で一番大切なもの。

それは――

1

コンビニにカボチャと三角帽子が飾りつけられ、ニュースでも渋谷《しぶや》の混雑予想が流れるようになった、十月下旬の日曜日。私は頬白高校の正門をくぐった。

日差しが強く雲ひとつないスポーツ日和で、グラウンドは平日以上に賑《にぎ》やかだった。サッカー部が声を張り、野球部が打球の快音を鳴らし、柔道部はランニングに勤《いそ》しんでいる。休憩していた女陸の友達に「あれ？　鉱田さん」と声をかけられた。あれ？　の理由は私が帰宅部で、日曜に学校に来る用事がないはずだから。私は「生徒会の手伝いでさあ」と返した。嘘はついてない。すごく広い意味で捉《とら》えれば。

昇降口の前には、すでに三人が集まっていた。

やっちまったと少し後悔。休日なので私服で来たのだけど、佐分利会長と椚先輩は、二人ともダブルボタンのブレザーとスラックスをきっちり着ていた。真兎ですら制服姿である。ブラウスの上に羽織っているのはブレザーじゃなく、ゆるゆるのカーディガンだけど。

「来たのか」

おまけに椚先輩から迷惑そうに言われる始末だった。

「中学の友達と会えるんですから、そりゃ来ますよ」

「来てくれてよかった」と、真兎。「鉱田ちゃんは、いなきゃだめなんだ」

傘立てに腰かけ、脇にいちごソーダの缶を置き、カーディガンの袖《そで》から覗《のぞ》かせた指先でSチップをもてあそんでいる。十万円相当の代物をつまむ、高校一年生の、ベビーピンクのネイルグロウを塗った指先。

私の口からつぶやきが漏れる。

「負けてもいいよね」

「え？」

「真兎が星越から奪ったチップを、絵空が取り戻しにくるんでしょ。全部取られてもこっちはプラマイゼロじゃん。失うもの、ないし」

真兎はソーダを一口飲み、そうかもね、と返した。マイペースに見えるけど、目の伏せ方や表情の力み方が、いつもの真兎と少し違う。

「負けちゃ困る」と、佐分利会長。「苦労して段取ったんだからな。気合い入れてけ」

「鉱田ちゃんが応援してくれるなら、勝ちますよ」

急に責任重大だった。

頬白高生の私としては真兎を応援すべきなのだろうか。絵空の勝利で全部白紙に戻ってほしい、という願望も実はある。そんな平和な結末は、叶《かな》わないかもしれないけど。

本当は私にもわかっている。

真兎は今日、どうしても勝つつもりだ。

なぜ絵空との勝負にこだわるのか、〝謝らせたいこと〟とはなんなのか、私にはいまだにわからない。お金を取られたとか恋愛で揉《も》めたとかSNSで陰口を叩《たた》かれたとか、そういう話も聞いたことはないし。

大金の行方云々《うんぬん》よりも、友達について知らないことがあるというその疎外感のほうが、今日の私には気がかりだったりした。

「来た」

佐分利会長が、一歩前に出る。

正門のほうから、一組の男女が歩いてきた。

私立星越高校、生徒会役員。

三年生の新妻晴夫と、一年生の、雨季田絵空。

半年会ってないだけだから当然だけど、絵空は中学のころから髪型も背丈も変わっていなかった。私としては残念なことに、二人とも制服姿である。新妻さんはパールグレーの現代的なデザインの学ラン。絵空は同色のセーラー服の上に、水色のパーカーを羽織っている。巫女《みこ》を彷彿《ほうふつ》とさせる神秘的な顔立ちに、そのカジュアルさがミスマッチしていた。

二人は私たちの前まで来て、立ち止まる。壁の時計は午後十二時半、約束どおりの時間だった。絵空がにこやかに手を上げ、真兎が軽く振り返し、私もそれに倣《なら》った。発言する順番を探り合うように、数秒の沈黙が流れた。

「短《みじか》っ」まず絵空が、真兎のスカートを指さした。「電車とか危なくない？」

「一駅だし空《す》いてるから」

「ちょっと垢《あか》抜けたわね」

「絵空も変わったね」真兎は傘立てに座ったまま脚を組んだ。「強そうな感じが出てる」

「昔は弱そうだった？」

「昔は、何もわからせなかった。昔の絵空のほうが好きだったな」

「わたしはいまの真兎もいいと思う。自然体で」

「さんきゅ〜」

因縁の会合というよりは、駅前でばったり会ったのでちょっとそこらでお茶してるような、その程度のやりとりだった。

「新妻さん、チップを」と、佐分利会長。

「はいよ」

今日の新妻さんは、この前みたいに外面《そとづら》のよさを貼りつけてはいない。リュックからトランク型のチップケースを出し、真兎の前で開く。

七列に区分されたケース内のきっかり六列分を、黄色い縁取りの樹脂製チップが埋めていた。

二週間前に巣藤さんと戦い、真兎が獲得した報酬――Sチップ、三百枚。

真兎は七つ目の列に、最初から持っていた三枚を足した。

「射守矢さんの手持ちは、三〇三枚。雨季田の手持ちは……」

「三一六枚です」

絵空も自分のケースを開く。真兎をわずかに上回る数のチップが詰まっていた。私は思わず左右を気にした。六一九〇万円が、昼さがりの公立高校の昇降口に集まっている。現実味がない。

「対戦者は星越高校・雨季田絵空と、頰白高校・射守矢真兎。一対一でSチップを賭《か》けた《実践向上《キャリアアップ》》を行う。内容は、最後の一枚まで取り合えるような種類のものとする……ええな？」

新妻さんが確認し、当事者二名がうなずいた。

「ほな、ゲーム決めよか。今回はこっちが挑戦者側や。射守矢さんから提案があればできるだけ呑《の》むで」

「それなんですけど、友達に仕切ってもらおうと思ってて」

「友達？」

「そろそろ来るんじゃないかな。あ、きたきた。塗辺く～ん」

昇降口前を通りかかったラクロス部の集団に、真兎は呼びかけた。スティックをかつぎ、土で汚れたユニフォームを着た、寝癖頭の男子が近づいてくる。五月の《愚煙試合》の際に《地雷グリコ》というゲームを考案し、審判役を務めた一年生だ。

「なんですか、射守矢さん」

「いま暇？」

「午前練が終わって帰るところです」

「私いまからこの美人さんと六千万円賭けて勝負するんだけど、なんかいいゲームない？」

塗辺くんの視線が美人さんこと絵空を捉え、そのまま椚先輩へと移る。

先輩はため息をつき、かいつまんで事情を話した。

塗辺くんは意外な特技の多い人だが、その最たるものは対応能力である。Sチップについても《実践向上《キャリアアップ》》についても疑問を挟まず聞き終えると、どんよりした印象の目で、もう一度絵空を見た。美人さんはにこりと笑い返した。

「……射守矢さん。この人は、強いんですか」

「強いよ。私が知る誰よりも強い」

「わかりました」塗辺くんは手首のスマートウォッチを見た。「準備するので二十分ほど時間をください。十三時ちょうどに旧部室棟の玄関ホールに集合で。それと、みなさんのスマートフォンを貸していただけますか。四〜五台ほど」

「え、君がゲーム取り持ってくれるん？」

「以前も審判をやったので」塗辺くんは新妻さんへ手を差し出した。「アンロック状態でお願いします」

個人情報入りまくりの端末を友達未満の男子に貸すなんて私には抵抗しかなかったけれど、ほかのみんなは案外素直にしたがい、計五台が彼の短パンの両ポケットに収まった。スマホをゲームに使用するのだろうか。五台も？　塗辺くんは何も説明せず、校舎裏へと去っていく。

新妻さんが絵空に話しかける。

「変なやっちゃな。射守矢の息がかかっとんちゃうか？」

「それはないと思います」

「根拠は」

「真兎は、そういう勝ち方はしない」

新妻さんは大げさに目玉を回した。

「雨季田のことは信じとるけど……万が一大負けすると、生徒会全員内申ふっとぶことなるで。下手すりゃ自腹で賠償かも」

「大丈夫」晴天を映したようなほがらかさで、絵空は応《こた》えた。「勝ちますよ」


それから二十分間、私たちは昇降口前で時間をつぶした。スマホを取られてしまったので退屈しのぎの方法はトークだけだ。新妻さんはその相手に佐分利会長を選んだ。

「旧部室棟って？」

「校舎の端にある古い建物だよ。消防法とかの関係で取り壊し予定でさ」

「あーそういうの、風情あってええなあ。うちの校舎、大学みたいな造りでおもろないねん」

「嫌味にしか聞こえねーな」

真兎はスカートをぱたぱたさせながら椚先輩に「ほらほら見えちゃいそうですよ」とセクハラを仕掛けている。組分け上の流れで、私は絵空と話すことになった。

「えっと、元気？」

「平和」

ひっかかる単語だった。三人でそんなやり取りをしたことある気がするけど、思い出せない。

「鉱田さんは？　真兎と楽しくやってる？」

「楽しい……かな？　まあ普通にやってる」私はうつむいて、アスファルトの裂け目から生えた雑草を見る。「ちょっと責任感じるかも」

「何に？」

「こんな話になっちゃったのって、もとはといえば、私が真兎を文化祭の場所取りにひっぱり出したせいだから。真兎はいやがったのに……あ、もちろん、絵空と会えたのは嬉《うれ》しいけど、と。

顔を上げた私の視界に絵空はおらず、かわりに柔らかい感触と、スイートライムっぽいシャンプーの香りと、頰に触れる髪のくすぐったさを感じた。抱きしめられていた。急になんだと動揺したけど、半年ぶりに再会した女子同士なのだからハグくらいしとくのがマナーかもしれない。オ、オ〜と欧米人的感嘆とともに絵空の背中をタップする。ハグは数秒で終わり、絵空は髪を直して、私に笑いかけた。

「鉱田さん、かわいい」

それがどういう意味の「かわいい」なのか、私にはわからなかった。ただぼんやりと、たしかに絵空は美人さんになったなと思った。

2

十三時になるのを待ち、私たちは旧部室棟へ移動した。

校舎裏へ回り込んだとたん、世界線がずれたみたいにほかの生徒の姿が消える。教員用の駐車スペースや枯れかけの花壇を過ぎた先に、古い建物が見えてくる。

旧部室棟は頬白高校の南西の角にある、L字形の木造二階建てだ。築五十年以上。校舎や体育館と違いまともに補修されていないので、趣は廃虚のそれに近い。

昨年度までは部員数三〜五人程度のマイナー部活が詰め込まれていたけど、耐震強度やスプリンクラー未設置を理由に、私たちが入学した時点で取り壊しが決まっていた。現在は全部活が立ち退き済みで、建物内も無人だが、各部屋にはまだまだ備品が残っているため、生徒会が片付けに苦心している。実は私と真兎も先月椚先輩に駆り出され、片付けの一部を手伝わされたりしていた。

L字の交点にあたる場所に両開きドアがあり、入った先が広い玄関ホールになっている。スリッパがなかったので全員土足のまま踏み込んだ。正面には二階への階段。壁には写真部が勝手に飾ったらしき写真や、勧誘ポスターのはがし残り。南向きの窓から差した日光だけが、埃《ほこり》の積もったフローリング床を照らしている。

そのホールの左手側に、塗辺くんがいた。

姿勢のよい立ち方は有能な審判を感じさせるが、ラクロスのユニフォーム姿なのがちょっと間抜けだ。手に持っているのは私物らしきタブレット端末。彼の前では、昼休みに友達同士でランチするときみたいに、二つの机が向き合ってくっつけられていた。

机の上には長方形の赤い小箱と、裏返された二枚の紙。

塗辺くんが口を開く。

「いまから行うゲームは、半年前、僕が《愚煙試合》の決勝用に考案し、結局採用しなかったものです。理由は、難しすぎるからでした。戦略が多岐にわたり、勝つためには相手の思考を完璧《かんぺき》に読む必要がある——そういうゲームです。しかし大金を賭けた勝負なら、これがふさわしいと思います」

塗辺くんの手が、机へと流される。

「射守矢さん、雨季田さん、座ってください。場所はどちらでも」

二人の対戦者は指示にしたがった。真兎は入口から見て奥側に、絵空は手前側に座る。向かい合った二人は視線をぶつけることはせず、かわりに、机の上の箱をじっと見る。

赤インクで印刷された格子風の模様。側面には〈STING〉というメーカー名。

それはごく普通の、トランプのデッキを収める箱だった。

「ゲームは、一対一のポーカーです」

塗辺くんは淡々と告げた。

「配られた手札から不要なものを捨て、新たにカードを引き、強い〈役〉の完成を目指す。チップを賭け、手札を見せ合い、勝ったほうがチップを得る……基本はそれだけです」

「あまり好きじゃないのよね、ポーカー。運とブラフの勝負だから」

「私ポーカーやったことないんだけどぉ」

愚痴った絵空に続き、真兎もおそろしく頼りないことを言う。

「ご安心を。このゲームは運とブラフではなく、論理と洞察力の勝負です。それに、一般的なポーカーのセオリーも一切通用しません。詳しいルールを説明します」

塗辺くんは指を三本立てた。

「まず、手札は互いに**三枚**で行います。この紙に役の種類と強さをまとめておきました」

伏せられていた紙の一枚がめくられる。やたらうまい手描きイラストで、ちょっと変則的な〈役〉がまとめられていた。

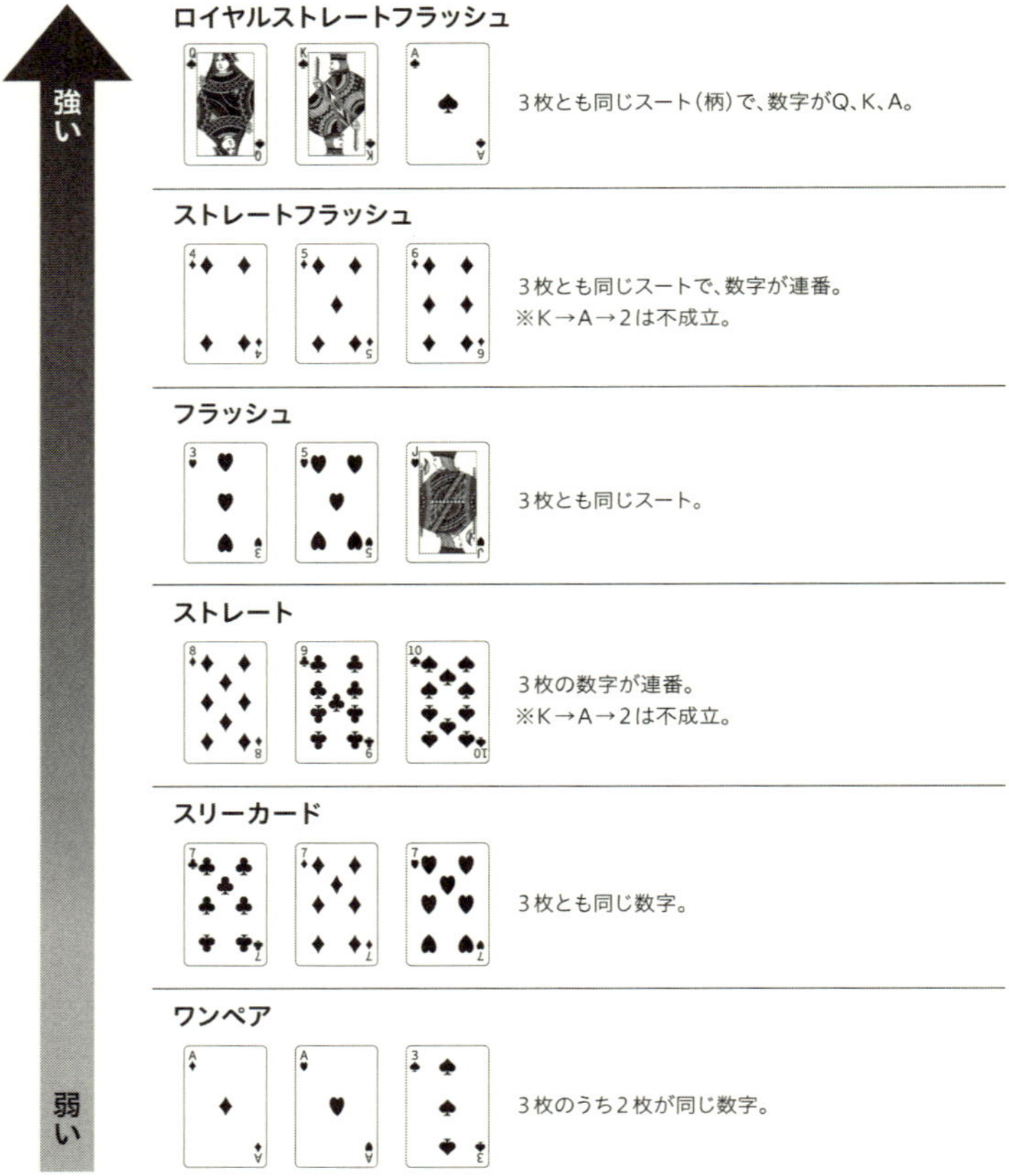

数字の強さ　2 < 3 < 4 < 5 < 6 < 7 < 8 < 9 < 10 < J < Q < K < A
スートの強さ　♣ < ♦ < ♥ < ♠

※同じ役同士の勝負では、より強い数字が含まれているほうが勝つ。
※同じ役同士で数字の強さも同じだった場合、スートの強いほうが勝つ。
※A→2→3の連番の場合は、Aを最弱として扱う。

私は弟と何度か遊んだことがあるので、ポーカーの役なら知っている。ツーペア、フルハウス、フォーカードが含まれていないこと以外は、種類も強弱も通常ルールと変わらないようだ。

普通のポーカーは五枚で役を作るけど、このゲームの手札は三枚。いま挙げた三種が含まれていないのは当たり前で、ツーペアやフォーカードを三枚で作るのは不可能だからだ。フルハウスもスリーカード＋ワンペアという特殊な役だから、三枚では再現できない。

手札が少ないことだけが、このゲームの特殊性？

首をひねる私をよそに、塗辺くんはトランプの箱を持ち上げる。

「奇術部に残っていた備品のひとつを拝借しました。普通のトランプであることは確認済みです。ゲームに使用するのはこの**1デッキ**のみ。ジョーカーを除いた**五十二枚**を使用し、最大四回戦で行います」

説明を受けながらも、プレイヤー二名は自分の世界に入っているみたいだった。真兎は毛先をいじりながら、絵空はつま先でリズムを取りながら、集中し、何かを考えている——

☂

勝負はもうスタートしている。

わたしたちは見聞きしたものから情報を拾い、想像力を働かせ、ゲーム内容について推理と考察を始めている。早く予想できれば、その分戦略を立てる時間も多く取れるから。真兎もすでに考え始めているはず。

わたしが《実践向上《キャリアアップ》》をするのはSチップを貯めるためで、今日もそのつもりで来たけれど。

こうして旧友と向き合っていると、別種の高揚も抱いてしまう。

真兎。わたしのお気に入り。

一番の理解者だと思っていたのに、中三の冬にちょっとしたすれ違いが起きて、疎遠になってしまった。たとえ六千万円をかけた勝負でも、また二人で何かできるというのはとても楽しいことだ。

現状、気になることが二つあった。

ひとつは〈役一覧〉の注意書き。補足にしては大きすぎる。普通のポーカーならもっと目立たない形で添えられているはず。大きく書かれているということは……同じ強さの役が頻繁にぶつかり合うような事態が想定されている？

それに、審判役の彼が箱を持ち上げたとき。指に押されたことで、箱の側面がわずかにたわんだように見えた。中にカードが詰まっていたらそんなたわみ方するだろうか？

もしかすると――


絵空の視線は〈役一覧〉や塗辺くんの手元に向けられていて、何か考え始めているらしいことがわかる。

私の目は、まだそれほど忙しくない。頭の中では塗辺くんの発した言葉を反芻《はんすう》していた。

気になる部分がいくつかあった。

《地雷グリコ》の経験から察するに、塗辺くんは審判としての矜持《きょうじ》を持った人だ。自分の発言のすべてが〈ルール〉になることをよく理解している。だから嘘をついたり、不必要な情報を出してくることはない。

普通のトランプであることは確認済み。確認、済み……。

箱から出して、確認して、また箱に戻したってこと？　これからゲームで使うのに？　二度手間じゃないかな。山札を直接見せたっていいのに。何か見せられない理由がある？

なら、もしかして――

＊

「塗辺くん」ふいに、真兎が言った。「もしかしてだけど、カードは――」

「「こことは別の場所にある？」」

絵空も声をそろえ、まったく同じ質問をした。

塗辺くんの頬を、汗が伝う。

ラクロスの練習後と言っていたから、拭《ふ》き残っていた汗が垂れただけかもしれない。けれど私には、冷や汗のように見えた。

何も知らないはずの二人に思考を読まれたことに対する、驚異と恐怖の汗。

「……そのとおりです」

塗辺くんが箱を開けると、中はほぼ空で、二枚のジョーカーが入っているだけだった。

箱がもとに戻され、タブレットがタップされる。画面に表示されていたのはカジノテーブル風の背景と、一山のトランプ。

「ゲームの流れを説明します。まずは〈配付《ディール》〉。このトランプ用アプリを用いて、お二人に配る手札を三枚ずつ、計六枚、1デッキから選出します。その後僕が、カードの実物が置かれた場所へ移動。アプリの結果に対応する六枚を持ってきて、お二人に配付します」

なんだか手間のかかる工程だった。カードがどこにあるのかは明かされないまま、説明が続く。

「〈配付《ディール》〉後、〈破棄《トラッシュ》〉に移ります。お二人は手札を確認。先攻側のプレイヤーから交換枚数を宣言し、不要カードを捨ててください。最大で三枚。ゼロ枚《ノーチェンジ》も可。捨てられたカードは最後まで開示されません」

塗辺くんは、机の端の赤いビニールテープで囲ったスペースを指さした。そこが〈捨て場〉ということか。

「一回戦は挑戦を受ける立場の射守矢さんが先攻。二回戦からは**直前のゲームで勝ったプレイヤーが先攻**とします。互いに〈破棄《トラッシュ》〉を終えたら、次は〈**交換タイム**《チェンジ》〉です。不足分のカードを新たに引き、手札を作り直していただきます」

「引くっていっても、山札はここにないんでしょ」絵空が言った。「交換分のカードもあなたが取ってきてくれるの？」

「いいえ――ご自身で、取りにいくのです」

こちらへどうぞ。そう言って、塗辺くんは歩きだした。真兎と絵空は席を立ち、私たちもそれに続く。

何かいやな予感がした。いまから見せられるものがこのゲーム最大の肝であり、思考地獄の入口である、というような。

長距離の移動じゃなかった。塗辺くんが向かったのは、くっつけ合った机の三メートルほど先

——ホールの東側に延びている一本の廊下だった。全長十五メートル強、突きあたりまで一直線。左側に窓が並び、柱の脇に消火器があり、その向こうには水道がある。右側には、四つの部室のドアが並んでいる。手前から山岳部、科学部、写真部、奇術部。その様子は、私たちが片付けの手伝いで入ったときと変わっていない。

ただ、ひとつの変化を除いて。

「……これって」

四枚のスライド式ドアのガラス部分に、貼り紙がしてあった。

♣ ◇ ♡ ♠

「手前から順に、**クラブの間、ダイヤの間、ハートの間、スペードの間**、です」

あっけにとられた私たちを前に、塗辺くんは話を続けた。

「各部屋には柄《スート》ごとに十三枚のカードが伏せてあります。プレイヤーは好きな部屋に入室し、自由にカードを選択。自らの推理と記憶を頼りに、理想の役を完成させることができます。ただし——相手もそれを行いますが」

これは運とブラフの勝負、ではなく。

論理と洞察力の勝負。

「ゲーム名、《四部屋《フォールーム》ポーカー》です」

[旧部室棟]

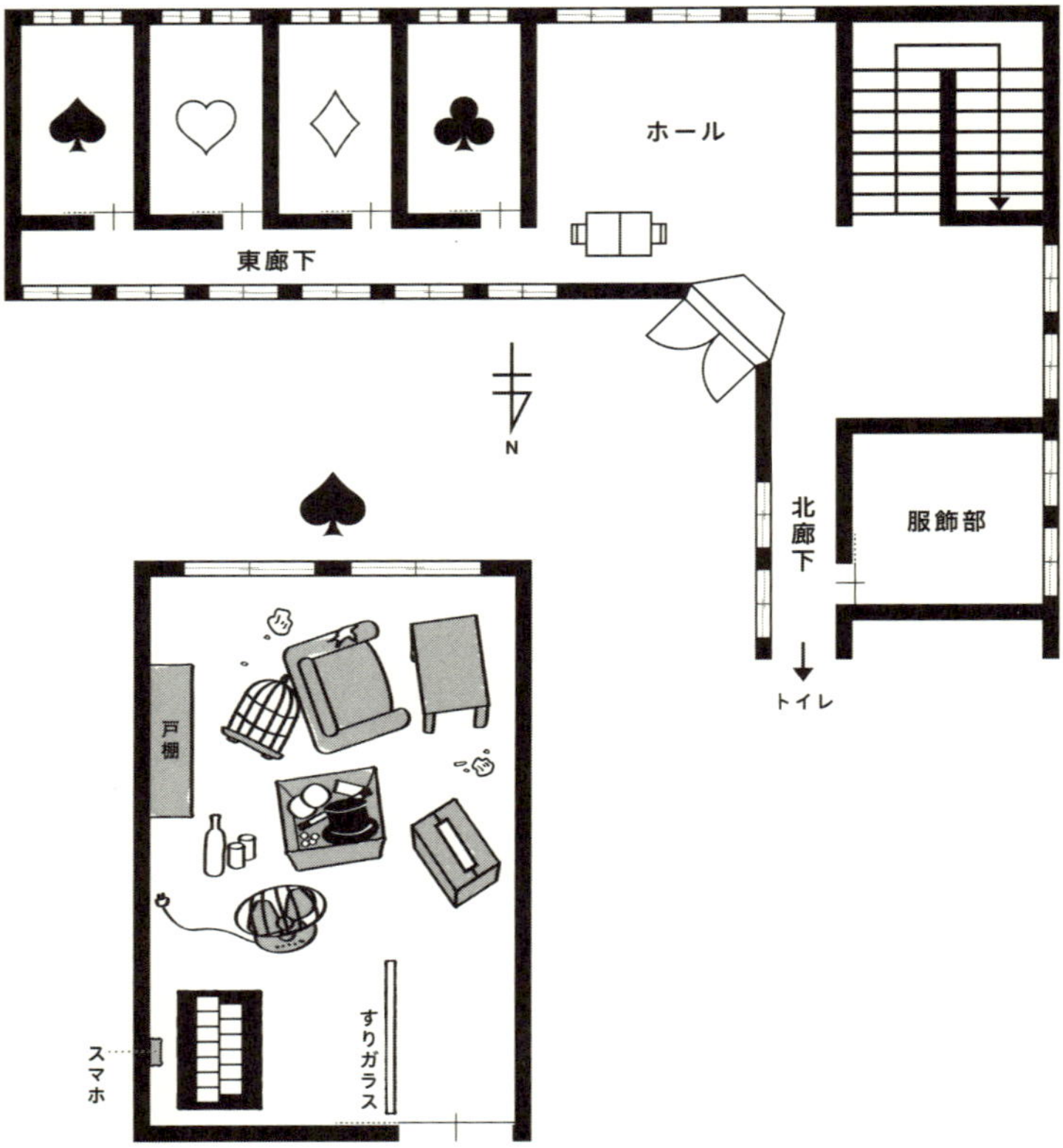

3

〈カード交換〉はポーカーにおける、最も重要な工程といえる。

新しく引くカードが何かによって役が決まり、賭け金が決まり、勝敗も九割方決まる。通常のポーカーでは、プレイヤーの頭脳が〈交換〉に干渉できる要素はほとんどない。出現率などの頼りない統計にすがり、少しでもいいカードが舞い込むよう、神に祈ることしかできない。

その、カード交換を。

自由に行える、のだという。

塗辺くんはすたすたと廊下を進んでいく。

一番奥の部屋──〈スペードの間〉のドアを開け、「どうぞ」と私たちを招いた。

入ってみると、すぐ左側にすりガラスの衝立《ついたて》が置かれていた。演劇部かどこかから塗辺くんが運んできたのだろうか。ドアは部屋の右側の角に位置しているので、その衝立のせいで視界が狭くなっている。

前進して衝立を過ぎると、部屋全体が見回せた。

奇術部が使っていた部室だ。六×四メートルくらいの縦長の部屋で、正面の壁にはサッシ窓が二つ並んでいる。片付けが甘い室内を、窓から廊下側へと眺めていく。クッションが破れた肘《ひじ》かけ椅子、空っぽの鳥用ケージ、シルクハットや百均グッズの杖を収めたダンボール箱、小さめの戸棚、デビッド・カッパーフィールドのポスター、旧式の扇風機──

そして部屋の左側の角、ドアから見て衝立の向こう側にあたる場所には、一台の机が置かれて

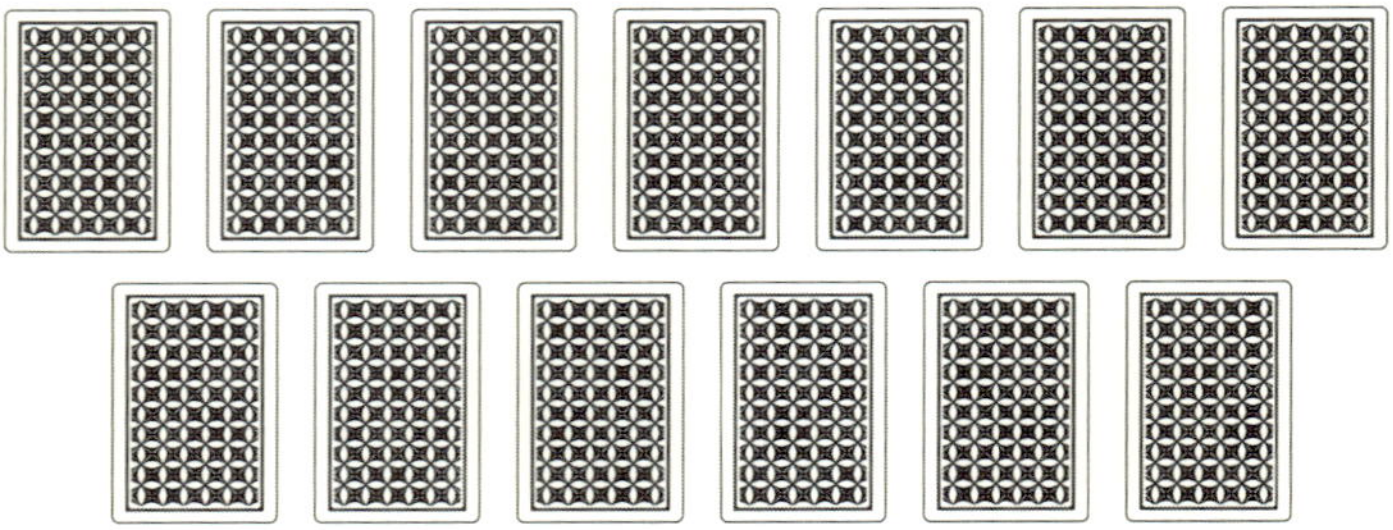

いた。ベロア地の黒く厚い布が、その上にかぶせられている。床まで届く長さで、机をすっぽりと覆っていた。占いでも始まりそうな雰囲気だ。

　卓上には、十三枚の赤いトランプが伏せられていた。

「**上段七枚、下段六枚**」と、塗辺くん。「どの部屋にも同じ配置で机とカードが置かれています」

　五十二枚のトランプを柄《スート》ごとに分け、四つの部屋に分配……。

「〈交換《チェンジ》タイム〉の流れを説明します。先攻プレイヤーから席を立ち、この東廊下へ向かってください。後攻はホールで待機。しかし廊下に目を向けてさえいれば、相手の行動は筒抜けでしょう」

　私は廊下に顔を出して、ホールのほうを確認する。

　真正面に真兎たちの机が見えた。たしかにこれなら、相手がどの部屋に入るかは簡単にわかる。

「プレイヤーは好きな部屋に好きな順番で入ってかまいません。体の一部が床に触れた瞬間を〈**入室**〉と定義します。ただし一度の〈交換《チェンジ》タイム〉内に〈入室〉できる部屋の数は、宣言した交換枚数が上限です。一度出た部屋に入り直すこともできません」

「1ラウンドに入れる部屋は最大三つ？」

真兎が言った。新居の見学にでも来たみたいに部屋を見回している。

塗辺くんは「そうです」とうなずき、説明を続ける。

「室内での行動も自由です。好きにカードを引いてかまいませんし、引かずに退室してもかまいません。ただし、触れていいカードは交換するカードのみ。二枚交換を宣言したなら二枚まで、三枚交換《オールチェンジ》なら三枚までです。ほかのカードに触れる、位置をずらす、印をつける、一度触れたカードを戻す、などの行為は禁止です。僕がリモートで監視します」

塗辺くんがタブレットの別タブを開く。

ミーティングアプリが機動していて、五つの画面が表示されていた。ひとつはホールの机。残りの四つは、東廊下の各部室のようだ。部室のカメラはどの画面も同じ角度から部屋を捉えている。すぐ手前に十三枚のカードが伏せられた机があり、その奥にはすりガラスの衝立。

アプリには、注目させたいカメラをメイン画面として大きく表示する機能があるらしい。いまのメイン画面は奇術部室で、塗辺くん自身と私たちが映っていた。

壁のほうを見ると、一台のスマートフォンがカメラをこちらに向ける形で、ガムテープで貼りつけられている。真兎のスマホだ。監視カメラとして使うために提出させたのか。アプリも勝手にダウンロードされて勝手にセッティングされたのかも。

真兎が机に近づく。スマホについてクレームをつけるのかと思ったけど、違った。カードに顔を近づけたり、屈《かが》んで布に触ったり、壁と机の間にできた三十センチほどの隙間を覗いたり、刑事みたいな挙動を取る。

「ゲーム後半になると、入った部屋のカードがゼロ枚というケースも起こりえます。その場合のみ〈入室〉にカウントせず、移動可とします。また、ゲームを円滑に進めるため、プレイヤーが席を離れる時間は**五分**をリミットとさせていただきます。〈交換《チェンジ》タイム〉のルールは以上です」

塗辺くんが言い終えると、真兎と絵空は同時に奇妙な反応を見せた。とても大事なことが語られた、とでもいうような。

　真兎は机から離れ、部屋の中央に立って、透明な糸に引かれるようにドアのほうを見た。絵空は考えごとでもするように、天井を見上げていた。

　それから机を指さし、審判に質問する。

「このカード、並び方は数字順？」

「言えません」

「……やりながら探れ、ってことね」絵空はうなずいてから、「もうひとつ。配付《ディール》時に、あなたがカードの並びを入れ替えることはある？」

「ありません。ただし、隙間が生じた場合は微調整を行います」

「五分か」椚先輩がつぶやいた。「三部屋入るとしたら、一部屋にかけられる平均時間は一分四十秒……。短いな」

　え、と私は反応してしまう。けっこう長いな、と考えていたからだ。

「充分じゃないですか？　カード引くだけでしょ」

「並べられたカードは、開始時は五十二枚すべてそろっているが、配付《ディール》と交換《チェンジ》ごとに数枚ずつ減っていく。どのカードがすでに使用され、どのカードが残っていて、どのカードを選べばいいのか。百秒で考えをまとめられるか？」

「…………」

このゲームの難易度を思い知った。

二人対戦で、手札三枚で、全四回戦。そして使用するのは五十二枚。

両者が毎回三枚交換を選んだとすると、一回戦ごとに最大十二枚ずつカードが減っていくことになる。それが四戦続くと、四十八枚——最後には四枚だけを残して1デッキすべてが使いきられる、そんな勝負になる可能性もあるのだ。

だとしたら、ゲーム終盤に待ち受けているのは、貴重な一枚の奪い合い。

いま何を引くか、だけじゃない。勝負をどう組み立て、何を残し、強いカードをいかに確保するか——真兎と絵空はいくつもの可能性を考慮し、知恵を絞る必要がある。

いや。そもそも知恵とか以前に、すべてのカードが伏せられた状態なら、ほしいカードを引きあてるなんて無理なのでは？　まだゲームが始まってもいないのに、私の頭は沸騰しそうになる。

そして気泡が弾けるように、ふと気づいた。

ポーカーには〈フラッシュ〉という役があるわけで……ここには、柄《スート》ごとにカードがまとめられているわけで……それって、つまり……。

「ゲームの工程はまだ残っています。戻りましょう」

考えを口に出す前に、塗辺くんが動きだしてしまう。私たちもあとに続いた。

ドアから出る前、ふと気になり、絵空と同じように天井を見上げてみた。

消灯中の蛍光灯と木目以外は何もない、空虚な景色が広がっていた。

ホールに戻ってくると、真兎と絵空は再び着席した。壁をよく見ると、そこにも机を鳥瞰《ちょうかん》するようなアングルでスマホが貼りつけられていた。

塗辺くんが説明を続ける。

「先攻・後攻の順で〈交換《チェンジ》タイム〉を終えたのち、〈**賭け**《ベット》〉に移ります。先攻から賭け金を提示し、Sチップを場に出してください。なお、賭け金はラウンドごとに範囲を設定しておきました」

説明とともに二枚目の紙がめくられる。こちらもやはり手描きだった。

［BET額制限］

	最低額	上限額
1回戦	20	50
2回戦	40	100
3回戦	80	200
4回戦	100	無制限

一回戦ごとに、少しずつ最低額と上限額が上がっていく。

「後攻プレイヤーは〈**コール**〉〈**レイズ**〉〈**フォールド**〉のどれかを宣言してください。コールは勝負の同意。同額のチップを場に出したのち、**手札開示**《ショーダウン》に移行します。レイズは賭け金の上乗せです。同額のチップと追加分を場に出し、相手に選択が移ります。フォールドは、〈降り〉です。開示なしで互いの手札を流し、勝負を回避できます。ただしペナルティとして、フォールドしたプレイヤーは相手にチップを渡さなければなりません。ペナルティは、**その時点で相手が提示していたチップの半額**です」

真兎と絵空の視線が、初めて交わった。

「担保などが認められ両者が同意した場合は、手持ち額を超えたベットも可能とします」

「ねえ」と、真兎。「いま言ったルールだと、先攻がいきなりフォールドはできないってこと？」

「できません。先攻プレイヤーは、必ず最低ベット額を場に出していただきます。それが参加料がわりだと思ってください」

「フォールドしたら、勝敗は相手の勝ちになる？」

「便宜上そうなります」

カーディガンの袖をいじりながら思案する真兎。その視線が、ホールの両開き戸のほうへ流れた。さっきもまるで霊視するみたいに、ドアの近くに目を向けていた。何を見ているのだろう？

「まとめると、配付《ディール》、破棄《トラッシュ》、交換《チェンジ》を経て、賭け《ベット》。手札開示《ショーダウン》、もしくは流し。勝敗がつき、チップが移動——これで1ラウンド終了、という流れです」

塗辺くんは説明を終えた。

頭の中でまとめてみると、そんなに複雑なルールじゃない。三枚で役を作ることと、カード交換の方法が特殊すぎることを除けば、普通の一対一のポーカーと同じだ。……求められる思考の量は、普通のポーカーの比じゃなさそうだけど。

「OK。やろうか」

「面白そうね」

私の懸念をよそに、二人は軽く承諾する。

「あの二人、中学でもよく勝負してたん？」

新妻さんに尋ねられた。どうだろう？　ダべりついでの議論とかはあったけど。

「ゲームで戦うみたいなのは、初めてだと思います」

ふーん、と新妻さんはあごを撫《な》でる。絵空の勝率を考えているのだろう。

真兎の勝負強さはこの数ヵ月で身に染みてるけど、絵空の実力はまだわからない。星越生徒会で「とっておき」と称される一年エース。中学時代のように、突拍子もない言動で相手を惑わせたりするのだろうか。

「そういえば」絵空が口を開いた。「先輩たちはここで観戦するんですか？」

「あかんか？」

「あかんのじゃないかしら。ポーカーでしょう？　ギャラリーのリアクションから手札がバレる、ってこともあるし」

「ご安心を」塗辺くんが答えた。「北廊下の服飾部室に僕のノートパソコンを置いておきました。各カメラが見られるので、みなさんはリモートで観戦してください」

「あなたってイベント運営のバイトとかしてる？」

「いまはラクロスに夢中です」

用意周到すぎる審判にさすがの絵空もあきれ顔を作った。

ほながんばりや。頼んだぞ射守矢。先輩たちは自軍のプレイヤーに声をかけ、再び移動を始める。私は少し後ろ髪を引かれた。

いつもみたいに、そばで見守るつもりだったのに。

「真兎……」

「鉱田ちゃん」励まそうとした私よりも先に、真兎が口を開き、妙なことを言った。「私が危なくなったら、走ってきて」


北廊下の一番手前が服飾部室だった。

裁縫などでスペースを使う関係上、ほかの部室より二倍広い。部員たちがしっかり者だったのだろう、部屋はよく片付いて、四脚の椅子と長机だけが置かれている。長机の上ではパソコンがすでに開かれていて、ミーティング画面が表示されていた。二十分でよくここまで準備できたな、塗辺くん。

着席しながら、私は先輩に話しかける。

「椚先輩。このゲームなんですけど……簡単にフラッシュ作れちゃいますよね？」

ポーカーには、同スートで手札を統一するフラッシュという役がある。同じスートでさえあれば、カードの数字はなんでもいい。

そして四部屋のカードは、スートごとに分かれている。

なら、適当に部屋に入って、適当に三枚カードを引くだけで、フラッシュが完成してしまうことになる。なんの思考もいらずに強い役が作れるのだ。

「そうだな」と、椚先輩。「互いにフラッシュは大前提。勝つためにはそれよりも強いストレートフラッシュか、ロイヤルストレートフラッシュを作る必要がある」

「作れる役は実質三種類、か」会長も話にまざってくる。「同じ役がぶつかったときは、数字かスートで勝負が決まる……どの勝負もすげー僅差《きんさ》になるかもな。まあそれ以前に、伏せカード透視できないことにゃ始まらねーけど。あの並べ方、椚はどう思う？」

「塗辺はフェアな性格です、何か法則があるはず。判断のチャンスは四回……それほど複雑なものではないと思いますが……」

「役の種類に、法則か。なるほどぉー、深い見方やね」

新妻さんが私の隣に座る。口ぶりから、皮肉であることがわかった。

「……新妻さんはこのゲーム、どこがポイントだと思ってるんですか」

「先攻・後攻どっちが有利か」

「……？」

「先攻は先に入室できるから、強いカードを取れる率が高い。でも審判がゆうとったろ？　ほかのカードに触れるのは禁止。つまり先攻がカード取ったあとは、伏せカードの間にぽっかり隙間があくっちゅうことやな。すると、後攻はそれを見て、先攻が選んだカードを推測できる。ほかの部屋で同等以上のカードを引けば逆転も可能。情報的には後攻のほうが有利や」

法則解けたらの話やけどね、とつけ加えつつ、新妻さんは脚を組む。

「射守矢も確認しとったやん、フォールドは負け扱いになるん？　って。各ラウンドの勝ち負けで次のゲームの順番が決まる。勝負どころで取るべきなのは、先攻か、後攻か……あいつらはいま、それを必死に考えとんちゃうかな」

火力重視の先攻と、情報重視の後攻。

私にはない見方だった。

「鉱田さんだっけ。君はどこがポイントだと思う？　人にばっかり聞くんはズルやろ」

からかうように尋ねてくる新妻さん。私はパソコンに目を向けた。真兎と絵空はいま、ケースから出したSチップを自陣に並べているところだ。

ゲームのことはわからないけど、真兎の戦い方なら知っている。

真兎は常に、「勝てる」と相手に思い込ませる。

「……どうやって賭けを成立させるんだろう」

私がつぶやくと、新妻さんは眉《まゆ》を上げた。

「後攻は相手の役を予想できる。先攻もそれをわかってる……。その状態じゃ、大きく賭けることなんてできませんよね？　勝負する前から勝ち負けが見えてるわけですから。でも、二人はきっとそれを望んでない」

真兎も絵空も、チップを根こそぎ奪う気概でこの勝負に臨んでいる。

「だから、いま、二人は……相手を勝負に乗せる方法を考えてる」

思いつきを述べただけだったけど、新妻さんは意外そうにまばたきしたきり、もう皮肉は返さなかった。

画面の中の二人がチップを並べ終える。私たちも会話をやめ、勝負に集中する。

塗辺くんが宣言した。

『では。《四部屋《フォールーム》ポーカー》一回戦、開始します』

4

塗辺くんがタブレットをタップすると、カードをめくるときの紙スレっぽい効果音が六枚分鳴った。

配付するカードが決まったらしい。端末を携えたまま、寝癖頭の審判は東廊下へと歩きだす。

私のコンディションは、いまのところ平常運転、だと思う。屋上から一歩先の足場へ踏み出すときの、滲《にじ》むようなひりつき。いつもと同じ感覚を胃の奥底に感じている。

ポーカーの役。ルールの穴。あれがある場所。天気。布の素材。順番と組み立て。仕掛けるタイミング。絵空側の戦略とその対処——考えることは山積みだ。でも、いまはもっと重要なことがある。私は後ろを向いて、塗辺くんの動きを注視する。椅子を動かす音がし、絵空も横に身を乗り出したことがわかった。

塗辺くんは廊下の奥まで行き、まず〈スペードの間〉に入った。

同時に頭の中でカウントを始める。

「法則、どう思う?」

絵空が話しかけてくる。妨害なのか、天然なのか。

「まだわからないよ」

「何かあるはずよね。上が七枚、下が六枚——」

「敵と喋《しゃべ》っていいわけ？」

塗辺くんが廊下に出てくる。部屋にいた時間は、十秒程度だった。

予想より、ずっと早い。

「敵とか以前に友達だから」

「ガチ勝負のほうが楽しいよきっと」

「真兎はいま、ガチ？」

「それわかんないんだよね。私全力疾走で五十メートル十秒だけど、ゾンビに追われたらもっと速く走れる気がする。だったらガチってなんなんだろう？」

「筋トレしたほうがいいわよ」

「そういう話じゃなくて」

〈ハートの間〉〈ダイヤの間〉――塗辺くんは一部屋ずつ出入りを繰り返す。かける時間は、やっぱり十秒程度。

確信を持った。

各部屋に伏せられた十三枚のカード。塗辺くんはその並び方を完璧に記憶している。いちいちメモと照らし合わせたり、裏返して数字を確認したりはせず、配置に確信を持ったうえで、テンポよくカードを選び取っている。間隔の微調整をするとも言っていた。並び方を把握していない限り、すべての作業を十秒で済ますのは無理だろう。

やはり、カードの並び方には法則がある。

それは四部屋すべてに共通する、比較的シンプルなもの。一度覚えれば絶対に忘れず、簡単にカードを透視できる――そんなたぐいのものだ。

「でも、単純な数列ではないわよね」

思考をなぞったかのように、絵空が言った。

塗辺くんは一分程度で四部屋すべてを巡回し、ホールに戻ってくる。左右のポケットから三枚ずつ、赤いトランプを取り出し、私と絵空の前に置く。

〈配付《ディール》〉が完了した。

三枚をまとめて手に取り、端をめくる。

一回戦。私の手札は――


♣4、♣9、♠7。


なんの役もできてない無役《ブタ》だった。そもそも手探り状態の一回戦、どんな手札が来たところで、やることは決まっている。

「先攻、射守矢さんから宣言を。何枚破棄しますか」

「三枚」

「同じく」

私はすべてを捨て場に伏せ、絵空も追従した。

一回戦はカードの法則を解くことが何よりも先決。そのためには三枚交換《オールチェンジ》でなるべく多くのカードをめくり、情報を得る必要がある。法則がシンプルなものだとしたら、適当に三枚めくるだけでも答えに近づくことは可能だろう。

この《四部屋《フォールーム》ポーカー》に〝セオリー〟と呼べるものがあるとしたら、私たちの初回の選択は、それに沿うような無難なものであるといえた。

塗辺くんは破棄カードを集め、さっと目を走らせてから、デッキの箱にしまった。

「では〈交換《チェンジ》タイム〉に移ります。先攻の射守矢さんからどうぞ。席を立つと同時に五分のカウントを始めます」

私はおもむろに立ち上がった。「お先」と定時退社するＯＬみたいに絵空に断り、歩きだす。カーディガンの背中に絵空の視線を感じる。

あせりを気取られぬよう、一定のペースで奥まで進む。最初に入るのは〈スペードの間〉でなければいけなかった。何をおいても、どうしても、そこに入る必要があった。

ドアを開け、入室。

絵空の視線を逃れると、自然と息が漏れた。

室内を見回す。一ヵ月前、椚先輩に頼まれて片付けを手伝ったことがあり、そのときこの部屋にも入った。備品の配置は記憶と変わっていない。足を速め、行動に移る。

スマホのカメラが監視しているのは、机と、すりガラス越しのドア——部屋の前半分でしかない。

そして〈交換《チェンジ》タイム〉における行動は自由。設けられたルールは、余計なカードに触れてはならないという必要最低限のものでしかなかった。

塗辺くんの口ぶりは、このゲームにおけるイカサマの許容を暗に示している。四つの部室に残されている様々な備品。何を使い、何を組み合わせ、何を行うか。《四部屋《フォールーム》ポーカー》は裏工作をぶつけ合う発想の勝負でもある。絵空もそれは察したはず。そして旧部室棟について知っている分、地の利は私のほうにあった。

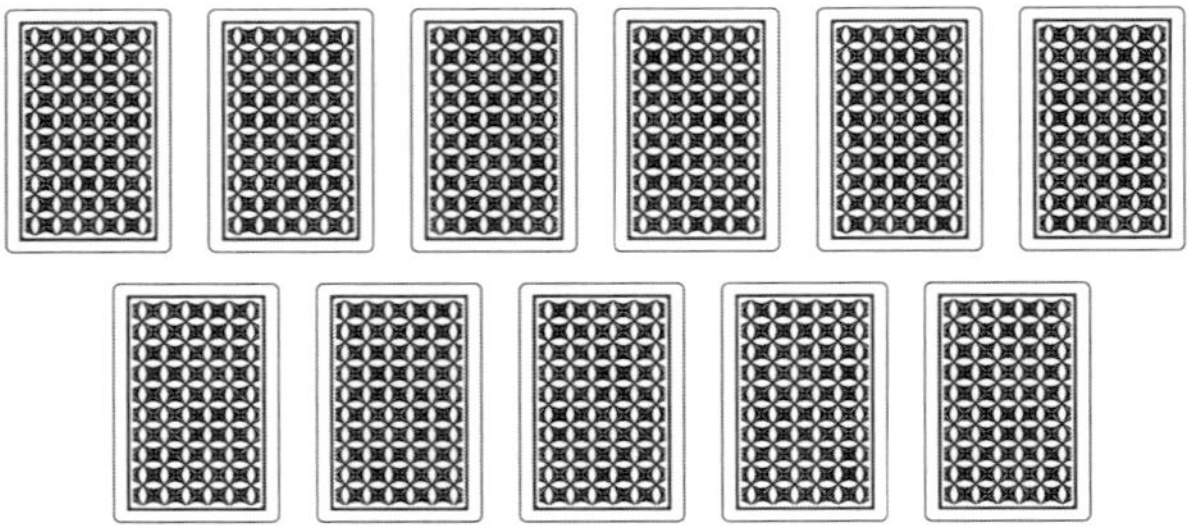

一分ほどの時間を消費し、いくつかの確認を終えた。
それからやっと、机に近づく。
カードには変化が見て取れた。

上段六枚、下段五枚。

一枚ずつ減っている。

私の手札にスペードは一枚だけだった。絵空の手札にもう一枚が含まれていた、ということになる。

ここは、ハズレか。

減っているカードが自分に配られた一枚だけなら、少なくとも〝♠7が上段・下段のどちらに属するか〟という情報が取れた。でも、これじゃ何もわからない。「微調整」の宣言どおり、塗辺くんはカードの隙間も均等になる形で埋めていた。上下段ともに、どの位置のカードが抜けたかは判別できない。

〈スペードの間〉を退出する。

廊下を戻り、今度は〈クラブの間〉へ入室。

ここは山岳部が使っていた部室だ。黄ばんだ地図帳、テントの骨組みらしきもの、〈着火用チャークロス〉と書かれたフタつきの缶、空の2リットルボトル、キャスターつきのオフィスチェア……登山に関係あるものもないものも、雑多な備品が部屋の隅にまとめられている。この部屋で長く過ごすつもりはない。

さっそく机を確認。今度はアタリだった。


上段五枚、下段六枚。

減っているのは上段の二枚——私に配られたカードのみ。

♣4と♣9が、〝上段七枚〟側に属していることがわかった。

得られた情報に、塗辺くんの性格を加味して想像する。

1～13の番号が振られたトランプを七枚と六枚の二グループに分けたときの、並べ方の法則。

最も簡単なのは偶数・奇数だ。奇数が七枚、偶数が六枚で計算が合う。でも〈4〉が七枚側に含まれるのなら、これは違う。

もっと別の法則……4と9が七枚側に属する、比較的シンプルで覚えやすい法則……。

「なるほど」

《四部屋《フォールーム》ポーカー》一回戦。〈交換《チェンジ》タイム〉開始三分。

絵空から見えない場所で、今日初めて、私は微笑む。

＊

審判とプレイヤー一名が残ったホールには、無言の時間が流れている。

塗辺はスマートウォッチで時間を計りながら、タブレットを介し射守矢真兎を監視している。

現在、射守矢真兎は〈クラブの間〉に入室中。カード置き場に目を落とし、何か沈思していた。

残り時間は、あと二分。

論理と洞察力の勝負、とはいったものの——ポーカーである以上、多少の運も絡んでくる。初回の配付《ディール》。情報の質としては、雨季田よりも射守矢の手札のほうが上だといえた。

（解読のための手がかりは含まれている。一回戦で法則を解いてしまってもおかしくない……。あるいは、すでに解けているかも……）

東廊下でドアが開いた。射守矢が〈クラブの間〉を退室。続いて〈ハートの間〉に入室する。

塗辺はタッチパネルを操作し、メイン画面を〈ハートの間〉に切り替える。観客席のパソコンにも同じ操作が反映されるよう設定してある。

射守矢はすでに二部屋を消費したが、一枚もカードをめくっていない。三部屋目の〈ハートの間〉で必ず三枚をめくる必要がある。

（射守矢さんの役は、ハートのフラッシュ以上が確定……）

塗辺はちらりと、もうひとりのプレイヤーを見た。

雨季田絵空の口元には、穏やかな笑みが浮かんでいる。開始前からずっと、途切れることなく。

〈ハートの間〉は、写真部が使っていた部屋だ。窓際に長机が置かれ、古いカメラや分解されたレンズが残されている。天井の隅には暗室の名残らしきカーテンレールの骨組み。壁にはホールと同じように白黒写真が飾られていた。女子の隠し撮り風のものもあって、アートかどうかは微妙なところだった。一回怒られてほしいかも。

私はさっそく机に向かう。

法則は、たぶん解けたと思う。最強役——Q《クイーン》、K《キング》、A《エース》のロイヤルストレートフラッシュを作る自信があった。

卓上に伏せられたカードは、上段六枚、下段六枚だった。

絵空の手札に上段側の一枚が含まれていたようだ。

壁の時計を見る。タイムリミットは残り九十秒。うじうじ迷っている時間はない。

私は、上段右端の一枚へ手を伸ばす。

予想が正しければ——これが、Q。

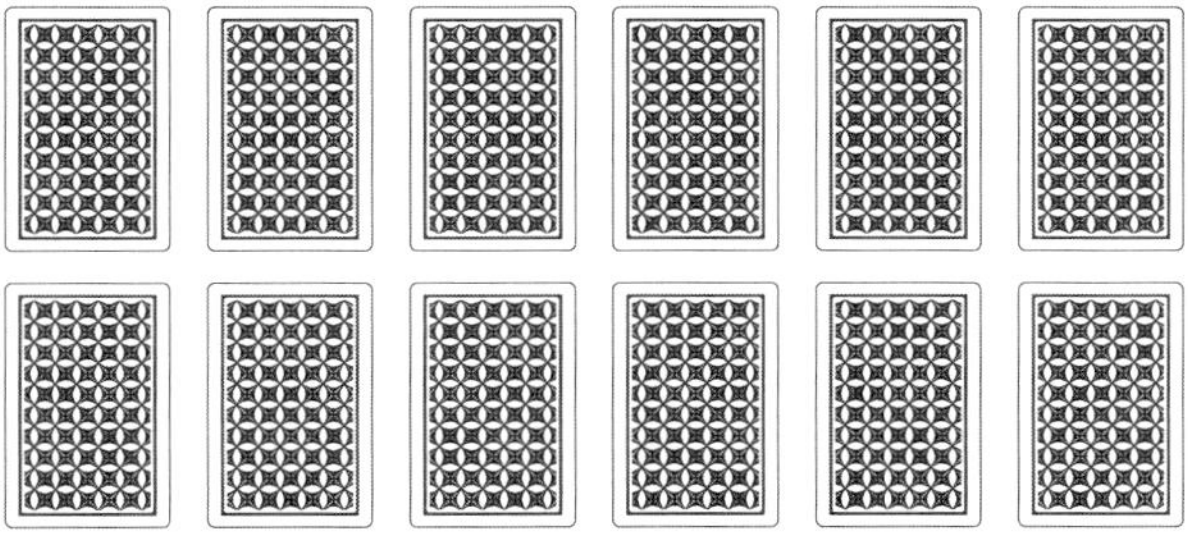

あたった。♡Q。モナリザによく似た女王が、私に笑いかけていた。

続いて、下段右端の一枚をめくる。たぶんこれがK――

♡K。あたりだ。

だとすれば、間違いなく、上段左端の一枚が♡Aだ。

その位置のカードに、手を伸ばす。……不安がよぎり、わずかな躊躇《ちゅうちょ》が生まれた。

絵空に渡ったカードが、♡Aという可能性は？

確率は五分の一。リスクとしては小さいけれど……。

私にはもう、すべてのカードの配置がわかっている。♡Jが属するのは下段側。この部屋の下段は入室した時点で六枚のままだったので、♡Jは間違いなく残っている。それを引き、Kハイのストレートフラッシュという〝安全策〟を取るべきか。

頭の中で天秤《てんびん》が揺れる。進むべきか、止まるべきか。カーディガンのポケットに収まっているものが、急に重みを増したように感じた。時間が残り六十秒を切る。

――絵空は、強い。

それに、まだ一回戦。リスクを負うなら、ここしかない。

私は空中で止めていた手をそのまま伸ばし、上段左端の一枚を、めくった。

「……絵空……」

脳を埋め尽くす思考を、雨季田絵空の微笑がかっさらう。

めくったカードは、♡4だった。

＊

「……射守矢が、はずした」

舌打ちしそうな勢いで、椚先輩が言う。

私たちは服飾部室でノートパソコンを覗き込み、〈ハートの間〉にいる真兎の様子を視聴している。めくったカードにハートが四つ散っていることは、ディスプレイ越しでも充分にわかった。

画面横のチャット欄には、コメントがひとつ投稿されている。塗辺くんは気配りの人だ。私たちが戦況を把握できるよう、〈交換《チェンジ》タイム〉開始と同時に短文を打ち込んでくれていた。それは二人に配ったカードと、捨て札の内訳だった。

〈射守矢　♣4　♣9　♠7　↓　all trash
雨季田　◇9　♡A　♠10　↓　all trash〉

絵空は初回からいきなりエースを引きあて、躊躇なくそれを捨てていた。

「クイーン、キングと連続であてたってことは、ロイヤルストレートフラッシュを狙ったってことだよな」佐分利会長が推測する。「だが、♡Aは雨季田が破棄済み……。してやられた形か、ツイてねーな」

「そもそもなんであてれんねん。もう法則解けたんか？」

真兎に私たちの声は届いていない。彼女は髪をかき上げると、三枚のカードを手にしたまま、カメラのフレームを外れてしまった。残り一分を切っているのに、ホールに戻らなくていいのだろうか。

「シビアなゲームだな」と、椚先輩。「役を作ろうとしても、わずかな読み違いですべてが崩れる」

「でも、悪くないんじゃないですか？　Kハイのフラッシュでしょ？　普通なら勝てますよ」

「雨季田がストフラ以上を作らなければな」

残り十秒を切ったところで、真兎はようやく〈ハートの間〉を出た。メイン画面がホールに切り替わる。真兎が廊下のほうから走ってきて、ギリギリで椅子に座った。ゆるふわギャルは、ふう、とディズニー映画のキャラみたいにわざとらしく額を拭《ぬぐ》った。

『射守矢さん、ジャスト五分です。では、後攻、雨季田さん。どうぞ』

二秒ほど真兎を眺めてから、絵空が席を立った。

「雨季田の手札はスートがバラけていた。法則看破のための情報は、射守矢より少ないはず……」

「いーや。ゆうたやろ、情報量は後攻が有利。〈ハートの間〉を覗けば左端のカードが引かれたことはすぐわかる。そこから何か見出《みいだ》すかもしれん」

新妻さんの推察どおり、廊下に踏み込んだ絵空は、真兎の入った部屋を確認していくように動いた。

まず〈クラブの間〉に入室。卓上と室内をさっと眺め、何も引かずに出る。

続いて〈ハートの間〉。バランスの崩れたカードの並びに目をとめ、室内を見回しながら、二十秒ほど思考していた。が、やはり何も引かずに退室。

絵空は最後に〈スペードの間〉に入った。衝立の向こうから姿を現したとたん、口元の笑みが強まったように見えた。一度すりガラスの向こうに戻り、ドアの手前で何かをする。それから机に近づく……かと思いきや、部屋の奥側へフレームアウトしてしまう。真兎も同じことをしていた。

十秒ほどでフレーム内に戻ってきた絵空は、深く考えるような素振りもなく、上段に並んだ六枚のうち、左から数えて三～五番目にあたる三枚を――つまり上段中央付近に並んでいる三枚を、連続してめくった。

結果は、♠6、♠8、♠9。

「9ハイのフラッシュ……。勝負になれば射守矢が勝つ」

「法則解けてる、って感じじゃなかったな。情報収集優先のランダム引きか。新妻さん、おたくの天才児は期待したほどじゃねーみてーだぞ」

会長と先輩の声が自然と弾む。新妻さんはただ、肩をすくめた。

残り一分。真兎と違い、時間をたっぷり残した状態で絵空はホールに戻った。

『では、〈賭け《ベット》〉に移ります。射守矢さんからどうぞ』

『五十』

真兎はなんの迷いもなく、Sチップの束を前に出した。

一回戦のベット制限は二十～五十枚。いきなりの、上限額……。絵空の手札を見透かしたような、強気のベット。

塗辺くんは絵空へ視線を移し、無言で応答を待つ。絵空は軽く腕を組み、真兎を見つめている。

『〈ハートの間〉に、カードを引いた痕跡《こんせき》があったわ』

『うん』と、真兎は応じる。

『端のカードが取られてた』

『まあね』

『法則を解くためのめくり方としては、不自然よね』絵空は独りごつように、続ける。『〈ハート〉の前にあなたが入った〈クラブ〉では、上段の二枚が減っていた。わたしの初期手札にクラブは含まれてなかったから、真兎にとっては確実な情報になる……』

『…………』

『〈ハート〉に入る時点で、法則が解けてたわね？』

『…………』

『なら、最強役を作ろうとするはずよね』

『塗辺くんが待ってるよ。コール？ それともフォールド？』

真兎が促す。絵空は黙ったまま、何かを考えている。

「フォールドだ」佐分利会長が言った。「いまの口ぶりだと、雨季田は射守矢がKハイのフラッシュってことまで読んでる。勝負に出るわけねー」

たしかにフォールドしかないだろう。五十枚の半額である二十五枚が真兎へ渡ってしまうけど、全額失うよりはましなはず。

——と納得しかけたとき、絵空が奇妙な行動をとった。

パーカーの腹ポケットに手を入れて、三枚のトランプを取り出す。それを扇形に広げ、真兎のほうへ突き出す。ババ抜きで相手に札を引かせるときみたいに。

『真兎。こんなふうに、手札をわたしに見せられる？』

真兎の表情に、隠しきれない硬直が走る。

対照的に絵空の唇が、柔らかく持ち上がった。

『――コール』

絵空は同額のチップを前に出し、続いて、三枚の手札を開示する。

真兎もカーディガンのポケットに手を入れ、カードを卓上に放った。

「はァ？」と、佐分利会長の声があがった。

絵空の手札は――♠6、♠8、♠9。

真兎の手札は――♡4。

たった、それだけ。

たった一枚だけだった。

『い』さすがの塗辺くんも声を詰まらせる。『射守矢さんの役は、不成立……。一回戦は、雨季田さんの勝利です』

私たちは、パソコンの前で呆然《ぼうぜん》としていた。

「なんだそりゃ⁉」会長が叫ぶ。「QとKはどこやったんだよ！」

「隠したのか」椚先輩は驚きつつも冷静だった。「射守矢はカードを引いたあと、しばらく〈ハートの間〉に留《とど》まっていた。QとKを隠し、温存した……」

『塗辺くーん。これってルール違反？』

画面の中で真兎が尋ねる。勝負に負けたのに、余裕がある。

『こういうケースは想定していませんでした。ルール違反ではありません。ですが……』

『今後避けたいなら、ルールを追加してよ。これ以降カードの温存は禁止。引いたカードは必ずそのラウンド内で消費すること』

『……そうしましょう。射守矢さんの引いた二枚はいまどこに？』

『もちろん〈ハートの間〉に隠してあるよ。ちょっとやそっとじゃ見つけられないとこに』

『場所だけ確認させていただいても？』

真兎は気軽に応じ、塗辺くんとともに廊下へ向かう。

絵空は静かに、五十枚のチップを自陣へ引き寄せていた。勝利の興奮は見て取れない。勝って当たり前、といったふうだ。

「なんで温存なんてしたんだ？」

不機嫌に言う会長。新妻さんが、ぽつぽつと話しだす。

「射守矢視点で考えよか。三部屋回った結果、〈スペード〉と〈ハート〉で相手側に渡ったカードを一枚ずつ確認。ちゅうことは、雨季田の手札はスートバラけで確定。法則看破には情報が足らん。せやから、雨季田の役は平凡なフラッシュになる可能性が高い。加えて雨季田は、先攻の射守矢が初回にしては大胆なめくり方をしとることから、『真兎は法則が解けた』ってことを見抜いてくる……。ここまで予測を立てたとする」

法則を解いた真兎の役と、そうでない絵空の役。

「だったら、雨季田の作る役じゃ射守矢に勝てん。勝てないことを察したなら、雨季田はフォールドしてくるはず」

フォールドの場合は、それを宣言した側の負け。

手札一枚でも勝ちを拾える……。

「だ、だから温存したってことですか？　どのみちフォールドで勝てるから？」

「せやけど、雨季田はそれ込みで全部見抜いてきた……ってことなんかな？　温存に関しちゃ、カマかけてみただけかもしれんけど」

「温存したとこで得あるか？」会長はまだ疑問顔だ。「あとで♡ＪＱＫを作るつもりだとしても、♡Ｊが雨季田に配られたり、先にとられちまったりしたら意味ねーだろ」

「最終戦に向けた布石かもしれません」と、椚先輩。「ハートのロイヤルストレートフラッシュはすでにつぶれた。他スートの強カードもおそらく三回戦までに消費され尽くすはず。ゲーム終盤、Ｋハイフラッシュの材料は大きな意味を持ってくる……。ルールを足すことで雨季田側の温存をけん制したとも取れる」

私は先輩の横でうなずいてみたけど、完全な納得はできなかった。取り残されたような、腹立たしいような、暗い色の気持ちが渦巻いていた。

いきなり奇策を打った真兎と、それを見抜いた絵空。高校で私と過ごした半年間なんて吹き飛ばしてしまうほど、絵空のほうが真兎を理解しているのでは。私は真兎と仲よくしてるつもりでいたけれど、真兎は心の裏底で、つまらなさを感じていたのでは。そんなふうに、考えてしまう。

そもそも私は、なぜ真兎がＫとＱを引きあてられたかもわからないのだ。

「あの、結局、法則っていうのは……？」

私が言うと同時に、ホールに真兎と塗辺くんが戻ってくる。絵空が笑いかけた。

『めくる前から法則を解いちゃうなんて、さすがね』

『引きがよかっただけだよ。絵空だってもう解けたでしょ』

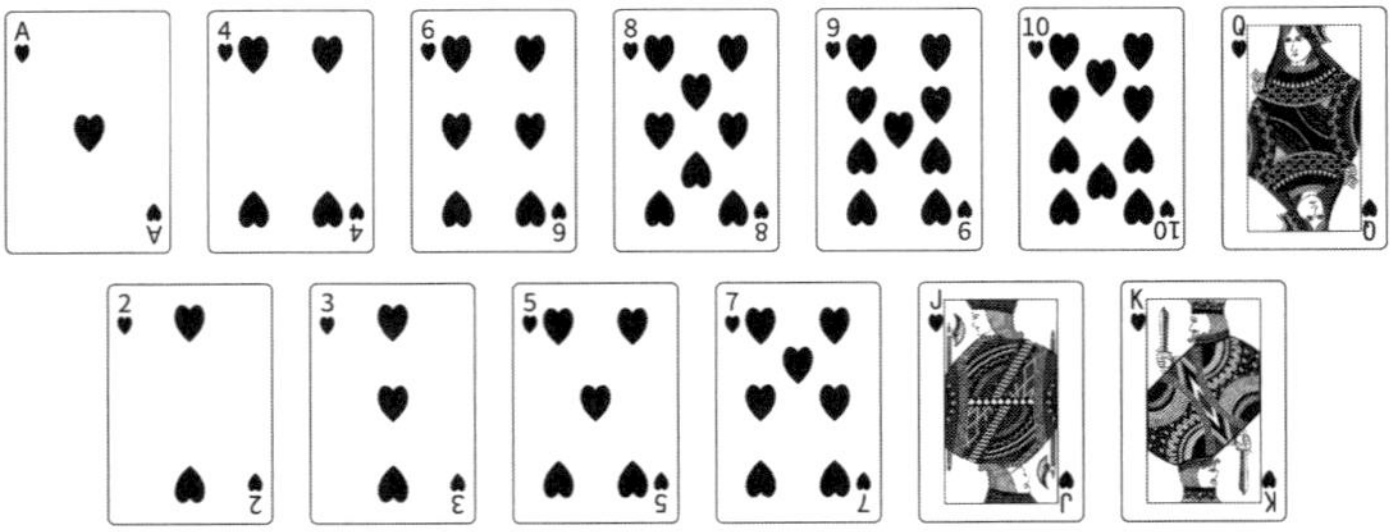

絵空はうなずいた。

『素数ね』

——素数。

2以上の自然数で、1とその数以外では割りきることのできない数。

「あ、そうか!」

佐分利会長が、部室に残されていたノートを一枚ちぎり、素早く図を描いた。


「こうだ。並びはただの数列。ただし素数が下段、非素数が上段。中学レベルの知識さえありゃ楽に覚えられる」

「上段七枚に4と9を含む数列か……たしかに射守矢側の情報で看破可能やな」

言われてみればごくごく単純な法則だった。真兎の〈ハートの間〉でのめくり方とも整合性が取れる。絵空も上段から6・8・9をめくったことで見当をつけたのだろう。

『では、二回戦に移ります』

塗辺くんの声と同時に、チャット欄に新たなコメントが投げられた。それを見て、私はあせりを取り戻した。

〈一回戦終了
射守矢真兎　２５３枚
雨季田絵空　３６６枚〉

真兎は初戦から五十枚のSチップを失った。

絵空とは、すでに百枚以上の差が開いている。


私は必死に鼓動を押し殺していた。心臓が破裂しそうだった。

〝温存〟を絵空に見抜かれた。それだけなら、まだいい。

問題は、あの一言……。あれが発された瞬間、全身を恐怖が包んだ。絵空は強い。勝つためには、たくさんのリスクを冒す必要がある。それはわかっている。わかっているけれど、

――こわいな。

虚空へ一歩踏み出す、どころじゃない。

足場は何メートルも先で霧に呑まれているみたいだった。ゾンビに追いかけられるくらいの勢いで助走をつけても、届くかどうか自信がない。

恐怖の正体は、拭いがたい疑念だった。

一回戦——私が〝温存〟に仕込んだ真の意図まで、絵空に読まれているのでは？

5

先ほどと同じ工程を経て、塗辺くんが配付《ディール》を終える。

モニターの中、午後の柔らかな陽が差すホールで、二人の少女が手札を確認する。

一回戦で真兎が負けたことで先攻・後攻は入れ替わっている。今回は絵空・真兎の順で、カード破棄が行われた。

『二枚』

『三枚』

『では、〈交換《チエンジ》タイム〉に移ります。先攻の雨季田さんからどうぞ』

絵空は手元に残した一枚をパーカーのポケットにしまい、東廊下へ向かう。真兎は椅子の向きを変え、その背中を注視する。

画面横のチャット欄に、塗辺くんから内訳が届いた。

〈射守矢　♣K　◇5　◇8　↓　all trash
雨季田　♣J　♡6　♡7　↓　♡6　♡7 trash〉

「絵空、ストフラの材料を捨ててる……」

「8ハイのストフラ程度じゃもう勝てねーって判断だろ」と、佐分利会長。「お互い法則は見抜いた。こっから先は強カードの取り合いだ」

「♣Jを残したってことは、クラブのKハイストフラを狙ってるってことですかね？」

「それしかねーだろうな。だが……」

メイン画面が〈クラブの間〉に切り替わる。絵空が入室したのだ。彼女はすぐ机に向かい、伏せられているカードを眺めた。


上段五枚、下段四枚。

絵空は上段へ手を伸ばし、右端の一枚をめくる。結果は、♣Q。

これで♣Kを引けば、手札に残した♣Jと合わせて、Kハイのストレートフラッシュというかなり強い役が完成する。K《13》は素数。位置する場所は、下段の右端。

しかし——

「♣Kは、射守矢が捨てている」

椚先輩の言うとおりだった。鍵《かぎ》となるカードは今回の真兎の手札に舞い込んでいて、真兎はそれを捨てていた。

つまり、いま下段の右端に伏せてあるカードは、♣7。

一回戦の〈ハートの間〉と同じ状況だ。ただし、今度

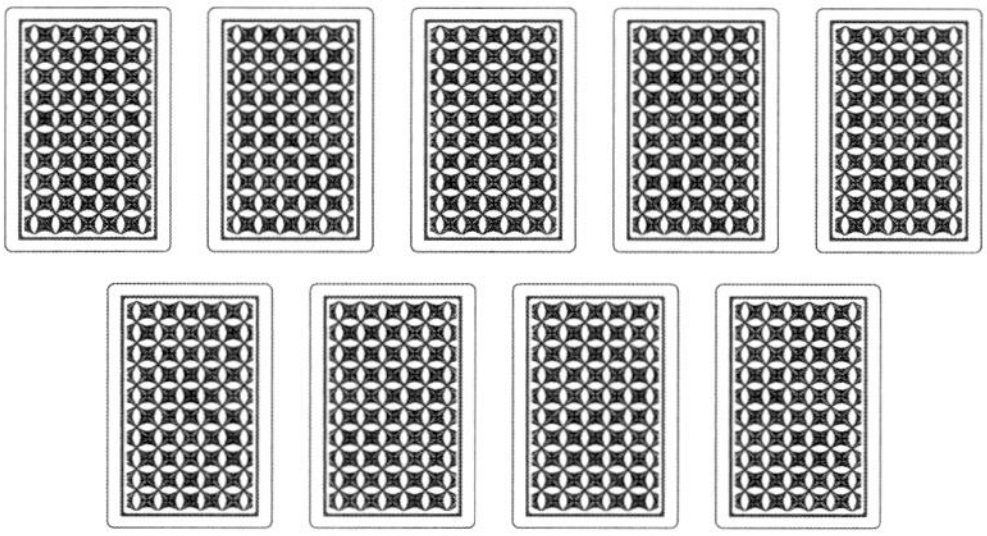

は真兎がやり返す側。

「引け引け引け」と、佐分利会長が呪文《じゅもん》のように念じる。

絵空の手がカードへと伸び、滑空するようにさまよい――

再び上段の右端をめくった。


♣10。


新妻さんを含む観客全員が、言葉を失った。

♣7の罠《わな》を回避し、♣10JQのストレートフラッシュ、完成。

「な、なんで変えたの？」私は言った。「右端が10だってわかる要素、ありました？」

「ねーだろ」会長が吐き捨てる。「勘か？」

「4と、9……」椚先輩がつぶやいた。「射守矢は〝4と9が上段七枚に含まれる〟という情報から、素数の法則を看破した……。ほかの組み合わせだったら、あてられていたと思いますか？」

会長は口をへの字に曲げ、椚先輩を見る。

「たとえば、6と10だったら。4と8だったら？　分け方が素数・非素数だと瞬時に見抜けますか？」

「…………」

「ほかの可能性を排除し素数・非素数と決め打つには、偶数・奇数の組み合わせを引く必要があると思います。上段に含まれる奇数はA《1》と9だけ。Aは非素数以外にも多くの分け方が想定でき、情報としては役に立たない……。つまり、射守矢は9を引いた、という推測が立つ」

先輩は消去法を進めていく。

「だとしたら、射守矢が引いたもう一枚は10ではありえない。9・10ではカードの並びが単純な数列であるという可能性を排除できず、非素数の区分までたどりつけないから……」

私にも、言わんとすることがわかってきた。

〈クラブの間〉に入った絵空。残っているカードは上段五枚、下段四枚。一回戦から下段の二枚が減っている。

そのうち一枚は絵空の手札に入った♣Jで確定。

もう一枚は真兎の手札。♣Kの可能性もある。

上段は減っていない。そして一回戦で消費されたカードは、10以外のはずである。

つまり♣10は、無事——

「論理的……っていえるんか？　もうわからんわ」

絵空を応援する立場の新妻さんですら、首を横に振った。

さっきの温存看破もそうだし、いま明かされた推理もそうだ。

雨季田絵空は、射守矢真兎の思考に絶大な信頼をおいている。

絵空の中ではそれを「論理」と呼ぶのかもしれないけれど、傍《はた》から見ている私たちにとっては、前衛画家の筆さばきみたいないびつなものにしか見えなかった。

神がかった回避を見せつけた絵空はそのままフレームアウトし、〈クラブの間〉で一分ほど過ごした。

続いて〈ダイヤの間〉に入室。カードには触らず、またフレームを外れる。私は先月入ったときの科学部室の様子を思い出した。スチール机の上にニュートン振り子やアルコールランプやホルマリン漬け標本が並んでいて、部室というよりは本校舎からあふれたものを置いておくための倉庫といった雰囲気だった。人体模型くんも一体いて真兎がツーショットを撮っていたっけ。あの日の片付けはろくに進まなかったので、ほとんどの備品はまだ放置されているはずだ。

三分後、絵空はホールに戻ってきた。パーカーの両ポケットに手をつっこんだまま、座る。

入れ替わりで、後攻の真兎が動きだす。


真兎はまた五分ギリギリまで粘り、〈スペード〉〈ダイヤ〉〈クラブ〉の順で三部屋に入室し、戻ってきた。最後に入った〈クラブの間〉で、二分以上の時間を使った。

席に着いた真兎の鼻息は荒い。表情もたくましくて、まさに勝負師という感じ。わたしのポケットに入っている手札は、♣Qハイのストレートフラッシュ。

真兎の役は？

〈ハートの間〉には入ってないので、温存カードは未使用。でも、わたしより強い役を作った可能性は大いにある。〈ダイヤの間〉〈スペードの間〉にはまだQ、K、Aが残っているはずだから。

「では、〈賭け《ベット》〉を開始します。雨季田さんからどうぞ」

最強役《ロイヤルストレート》？　それともストフラ？

わたしの読みでは、どちらでもない。

「入室の順番が、変ね」あえて思考を声に出す。「普通なら、わたしが入った〈クラブ〉と〈ダイヤ〉を先に確認したくならない？　そうすれば、先攻が引いたカードを推測してから役を作れる。でも真兎は、廊下の奥から〈スペード〉〈ダイヤ〉〈クラブ〉の順で入った。まるで最初から引くカードを決めてて、移動の効率重視で動いたみたい」

「スペードのロイヤルストレートフラッシュを作ったなら、絵空の役がなんだろうが関係ないでしょ」

「そうね。最強スートで最強役を作ったように、見える。……見えすぎる」

わたしはSチップの山を切り崩し、

「四十」

最低額を提示した。

「レイズ。五十」

真兎がすぐさま、十枚を上乗せしてくる。表情からも声色からも、読み取れるものは何もない。チップを持つ手も震えていない。

けれどわたしには、その裏に潜む緊張が見えていた。

真兎のことならなんでもわかる。

真兎は、わたしのお気に入りだから。

「……コール」

わたしは勝負を宣言する。手札開示《ショーダウン》。二人の手札が、初めてまともにぶつかり合った。

わたしの手札――♣10、♣J、♣Q。

対する真兎は――♣A、◇A、♠A。

「ストレートフラッシュ、対、スリーカード。二回戦も雨季田さんの勝利です」

真兎は澄まし顔をとたんに歪《ゆが》め、チップをこちら側に流した。

「真兎、ポーカー下手ね」

「初めてなんだってば……。どうして勝てるって思ったの」

「さっき温存したカード。♡Qと♡Kを切り札に使うなら、事前にロイヤルストレートフラッシュをつぶしておく必要がある」

どうすればつぶせるか？　その材料となるAのカードを、各スートから消してしまえばいい。♡Aはすでにわたしが破棄済みなので、ほかの三部屋を回りスリーカードを作る、ということになる。

「二戦目はまだベット上限も低いし、それを仕掛けてくるんじゃないかって思った。巣藤さんから、公園でした勝負について教えてもらったの。真兎は最後に勝敗をひっくり返す。あとは全部、仕込みに使う……そういう戦い方をする」

微笑みかけると、真兎は照れたように眉を寄せ、逃げるように視線をそらした。視線は減ってしまったチップをなぞり、塗辺くんのタブレットをなぞり……ドアの片隅へと流れつく。

何を見て、何を考えているのか。わたしには全部わかっている。

＊

画面の中で絵空へと渡るチップの山を、私たちは陰鬱《いんうつ》に眺めていた。

「これで、二連敗……」

フラッシュ以上が大前提のこのゲームで、真兎が作った役はAのスリーカードだった。その意図は絵空の口から説明されたけど、私にはその戦略の価値がわからなかった。二人の資金はすでに大差がついてしまっている。

こんな悠長なやり方で、本当に勝てるのだろうか？

「欲張りすぎだ、馬鹿」佐分利会長が言った。「レイズじゃなくフォールドするべきだった。そうすりゃ手札開示《ショーダウン》もなしだろ？　各部屋にAが残ってるって雨季田に思い込ませてたほうがハメやすい」

「……負けつつも、布石は打てています。最後には射守矢が勝つ」

「いままでは、の話やろ」揺るがない椚先輩に、新妻さんが声をかぶせた。「雨季田は、それも全部読んどる」

二回戦終了。互いのSチップは、
射守矢真兎、２０３枚。
雨季田絵空、４１６枚。

始まってから三十分弱。あっという間に2ラウンド、全体の半分が終わってしまった。そしてチップの差は、二百枚以上まで開いている。〝絵空の圧勝でプラマイゼロ〟という理想形に近づいているのに、真兎に巻き返してほしい気持ちもあり……矛盾した心がぶつかり合い、私は落ち着くことができずにいた。

「雨季田絵空は強い」

会長の口から、噛《か》みしめるようにそんな一言が漏れる。

でも、私はまだ知らなかった。絵空の本当の強さと、怖さを。私たちは晴れた空の下で、荒れ始めた波や地鳴りの音を聞いて大騒ぎしているだけの、無知な村人にすぎなかった。

災厄が直撃するのは、およそ二十分後。

波乱の三回戦が、始まる。

6

今日着てきたカーディガンは夏秋用のレーヨン生地で、防寒性はあまりない。

でも私は、服の内側が汗ばむのを感じていた。

さっきいちごソーダを飲みほしたのに喉《のど》はもうカラカラだった。手に力を込めていないと勝手に震えだしそうだ。自分でも認めざるをえないくらい、私は緊張している。絵空との勝負を、恐れている。

三回戦からが本番だった。

ここからの一挙手一投足が勝敗に直結する。もう、ひとつも間違えられない。作戦変更も後戻りも、私には残されていない。

塗辺くんが廊下から戻ってきて、手札を配る。私はそっと端をめくる。

背筋が粟立《あわだ》った。

◇6、♡J、♠J。

「先攻、雨季田さん。何枚破棄しますか」

「三枚」

「後攻、射守矢さんは」

「……二枚」

私は♡Jを残し、ほかの二枚を捨て場に伏せた。

「〈交換《チェンジ》タイム〉に移ります。雨季田さんからどうぞ」

口笛でも吹きそうな気楽さとともに、絵空が東廊下へ向かう。

彼女が〈クラブの間〉を通り過ぎたとき、安堵《あんど》の息が漏れそうになった。第一関門はクリア。

〈クラブ〉にはもう強いカードが残ってないし、九割方スルーするだろうとは予想していたけれど……私にとって確実な賭けなんてものは、この先ひとつもないのだった。足場ははるか彼方《かなた》にかすみ、その下には虚空どころか針の山が広がっている。

――頼んだよ。

つばを飲みながら、祈る。

私の友達が、私の期待に応えてくれることを。

*

「いいんじゃないですか、これ」

チャット欄の内訳を見ながら、私は興奮気味に言う。

〈射守矢　◇6　♡J　♠J　↓　◇6　♠J　trash
雨季田　♣8　◇Q　♠2　↓　all trash〉

真兎の手札に♡Jが舞い込んだ。

温存している二枚と合わせれば、♡JQKのストレートフラッシュを確実に作ることができる。後半戦になってようやく〝温存〟の強みがわかり始めた。各部屋のカードには少しずつ〝穴〟があき、連続した数字を選ぶのは難しくなってきている。観戦席の私たちから見てもそうなんだから、プレイヤー視点だとなおさらわからないだろう。

いまは絵空の〈交換《チェンジ》タイム〉。廊下を歩いていった彼女は、まず〈ハートの間〉へ入った。すりガラスを回り込み、伏せられたカードを確認する。

上段三枚、下段三枚。

開始時に比べ、卓上のカードはかなり減っている。

「この部屋はスルーやな」新妻さんが言った。「もう、まともな役作れんやろ」

画面内の絵空は腰に片手をあて、自販機で飲みものでも選ぶように、唇を尖《とが》らせてから――

上段三枚を、一気にめくった。


♡8、♡9、♡10。


「ストレートフラッシュ!?」佐分利会長が叫んだ。「なんであてられた!?」

答えられる者はいなかった。絵空には熟考する素振りすらなかったのだ。超能力としか思えない引きの強さ。

「な、なんか、最初からカードが見えてたみたいな……」

「……見えていたのかもしれない」

椚先輩がペンを取り、先ほど会長が描いた図にバツ印を足していく。

「いままではぶかれたハートのカードをまとめてみよう。まず、一回戦で雨季田が破棄した♡A。射守矢が一回戦でめくった三枚、♡4、♡Q、♡K。次に、二回戦で雨季田が破棄した♡6と♡7。雨季田視点ですでに使用されたカードを削っていくと……こうなる」

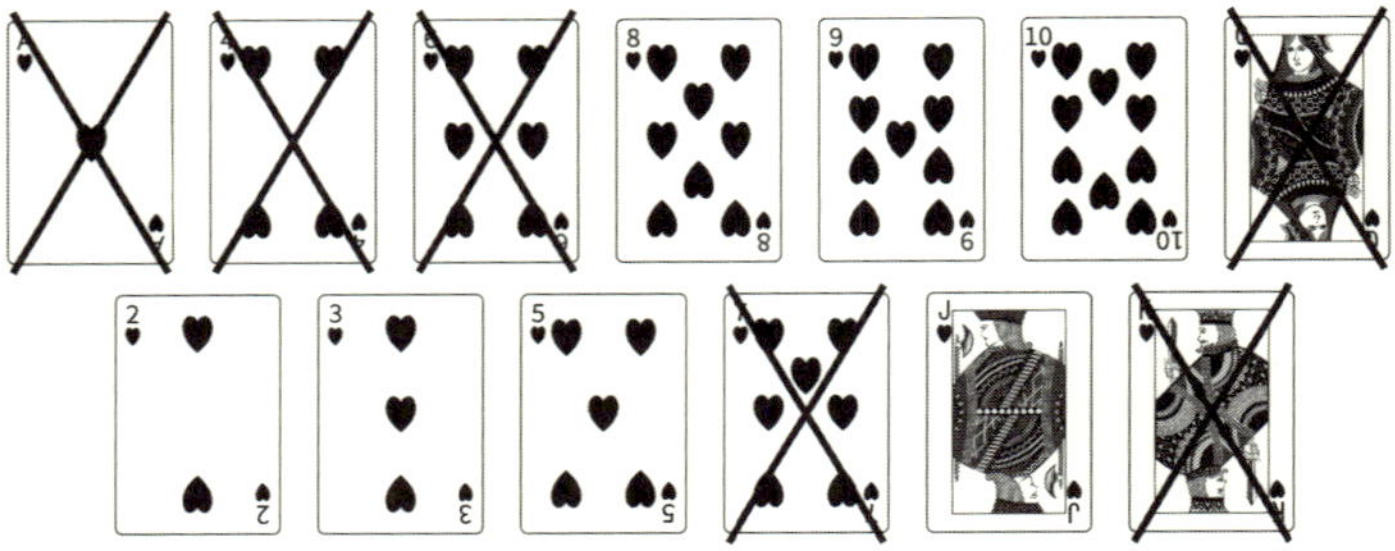

「〈ハートの間〉の上段に三枚のカードが残っていたなら、その内訳は絶対に8・9・10ということになる」

「一瞬で記憶と照らし合わせたっちゅうことか？　お、覚えとけるもんなんか？」

先ほど絵空の実力をほめていた新妻さんですら、顔が青ざめている。

二回戦から二連続の、神がかり的なストフラ作成。でも絵空にとっては〝堅実〟を地で行っただけなのかもしれない。危険は冒さず、論理にしたがい、確実に位置が見えているカードだけで役を作る。

椚先輩がペンを置き、「だが」と続ける。

「射守矢はこのラウンドでKハイのストフラを作るはず。雨季田の10ハイでは勝てない」

画面の向こうの絵空に、その予言は聞こえていない。彼女は三枚のカードをポケットにしまい、フレーム外に消える。一分ほど経ってから退室し、〈ダイヤの間〉へ移動。そこでもフレーム外に消え、三分ほど過ごしてから彼女はホールに戻った。

三枚交換を宣言したのに、入ったのは二部屋だけだった。

『ジャスト五分です。続いて射守矢さん、どうぞ』

真兎が席を立ち、塗辺くんがカウントを始める。廊下を目指すその歩調はいままでよりも速い。小走りといってよかった。

すべては時間との勝負だ。

「桝、どう思う？　うまくいくと思うか」

「五分五分でしょうね。ただ――」

各部屋のカメラを把握している私たちには、すでに真兎のやりたいことがわかっている。

二回戦で〈クラブの間〉に入ったとき、真兎は室内にある仕掛けをしていた。

それは――

「射守矢らしい、馬鹿げた手だと思いますよ」


廊下に入るとすぐ、私は〈クラブの間〉のドアを開けた。

大股《おおまた》で入室するフリをしながら、ドアのすぐ前に移動させておいたキャスターつきのオフィスチェアに片足を載せる。続けて、もう片足。即座に壁に右手をあて、転ばないようバランスを保った。シートの上に両膝《りょうひざ》で立ち、背もたれをぎゅっと抱きしめるような姿勢になる。すりガラスから顔を出して、壁のスマホを一瞥《いちべつ》。監視しているであろう塗辺くんにアイコンタクト。

ルール違反、じゃないよね？

私は壁を手で伝いつつ、キャスターで床を滑り始めた。

大きな音が立たないよう、慎重に。かつ、タイムロスを最小限に。

目指すはドアの向かい側——部室のサッシ窓だ。

一回戦で入室したときから、この部屋のオフィスチェアには目をつけていた。いくつかの備品をずらせばドアから窓まで直線ルートを開拓できることもわかっていた。二回戦後攻で〈クラブの間〉に入室した際、私は部屋の奥からオフィスチェアを運んできて、ドアのすぐ前に置いておいた。ついでに少し、乗りこなす練習もした。

入室の定義は〝体の一部が床に触れること〟。

椅子に乗って移動すれば、ドアから窓へと部屋を横切っても〝入室〟したことにはならない。

四つのキャスターは予想以上に不安定で、一回転ごとにキイキイと軋《きし》む。方向のコントロールも難しい。壁や棚のわずかな出っ張りを必死につかみながら進む。もともと私の身体能力は高くない。この勝負を乗りきれたら絵空の助言どおり筋トレしようと思った。

一分ほどかけて、六メートルを渡った。

窓を開け、椅子から外へ身を乗り出す。ローファーが地面を踏んだ。

ふう、と一息ついてから左側を見る。敷地のフェンスと部室棟に挟まれた裏庭っぽいスペース。手前から奥へかけて、科学部・写真部・奇術部の三部屋の窓が並んでいる。

目指す部屋は、もう決めている。一回戦でカードの〝温存〟を選んだ時点からこのプランを練っていた。先ほど入室したついでに窓の鍵が壊れてることも確認済み。

あとは、いくつかの賭けに縋《すが》るだけ。

汗ばむ手を握り、私は歩きだす。

*

ひとまず、移動はうまくいったようだ。

真兎はオフィスチェアに乗ったまま画角から消えた。あとの動きは私たちにも追えない。ただ成功するよう祈るだけだ。

このゲームの鍵は、相手をどう勝負に乗せるか。開始前に私はそう予想した。

真兎はいま、それを実行しているのだと思う。

狙いは入室履歴の偽装。窓から外に出たことで、真兎は廊下を歩くことなく――つまり絵空に認識されることなく、各部屋に出入りすることが可能となった。

たとえば窓から〈ハートの間〉に入り、♡JQKのストレートフラッシュを作成。その後窓から〈クラブの間〉に戻り、今度は普通に床を歩いて、ドアから廊下に出たとする。実際の入室は〈ハート〉〈クラブ〉の順になるけど、絵空視点だと真兎は〈クラブ〉に長時間いたようにしか見えない。したがって真兎の役が♡JQKだとは、絶対に予測できない。

方法自体は椚先輩の言うとおり、子どもだまし。けれど、情報量がものを言う《四部屋《フォールーム》ポーカー》においては効果的なイカサマともいえた。

〈クラブの間〉には7以下のカードしか残っていないので、真兎の役がクラブだと絵空に錯覚させられれば、絵空は勝ちを確信する。そこを真兎の実際の役――Kハイストフラで、刺し返す。

ホールの塗辺くんは真兎の行動を〝ルール範囲内〟と見なしたらしく、じっと黙っている。絵空も異変に気づいている様子はない。

「いけそうですね」

私の言葉に、椚先輩が「ああ」と返す。新妻さんは仏頂面で貧乏ゆすりを始める。

真兎の〈交換《チェンジ》タイム〉開始から二分が経過したとき、

「……おい」佐分利会長が言った。「何か、変じゃねーか？」

何が？　と尋ねるより先に、会長はノートパソコンに飛びついた。タッチパッドを操作し、〈ダイヤの間〉の映像を全画面表示に切り替える。

画面全体に、白いもやがかかっていた。

もやは少しずつ濃くなって、部屋の輪郭を隠していく。映像のトラブルだろうか？

いや。

これは――もしかして――

「……火事っ！」

叫ぶと同時に、私は部屋を飛び出していた。

先輩たちの足音も後ろに続く。私はホールに戻り、塗辺くんと絵空の横を走り抜け、東廊下へ駆け込んだ。〈◇〉の貼り紙がされた科学部室のドアを開ける。

充満しつつあった煙がこちらへ押し寄せ、目と鼻を刺激した。火元はどうやら窓際だった。スチール机の上で何かが盛大に燃えている。火の粉の舞い方が不吉だった。いまにもほかの場所に燃え移って、本格的な火事になりそうだ。

ガラッ！　ドアの真正面で窓が開く。外にいた真兎が、大慌てで部屋に入ってくる。私と目が合う。

「鉱田ちゃん、消火器！」

しょうかき——あ、そうだ。たしか廊下に。

踵《きびす》を返し、部屋を出る。ドア前に先輩たちや塗辺くんが追いついていたので、「どいて！」と乱暴に叫んだ。柱の脇にあった消火器をひっつかむ。四キロくらいあるはずなのに重さはまったく感じなかった。部屋にとって返し、真兎に渡す。友人も普段の気だるさをかなぐり捨て、消防士顔負けの素早さで動いた。安全ピンを抜き、ホースを外して構え、スチール机に向かって消火剤を噴射する。

粉末式の消火器だった。なんとか酸アンモニウムとか？　成分はよく知らないけどとにかく火を消すことに特化した白い粉が、吹雪のように派手に散る。炎と真兎が、丸ごと白煙に包まれる。炎は噴射に煽《あお》られて一瞬大きくなったかと思うと、叱られた子どものようにすぐに身を縮ませていった。完全に見えなくなっても真兎は噴射をやめず、じりじりとスチール机に近づいた。粉末式消火器での消火は再燃の危険があるので油断してはいけない。小学校の防災訓練で教わったことを思い出した。

窓際が消火剤まみれになったころ、ようやく火は消えた。

真兎はぜいぜい喘《あえ》ぎながら、床に座り込む。私も力が抜けてしまう。火事を消し止めたのなんて、十六年と二ヵ月の人生で初めてだった。

「あ、あせったぁ。なんで急に、こんな……」

「収斂《しゅうれん》火災だ」真兎がなじみのない言葉を発した。「アルコールランプの燃料に浸したハンカチをスチール机に敷いておく。山岳部室から持ってきたチャークロスをその上に置いて着火剤にする。最後に、写真部から持ってきた凸レンズを、チャークロスに焦点を結ぶような角度で窓に貼りつけておく。窓は南向きだし、今日は雲がなくて日差しも強い。ほっとけば一～二分で小火《ぼや》を起こせる」

「……なにそれ」

まるで、誰かが仕掛けたような言い方。

けれど真兎が指さした先を見て、私の顔から苦笑が消えた。窓にはたしかに、セロハンテープで五百円玉大のレンズが貼りつけられていた。机上でプスプスとくすぶる炭の塊も、ハンカチらしき形に見える。

――いったい、誰が。

考えるまでもなかった。

真兎の前にこの部屋に入った人間は、ひとりしかいない。

ふらふらと、廊下に出る。集まった人たちの中にその姿を捜したけれど、いなかった。私はホールのほうを見る。

雨季田絵空はまったく動じず、くつろいだ様子で、自分の席に座っている。〈交換《チェンジ》タイム〉のルールに完璧に沿うかのように。

「絵空……あんたまさか」

私は詰め寄ろうとしたのだけど、

「射守矢さん」塗辺くんの声によって、気がそれた。「あと十秒です」

最初はどういう意味かわからなかった。先輩たちも真兎自身も、ぽかんとして塗辺くんを見た。

「五、四……」

真兎の顔がさっと青ざめた。立ち上がり、〈ダイヤの間〉のカード置き場へと走る。

でも、伸ばした手がカードに届くより先に、

「射守矢さん、〈交換タイム〉終了です。ホールに戻ってください」

審判はどこまでも無慈悲に告げた。

半笑いの佐分利会長が、ユニフォームの袖をつかむ。

「ま、待てよおい。緊急事態だったろ。時計止めるだろ、普通」

「鉱田さんたちの介入は不問とします。みなさんもすみやかに服飾部室へ戻ってください。ゲームを続行します」

「マジで言ってんのか、おまえ――」

「六千万円賭けた勝負でしょう」かぶせるように、塗辺くんは言った。「僕も、射守矢さんも、雨季田さんも、マジですよ」

《四部屋《フォールーム》ポーカー》三回戦。

真兎は絵空を騙《だま》すために、窓からの〈入室〉というトリッキーな手を仕掛けた。

けれど絵空は、さらに予想外の妨害を仕掛けていた。

ホールから動くことなく真兎の役作成を阻む方法。

それは、真兎を事故に対処させ、五分という制限時間を物理的に奪うこと――

「塗辺くん、ひとつ教えて」真兎が廊下に出てくる。うなだれた顔は前髪で隠されている。「いまの〈交換《チェンジ》タイム〉中、何かルール違反はあった？」

「ありませんでした」

「……そっか。じゃあ、戻ろう」

「真兎――」

「鉱田ちゃん、駆けつけてくれてありがとう」真兎の声はかすれて、何かをあきらめたようだった。「鉱田ちゃんのおかげで、〈ダイヤの間〉から出ずに消火器を取れた。私が出入りしてたら、〝再入室不可〟のルール違反で負けるとこだったかも」

反論する気力も失《う》せた。

ゲームがどうとか、ルールがどうとか。なんの意味があるんだろう。負けても何も失わないのに、そこまでする意味が、どこに。

奥歯を食いしばる。小火のショックといらだちと理解できなさと疎外感と、レンズで集めた光みたいに感情が一挙に押し寄せた。光は私の心臓を焦がして、とうとう燃え上がった。

「……勝手にしなよ、もう」

吐き捨て、真兎に背を向ける。

いまさらのように、消火器を持ち上げた腕がにぶく痛み始めていた。

「この小火、内密にはできねーよな」

「無理でしょうね」

「椚が花火で遊んだってことにするか」

「もっとマシな言い訳を作ってください」

生徒会役員のやりとりを聞きつつ、服飾部室に戻った。

〈ダイヤの間〉が全画面表示のままになっていたので、解除する。ホールでは、椅子に座った真兎に絵空が笑いかけていた。

『騒がしかったわね』

『ちょっと小火があってさ』

『あら大変』

『先攻で〈ダイヤの間〉に入ったとき、あれを仕掛けといたわけ？』

『〈交換《チエンジ》タイム〉内の行動は自由。そういうルールでしょ？』

『いつから考えてたの』

『ルール説明の途中。〝消防法とかの関係で取り壊し予定〟。待ち時間に、会長さんがそう言ってたわよね。天井を見たら、たしかにスプリンクラーも火災報知器もついてなかった。一、二回戦で手ごろな道具も集められたし、いけるかなって』

私は思い出す。〈スペードの間〉でのルール説明時、たしかに絵空は天井を見ていた。蛍光灯以外は何もない天井を。それに二〜三回戦でも、各部屋で妙に長く過ごす時間があった。収斂火災を起こすための道具を集めていたのか。

『一応言っとくと、放火だよこれ。うちの学校燃やす気？』

『廊下には消火器あったし、真兎が気づいて消すと思ったから。実際そうなったじゃない？予想より火のつきが遅かったみたいで、ちょっとハラハラしたけど』

それに——と、絵空は言葉を続ける。

『万が一燃えちゃっても、そんなに問題かしら。無人の部室棟だし、取り壊し予定なんでしょ、ここ？』

私たちは唖然《あぜん》とし、画面の中の、パーカー姿の小柄な少女を見つめた。いまの言動は本当に彼女の口から出たのか、と疑うように。

新妻さんがカチューシャでまとめた頭をかく。

「射守矢のほうが部室棟に詳しい分、有利やと思っとったが……逆やったな。地の利は雨季田のほうにあった。他校の取り壊し予定の部室棟、雨季田ならなんの思い入れもあらへん、躊躇なく燃やせる」

『納得いかない』画面の中で真兎が言う。『廊下からだと、スートの貼り紙が邪魔して部屋の中は見えない。どうやって私に火事を気づかせるつもりだったの』

『窓の外から見れば、絶対に気づくじゃない？』

私の横で、椚先輩が口を開けた。

オフィスチェアを使った移動——絵空は、予想していた。

真兎が外ルートを利用することも、知っていたのだ。

知っていながら、あえてそれを妨害工作に組み込んだ。

『〈賭け《ベット》〉に移ります。先攻の雨季田さんから提示を』

塗辺くんがゲームを進める。茶番だった。真兎はカードを引くことすらできなかったのだ。手札は一枚きり、一回戦と同じく不成立。絵空の負けはありえない。

だから提示額も、決まっている。

『二百枚』

「……フォールド」

絵空の提示に続き、私も即座に答える。

選択肢はそれしかなかった。

絵空は予定調和のようにうなずき、パーカーから出した手札を捨て場に伏せる。私もカーディガンから♡Jを出し、上に重ねるように伏せた。カードはすぐに塗辺くんに回収され、デッキ箱の中へ消えた。せっかく引きあてた好カードは、日の目を見ることなくゲームからはぶかれた。

Sチップが移動する。絵空の提示額の半額にあたる百枚が、私の手元から奪われる。

三回戦終了。互いのSチップは、
射守矢真兎、103枚。
雨季田絵空、516枚。

鉱田ちゃんや先輩たちは、画面の向こうで頭を抱えているのかもしれない。

私はうつむきつつも、意外だとは思っていなかった。絵空の戦略はよく知っている。絵空は常にこうやって戦う。

あのときだって、そうだった。

7

中学三年の冬。

二学期の、期末試験。

ホームルーム五分前に登校すると、教室は静かに帯電していた。いつものテストならクラスメイトたちは、ビュッフェでよそいすぎた料理を片付けるような惰性まじりの顔でノートを見返している。けれど今朝の彼らは、慣れない高級フレンチに座らされているような雰囲気だった。入試が近いだけあるな、とそのときの私は考えた。

特にピリつきが顕著なのは、推薦入試を狙っている子たちだ。

推薦の合否は一〜二月にかけて発表されるため、この試験の成績が出た時点で内申点が決定する。直近の学力考査である二学期末試験を最重要視する高校もあり、推薦組にとっては今日からの数日間こそが入試と同義なのだった。

私の隣席でも、竹宮《たけみや》さんという女の子が参考書にかじりついていた。ほかの友人が挨拶《あいさつ》しにきても、「いま集中してるから」とはねのけてしまう。

「あ、ごめん。そっか、ミヤは菱川《ひしかわ》狙いだもんね」

鉱田ちゃんが所属する部の部長さんなので、竹宮さんのことなら私も少し知っている。菱川志望という話は有名だった。スポーツ・芸術に力を入れていて、日本でも数少ないダンス専科がある鎌倉《かまくら》の高校。推薦に通れば寮や学費の支援もついてくるらしい。南樹中のダンス部は公立の中ではわりと強いので推薦枠をもらっているけど、ひとり分だし、毎年合格者が出るとは限らない。

「でも、こないだ実技試験やって手ごたえあったって言ってなかった？」

「まだ油断できんよライバルもいるし」集中してると言ったわりに竹宮さんはおしゃべりをやめない。「英語が上位三位以内だと選考で加点されるんだって。一位取るくらい気合い入れなきゃ」

「ミヤの英語って二十位くらいじゃ」

「だからいまがんばってんのー」

一位、と聞いて、こないだのミスドでの会話を思い出した。

絵空の席に近づく。窓際に座った絵空はノートもスマホも開いておらず、落ち葉の香りを楽しむように、のんびりと外を眺めていた。

「余裕そうだね」

「そう見えるなら、嬉しい。この世で一番大切なものを持ってる、ってことだから」

「テストで一位取るとかって、言ってなかったっけ」

「取るわよ」

くまひとつない晴れやかな顔で、絵空は答える。

自信があるとかそういう次元じゃなく、確定した未来を予言している——そんな言い方に聞こえた。カンニング、という言葉が脳裏をよぎる。盗み見で好成績を取って星越に受かる気なのだろうか？　くだらないことばかり考えている私から見ても、あまりにもお粗末な発想だった。不確実だし、リスクも大きい。落胆に似た気持ちが私を襲った。

水槽に投げ込まれたガラス瓶。

それは、私の思い過ごしだったのかもしれない。

ミステリアスな絵空の正体は、クラゲのように水中をたゆたうだけの、ほわほわした不思議ちゃんだったのかもしれない。

「まあ、がんばって」

絵空の席を離れる。私は近所にある頬白高の一般入試を受ける予定で、たぶん問題なく通るので、試験は正直どうでもいい。ジャングルジム・クルーズ感覚でぶらぶらと教室を回る。

教室の端には、鉱田ちゃんが座っていた。眉間にしわをよせ、両耳にイヤホンをつけ、充血した目でリスニングアプリをにらみつけている。

私は話しかけずに、自分の席へ戻った。

一週間後。期末試験の結果が返ってきた。

南樹中では、大々的な順位発表とか点数の読み上げはしない。生徒ごとに、各教科の点数と平均点がまとめられたプリントが配られるだけだ。買い物レシートみたいな細長い紙きれが生徒たちの運命を決めるというのは、なんだか不思議な気もする。

名前を呼ばれ、その紙きれを受け取った瞬間、私は立ち尽くした。

自分の点数はいままでと大差ない。いつもどおりだ。

ただ。

主要五科目の平均点が、著しく低かった。

教師からもお小言があった。「どの教科も平均点がぐっと落ちて、残念だった」「問題のレベルは変えてないはずなんだけどなあ。もっと受験に向けて、緊張感をもってほしいな」

問題のレベルは、変えてない――

私は絵空のしたことを悟った。

放課後のチャイムが鳴り、ホームルームが終わる。地味なスクールバッグを提げて教室を出ていく背中を、私は追いかけた。昇降口の外にある楓《かえで》の木の下で、彼女に声をかけた。

「絵空」

つやのある黒髪をなびかせて、少女が振り向く。私はかけるべき言葉を探す。

「テスト、どうだった」

「すごくよかった。たぶん一位だと思う」

ほがらかで、なんの悪意も匂わせない笑顔だった。下校する生徒たちは私たちなど目もくれず、しゃべったりあくびを漏らしたりしながら横を通り過ぎていく。

「……テストで、確実に一位になれる方法を思いついた」

「なにかしら。カンニング？」

「そう。でも、カンニングするのは自分自身じゃない」

一歩、絵空に近づく。木の枝が作る日陰の下に私も踏み入る。

「成績上位者に偽の問題を流すんだ。これが次のテストで使われる、って偽装して。進路のかかった大事なテストだから、みんな食いつく。平均点がぐっと落ちて、その地雷を踏まなかった者だけが成績上位者になる」

工作者は当日普通にテストを受け、普通の点を取るだけでいい。

ライバルたちの点数が下がるのだから、相対的に一位をかっさらえる。テスト後ハメられたことに気づいても、カンニングをするつもりでしたと名乗り出せる生徒はいないだろう。

人は誰しも、個々の生き方や環境に最適化した戦略を持っている。日常の中の些細《ささい》な出来事も突き詰めれば極小の生存競争で、みんな無意識のうちに戦略をぶつけ合っている。修学旅行の班分けも、親に小遣いをねだるときの会話も、恋愛も、受験も、ダンスコンテストの準決勝も。そこにフェアネスを判定する神様はいないし、私も極論、世の中はなんでもありだと思っている。けれど思っているのと実行に移すのとでは、天と地ほどの差がある。

「なんで、こんなこと……。絵空はもともと成績いいじゃん。不正なんてしなくても一位とれるでしょ。それに、テスト一位程度じゃ星越には……」

「ジェフ・マー」

奇妙な言葉が割り込んだため、私は「え？」と返した。

「知らない？　ラスベガスのカジノでイカサマをして、大金を稼いだ大学生。卒業後、彼はその実績をプレゼンして奨学金の面接に受かろうとするの。映画で見ただけだから、脚色かもしれないけど。でも、これならわたしにもできそうかなって思って」

絵空のローファーの下で、落ち葉が乾いた音を立てる。

「学年全体のテスト結果を操った、っていう〝実績〟を話したら、星越の面接ではウケがいいと思わない？」

雨季田絵空という女の生存戦略が、初めて見えた。

彼女はそれを巧みに隠していたわけじゃなかった。ただ、見せていなかっただけ。私の尺度で見えていなかっただけだった。

水槽に投げ込まれたガラス瓶。

瓶の中身は、透明な毒だ。

そして雨季田絵空は、水を汚し魚たちを殺すことに、なんの躊躇も持っていなかった。


私は結局、何も言えなかった。

絵空にお説教しても無駄だとわかっていたし、教師への告発にも踏み切れなかった。そもそも実際に絵空がやったという証拠もないのだ。それに正直なところ、埒外《らちがい》の方法で目標を達成した絵空に感服するような気持ちも、少しだけあった。

年が明けると推薦を狙っていたクラスメイトたちの嘆きがちらほらと聞こえてきて、私は後ろめたさを覚えながらもイヤホンで耳をふさいだ。このことは私と絵空だけが知る秘密として、胸の奥に閉じ込めた。

けれど。

罰はそのあとに待ち受けていた。

8

わたしの視界には、都市が築かれている。

左右に並ぶ黄色い塔の街は、数十枚ごとに積み上げられた五一六枚のSチップ。最初は机の片側だけに並べていたけど、増えすぎたので両側を使っている。十五分後にはもう百枚が追加され、都市はさらに拡大しているだろう。六千万円はわたしにとっても未知の大金で、わくわくする。

お金儲《もう》けが好きなわけではない。

けれど、ゆとりを得るためにはお金が必要なのだ。

シングルマザーの母からわたしはそれを学んだ。小学二年生の雨の日、新品の傘をさして下校していると、道の先にパートから帰宅する母が見えた。痩《や》せた背を丸めて歩く母は、テープで補修した穴だらけのビニール傘をさしていた。雨季田家の家計は普通よりも少しだけ、苦しい。その〝少し〟が大きかった。差は確実に存在するのに、無視され、取りこぼされ、努力を強いられる。わたしは高校卒業までに相応の努力をし、その差を埋めるつもりでいた。ここから先の人生は、母の負担を減らしわたしも楽をしなければならない。

塔に挟まれるメインストリートをなぞった先では、亜麻色の髪を伸ばしオーバーサイズのカーディガンを着たお姫様が、砂を噛んだような顔をしている。

陥落寸前、といった風情。疲れきり、うつむいて、必死に逆転の策を探している――ように、見える。真兎はこの半年で、演技がずいぶん上達した。

塗辺くんが咳払《せきばら》いする。

「四回戦を始める前に、雨季田さんに確認しておきたいのですが」

「相手の賭け金が不足した場合どうするか、よね。手持ちを超えたベットも認めます。担保は真兎にお任せする」

「公園のときと同じ担保だ」

真兎が即答した。

「いいの？」

「そっちこそ、いいの？　私、この回で逆転しちゃうよ」

言葉は大胆だけど、口ぶりは覇気がない。わたしは「楽しみ」とだけ返す。

真兎は巣藤さんと勝負した際、不足が生じたらアダルト向け配信サイトで稼ぐ、という過激な条件を出したらしい。もちろん友達にそんなことはさせたくないから、残り一〇三枚のSチップを回収した時点で手打ちにしてあげるつもりだ。どうしても払う、と真兎が言うなら、まあ、止めないけれど。

「四回戦を開始します」

塗辺くんがわたしたちから見えないよう、アプリを起動した。各部屋からカードを集めるいつもの工程が繰り返される。

配られた三枚を、手のひらで覆いつつめくる。

♣3、♣7、◇10。


面白みのない手だった。むしろ、それでいい。

「先攻の雨季田さん、何枚交換しますか」

「三枚」

最終戦は三枚交換でなければいけない。わたしの中では最初からそう決まっていた。真兎もまた「三枚」と宣言する。配られたばかりの六枚が、捨て場へと流される。

現在、使用されたカードの合計。

一回戦、十二枚（うち二枚は真兎が温存）。

二回戦、十一枚。

三回戦、九枚（真兎が二枚引きそびれたため）。

そしていま、新たに六枚が消え、計三十八枚。

五十二枚あったカードのうち、四部屋に残っているカードは――十四枚。

「〈交換《チェンジ》タイム〉に移ります。先攻の雨季田さんから……」

「あ、ちょい待って」真兎が口を挟んだ。「トイレ行ってきてもいい？　ぐしゃぐしゃだから、拭いたりしたいし」

彼女の袖や髪の毛には消火剤が飛び散っていて、たしかに見栄えがよろしくない。雨季田さん次第、というように塗辺くんがわたしをうかがう。

「いいわよ。わたしのせいだしね。戻るまで待ってる」

「では、射守矢さんが戻ってきてから再開とします」

「ありがと」

真兎は席を立ち、小走りで北廊下のほうへ消えた。

もちろん、ただお化粧を直しにいったわけじゃない。

わたしには裏の目的がわかっている。一回戦の時点から、最終戦のこのタイミングで真兎は中座するだろうと予想していた。問題は、審判がこれをどう判断するかだ。わたしとしては、スルーしてくれると嬉しいのだけど……。

杞憂《きゆう》だった。塗辺くんはタブレットに視線を落としたまま、眉ひとつ動かさなかった。星越に編入させたいくらい素敵な人材だ。

三分ほどで真兎が戻ってくる。

「おまたせ」

「じゃあ、いいかしら?」

わたしは席を立ち、塗辺くんがカウントを始めた。背中に刺さる真兎の視線は隠しきれない緊張を帯びていて、チクチクと針でつつかれる心地だった。

東廊下に入り、まっすぐ奥へ。カードは残り少なく、わずかな差が勝負を決めうる。最強のスートであるスペードのカードを取ろうとするのは自然なことだ。

〈スペードの間〉に入室する。

まず、じっくりと室内を眺めた。窓から差す午後の光。デビッド・カッパーフィールドのポスター。残された備品の数々。破れた肘かけ椅子と、空の鳥籠《とりかご》と、不釣り合いな和風の戸棚と――

扇風機。

カード置き場に近づく。

卓上に、カードは一枚もなかった。

わたしの視点から見て、スペードのカードは何枚消費済みだろう？

まず、一回戦。わたしの初期手札に含まれていた♠10と、わたしが作成した♠６８９。真兎の初期手札に下段側の一枚が含まれていたこともわかっている。これはXとしよう。

二回戦、真兎のスリーカードに使用された♠A。

それに、三回戦のわたしの初期手札に含まれていた♠2。

残るカードは3、4、5、7、J、Q、K。このうち素数にあたる3、5、7、J、Kのどれかが X。X を引くと、残りは六枚。けれど、卓上にはゼロ枚。

残りはどこへ？

可能性があるとすれば、真兎の初期手札だ。二〜四回戦で真兎に配付された手札、九枚の中にスペード六枚が含まれていた。そして、すべてが破棄されてしまった。そういうことになる。わたしにとっては不運だけど、起こりえないことじゃない。

完全にハズレ。退出して別の部屋へ――

と、普通なら考えるだろう。

「残念」

全部、予想どおりだった。

違和感を覚えたのは、一回戦の最中だ。

ルール説明時、みんなと一緒にこの部屋に入った。わたしは部屋を一瞥し、ものの配置と特徴をひととおり頭に入れた。右側の窓のクレセント錠はネジがゆるゆるでおそらく鍵が壊れている。ポスターは左上がめくれている。空のケージは三十度ほど傾いた状態で椅子の背もたれに支えられている。扇風機のプラグはコンセントから抜けている——等々。

でも、一回戦の〈交換《チェンジ》タイム〉で再びここに入ったとき、小さな差異に気づいた。

扇風機のプラグが、コンセントにささっていたのだ。

一回戦はわたしが後攻。その間ここに入った人物は先攻の真兎だけなので、彼女がわざわざプラグをさした、ということになる。

わたしは扇風機に近づいてみた。土台部分に〈切〉〈弱〉〈中〉〈強〉〈首ふり〉と五つのボタンが並んだ古い型で、〈強〉と〈首ふり〉が押されていた。でも羽根は回っていないし、首も動いていない。

脳裏に、数分前の真兎の姿が浮かぶ。真兎はこの部屋で説明を受けているときも、ホールに戻ったあとも、ドアのそばの壁にあるものを——電気のスイッチを、じっと見ていた。

わたしは〈スペードの間〉のスイッチを二度押し、蛍光灯がつかないことを確認した。

電気のブレーカーが落とされている。ホールも部室も南の窓から日差しが入って充分明るいので見落としていたけど、考えてみれば当然だった。この部室棟は取り壊し予定で、各部活も立ち退き済みなのだから。

そしてその瞬間、真兎の戦略がわかった。

扇風機の位置はカード置き場の斜め前で、羽根の高さも机とほぼ同じ。

もしもこの状態で、電気のブレーカーを——ほんの十秒くらい——上げたら？

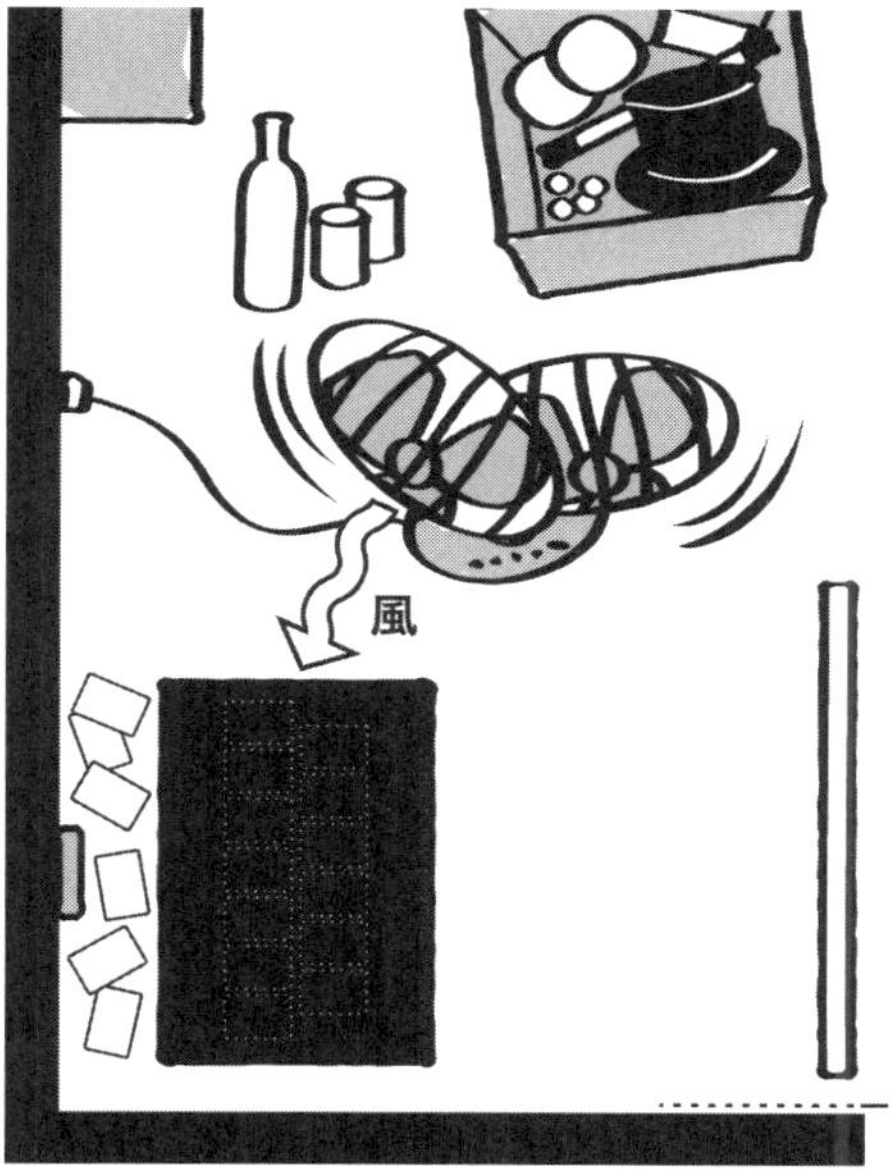

電気が通った瞬間、無人の部屋で扇風機が動きだす。扇風機はゆっくりと首を振り、強風が机の上を撫《な》でる。机にかけられている黒い布は厚いベロア地なので、風程度では動かないだろう。でも、卓上のカードは確実に吹き飛ばされる。そして、机と壁との間にできた三十センチほどの隙間に落ちてゆく。

首が一往復する時間を見はからい、もう一度ブレーカーを落とせば、扇風機は再び停止。

そのあと入室したプレイヤーが工作に気づくのは、至難の業だろう。ゲーム終盤ならカードがゼロ枚でもおかしくないし、布がかかっているせいで机の後ろ側も見えないのだ。回り込んで隙間を覗き込まない限り、落ちたカードには気づけない。

自分の〈交換《チェンジ》タイム〉中にカードをずらすのはルール違反。

でも、それ以外の時間に、遠隔操作で、〝事故〟と言い訳できるような方法でずらしたとしたら――

このトリックの狙いは二つ。

第一に、わたしに残り枚数を誤認させること。〝ゼロ枚の場合は移動可〟というルールにのっとってわたしが四部屋目に入れば、その時点で負けてしまう。

もしそれがうまくいかなくても、〝スペードの残りカードの独占〟という強みがある。カメラのアングルからカードが消えるため、めくって裏を確認するといった不正も可能。カードが残り少ない最終戦、正攻法で三つの連続した数を引きあてるのは難しい。最強スートであるスペードを独占し、ストレートフラッシュを作れれば、ほぼ勝ちが決まる。

ブレーカーの場所も真兎は事前に知っていたのだろう。まるで先ほどの火事の意趣返し。ホームで戦う真兎にしか仕掛けられない、地の利を活《い》かしたトリック。

シンプルでよく練られた、いいイカサマだと思う。

わたしは机を回り込み、壁との隙間を覗く。

「やっぱりね」

床の上に、六枚のカードが散らばっていた。

四枚が表向きで、二枚が裏向きだった。表向きのカードは♠5、♠J、♠Q、♠K。

ほかの二枚もめくって確認。♠3と♠4。

わたしは♠J、♠Q、♠Kを手に取り、パーカーのポケットにしまった。最強のスートによるKハイのストレートフラッシュ。二回戦の真兎のA回収によって、ロイヤルストレートフラッシュはすでにつぶされている。ということは、現状《四部屋ポーカー《フォールーム》》において、この♠JQKよりも強い役は存在しない。

わたしの勝利が確定した。

でも、まだやることは残っている。イカサマを看破したことを、真兎に気づかせないようにしなきゃ。

〈スペードの間〉を退出。部屋で過ごした時間は三十秒程度だった。

カードが残り少ない〈ハートの間〉に立ち寄り、一分ほど過ごす。続いて〈ダイヤの間〉。焦げ臭さが残る部屋の中で、壁に寄りかかり、一分、二分……。時間ギリギリまで待ってから、慌てたふりをしてホールへ戻った。

「間に合った?」

「四分五十秒。時間内です」

「ああ、よかった」

わたしは椅子に座る。「本当はもう一部屋入れたけど、時間が足りなくなってしまった」という顔で。真兎のあごがわずかに動き、唇を嚙むのがわかった。

第一候補は失敗。第二候補へと頭を切り替えているのだろう。

「続いて射守矢さん、どうぞ」

「うん」

真兎が席を立った。

肩からずり落ちたカーディガンを直しつつ歩き、〈スペードの間〉へと入っていく。

真兎は♠345を引き、ストレートフラッシュを作るだろう。あるいは比較的カードが残っている〈ダイヤの間〉で同等の役を作るか。〈ハートの間〉で見事♡Jを引きあて、温存カードと合わせた♡JQKを作ってくる、なんてこともありえる。

でもわたしのポケットに♠JQKがある以上、すべては徒労だ。

〈スペード〉〈ハート〉〈ダイヤ〉――わたしと同じ部屋を巡り、四分ほどで真兎は戻ってきた。

マイペースでだらしないちゃらんぽらんな風貌《ふうぼう》の中で、瞳だけが燃えているのを感じる。熱はわたしの冷静さとぶつかって対流を生み、ホールの空気がぐるぐると渦巻く。

わたしはこういうムードって、けっこう好きだ。

雨の日、自分だけが傘をさしている。そんな気分に、似ている。

「〈賭け《ベット》〉に移ります。先攻、雨季田さんからどうぞ」

「一〇三枚」

わたしは手を伸ばし、黄色い塔のいくつかを動かす。真兎の残りチップときっちり同じ額。塗辺くんが真兎のほうを向く。

「射守矢さん、どうなさいますか」

「……手持ちを超えたベットもあり、ってさっき決めたよね」

「はい」

「レイズ。千枚」

え？　と審判が頓狂《とんきょう》な声をあげ。

わたしの胸が、高揚に沸いた。

たしかに、そうだ。手持ち超過ＯＫ、四回戦は上限設定もなし――ならルール上は、この場のトータル額をはるかに超えるベットも可能。

「真兎。Ｓチップ千枚って、一億円よ。負けたら九千万の負債を抱えることになる」

「ゾンビに追いかけられてみたくなったんだよ」

さらりと答える真兎。ブラフの空回り、運否天賦《うんぷてんぷ》のやけっぱち、そんな自暴を演出しているけど、実際は違う。ポケットの中の手札でわたしを破る自信があるのだ。最終戦におけるストレートフラッシュはものすごく強い手なので、その大胆さも理解できる。

《実践向上《キャリアアップ》》をやり慣れたわたしでも、ひくつく口元を抑えられない。

私は旧友と視線をぶつけ、いつわりのない本心を告げた。

「真兎。久々に会えて、楽しかった」

「うん」

「勝負とか関係なしに、また会ってお茶しよ」

「あんまり高くないところでね」

「……コール」

友達の心臓に傘の先端を突き刺すように、宣言する。

勝負成立。手札開示《ショーダウン》。真兎はカーディガンのポケットに。わたしはパーカーのポケットに。同時に手を入れ、同時に取り出し、同時に、三枚の手札を机に広げた。

わたしの役は――♠J、♠Q、♠K。

真兎の役は――♠3、♠4、♠5。

塗辺くんが眉を上げ、真兎の口から、魂を吐き出すような長い息が漏れる。わたしのリアクションは何もなかった。予定調和の勝利だ。

「扇風機のトリックは面白かったけど、逆転の秘策にしてはいまいちだった」

「バレてたんだ」

「一回戦からわかってた」

「さすがだね」

「塗辺くんが言ってたじゃない。このゲームで勝つには、相手の思考を完璧に読む必要がある」

そういう意味では、簡単なゲームだったともいえる。

真兎のことなら、わたしはなんでもわかるのだから。

「難しいゲームだった」真兎の感想は真逆だった。「このゲームの肝は、どうやって相手を勝負に乗せるか。乗せるためには、勝ちを確信させなきゃいけない」

わたしに負けた子は、みんなこうやってブツブツ言う。聞き流しながら、真兎の残りチップへ手を伸ばす。六一九枚のSチップ。ケースに入りきらないから二つに分けないと。

塗辺くんの手が、わたしの手首をそっとつかんだ。

「……？」

怪訝《けげん》な顔のわたしと、無表情の審判が見つめ合う。彼の口が、開く。

同時に、真兎の声が聞こえた。

「大変だったよ」

「四回戦は――」

「勝てる、って絵空に思わせるのは」

「射守矢さんの勝利です」

9

「……なに言ってるの？」

わたしは失笑した。有能だと思っていたのに、最後の最後でミスジャッジとは。

「お互いスペードのストレートフラッシュで、わたしがＫハイ、真兎が５ハイよ。わたしの勝ちに決まってるじゃない」

「いいえ」

塗辺くんは真兎の手札に手を伸ばし、一枚ずつカードを裏返した。赤インクで印刷された格子風の模様。なんの変哲もないトランプ。

続いてわたしの手札へ移り、同じ動作を繰り返す。

目を疑った。


裏面が、青い。

まったく同じ模様と、デザイン。ただし、インクが青色だった。♠Ｊ、♠Ｑ、♠Ｋ、三枚すべてがそうだった。

塗辺くんはポケットにしまっていた赤い小箱を取り出す。

「ゲームにはこの1デッキのみを使用する、と最初に言ったはずです。規定外のカードが使用されたため、雨季田さんの役は不成立です」

わたしは口を開けたまま、何も応えられずにいた。

だって、こんな——こんなのは、魔法としかいいようがない。

どうして？　いつの間に？　すり替える隙はなかったはず。カードはずっと、わたしのポケットに入っていたのだから。

待って。

〈スペードの間〉で床に散ったカードを見つけたとき。Ｊ、Ｑ、Ｋの三枚は、最初から表向きだった。わたしは勝利を確信し、三枚を手に取り、ポケットにしまった。

そのとき、裏面を確認したか？

まさか。

——まさか。

わたしは真兎を見た。旧友は長旅を終えた巡礼者のように疲労と安堵をにじませ、椅子に身を預けていた。その手がおもむろに動き、カーディガンのポケットから新たな何かを取り出す。

塗辺くんが持つ箱と同じメーカー名——〈ＳＴＩＮＧ〉と書かれた、青いデッキの箱。

「……いつから……」

「最初から」

真兎は語りだす。

「デッキについて説明されたとき、塗辺くんの一言が気になったんだ。『奇術部に残っていた備品のひとつを拝借しました』。備品の、ひとつ――ってことは、部室には二つ以上デッキがあったのかも。そのもうひとつのデッキを使えば、絵空に偽のカードをつかませられるかも。そう思った」

ルール説明の最序盤だ。

カードが別の場所にあることを二人同時に言いあてるよりも、前。

「一回戦のうちにそのデッキの有無を確認する必要があった。だから一番に奇術部室に入って、捜索した。すぐ見つかったよ。戸棚の抽斗《ひきだし》に入ってた。でもそれは、青い背のデッキだった。まあしかたないよね、大抵のトランプって赤青二色のカラーバリエーションがあるから……。私はそのデッキをポケットにしまった」

一回戦。先攻の真兎はまず〈スペードの間〉に入室した。扇風機トリックの下準備のためだと思っていた。

目的はもうひとつあったのだ。四つの部室の中で、奇術部室にしか置いていないもの――二組目のトランプを探す、という目的が。

「裏面の色が違う以上、絵空をハメるには、偽カードが表向きになっている状態で手に取らせなきゃいけない。扇風機とブレーカーにはその前から目をつけてたから、合わせて利用することにした」

風に飛ばされたカードは、裏表がバラバラの状態で床に落ちる。

すべてが表向きならわたしも疑ったかもしれない。でもあの場には、裏向きのカードも二枚まじっていて、それはちゃんと赤い模様で——疑念の種は巧妙に覆い隠された。

「一回戦の手札開示《ショーダウン》では、二つのことが確認できた。まず、一方のプレイヤーの手札が不成立でも、塗辺くんは勝負を止めないことがわかった」

わたしの頭に嵐が吹く。

一回戦の真兎の役は、カード二枚を温存した一枚きりの手札だった。わたしのフォールドを見越し、大胆なブラフを張ったのだと解釈していた。

違う。真兎は実験をしていたのだ。

「もうひとつは、絵空の手札の持ち方。絵空は取ってきたカードをパーカーのポケットにしまったきり、ベット中も取り出さなかった。もし机に伏せられたりしたら、裏面の色に気づかれちゃうから、偽カード作戦は台無しだ。まあカードを集めてくるってシステム上ポケットにしまうのは普通だし、そんなに心配してなかったけど」

でもちょっとびびったよ。真兎はそう言って自分のカードを拾い、扇状に広げる。

「コール前、『手札をこんなふうに見せられる？』って聞いてきたでしょ。心臓止まるかと思った。温存だけじゃなく偽カード作戦もバレてるんじゃないか、って」

嵐が強まる。わたしだけが持っていたはずの傘は吹き飛ばされ、全身がびしょ濡れになる。

わたしは声を、絞り出した。

「……納得いかないわ」

「何が」

「だって、いつ偽カードを置いたの？　♠ＪＱＫを床に配置しただけじゃ、大きな問題があるわよね。机の上に本物の♠JQKが残っている可能性がある。もしその状態でカードを吹き飛ばしたら、わたしは、床の上に同じカードが二枚ある光景を見ることになるかもしれない」

「そうだね。だから、偽カードの配置と同時に、本物の♠JQKをゲームからはぶいておく必要があった」

「あなたの初期手札に三枚とも舞い込んだの？」

「そこまで運はよくないよ。最終戦の初期手札も♣5、◇3、♡2のブタだったし」

「舞い込んでないなら、真兎に♠JQKをはぶけるタイミングはなかったはずよ。あなたは一回戦と二回戦でほかのカードを選び取ったし、四回戦はわたしが先攻だった」

「三回戦だよ」

「三……？　うそ。だって三回戦は、わたしが足止めを……」

「『火のつきが遅くてハラハラした』って、絵空、言ったよね」

嵐がやみ、冷たく乾いた感覚がわたしを襲った。

目の前で、矢を引き絞られているような――ゲームにおいて初めて覚える、得体のしれない感覚。真兎は淡々と話し続ける。

「外に出てすぐ、出火には気づいた。でも、一回スルーしたんだ。私はその間に〈スペードの間〉に入って、上下段の右端を引いた。♠Qと♠Kだった。♠Jは最初から三回戦の私の手札に含まれてて、破棄済みだった。これで♠JQKすべての所在を確認。私は机と壁の隙間に偽カードを配置した。そのあと窓から出て、〈ダイヤの間〉に飛び込んだんだ」

「…………」

「マジか」

と、声が聞こえた。いつの間にか先輩たちと鉱田さんがホールに戻ってきて、塗辺くんの横に並んでいる。顔はみな一様に青ざめていた。わたしと同じように。

「射守矢が〈スペードの間〉に入ったなら、俺たちも気づいたはずですが」

「いや。〈ダイヤの間〉を全画面表示にしたから、あのときほかの部屋は映ってなかった。あの裏で工作してたのかよ……」

「三回戦の射守矢は二枚交換やったな。〈クラブの間〉は椅子に乗ったから未入室扱い。そのあと〈スペード〉〈ダイヤ〉で、二部屋……。計算は、合うか」

わたしの敗北という想定外が起きても、新妻さんは受け入れているようだった。ここまでされたら敵《かな》わんわ、とでも言いたげだ。

わたしは真兎に向き直る。まだ、聞きたいことがある。

「火事をスルーできたなんて、理解できない。事前に予想してない限り、そんな反応できるわけない」

「予想してたよ。ルール説明のとき、絵空が天井を見てたから」

真兎は当然のように答えた。

「火事を起こす道具が部屋にそろってることも知ってたしね。廊下からじゃ気づきにくいから、私が外ルートを使うタイミングに合わせてくるだろうとも思ってた」

「……じゃあ、真兎は、三回戦で普通にカードを引けてたの？　手札は三枚だったの？」

「うん。でもホールに戻ったときは、一枚になってた」

「温存は禁止されたはずよ」

「そう、温存は禁止。廃棄は禁止されてない」

「廃棄……どこに、どうやって」

「〈ダイヤの間〉には、ものを消すのにうってつけな人類最高の発明があった」

――火。

わたしが仕掛け、真兎が予想していた、火。

鉱田さんが消火器を取りに戻った数秒間、真兎は〈ダイヤの間〉にひとりでいた。小さな二枚の紙製のカードは、一瞬で燃え尽きただろう。

「まあきわどい自覚はあったから、塗辺くんに『ルール違反あった』？　って聞いたけどね。塗辺くんの答えは『NO』だった」

「僕はすべてルール内だと捉えました。雨季田さんの放火も、射守矢さんのカードすり替えも、焼却も。一回戦での追加ルールは『引いたカードは必ずそのラウンド内で消費すること』です。手札として使用しなければならないとは、決めていません」

《四部屋《フォールーム》ポーカー》は発想をぶつけ合う勝負。〈交換《チェンジ》タイム〉中は多くのイカサマが許容される。

「あとは四回戦の〈交換《チェンジ》タイム〉前に機械室に行って、ブレーカーを上げ下げするだけ。風に飛ばされた三枚が床に配置した偽カードとまざって、違和感を隠してくれる。後攻の私が〈スペードの間〉を覗いたとき、偽カードがなくなっていれば勝利確定。どんな弱い役でも、何千枚賭けても絶対に勝つ」

そして実際に、真兎は千枚を賭けた。

「わたしが扇風機のトリックを見破ることも、わかってたわけね」

「コンセントをさしたことで部屋に差異が生まれた。絵空なら、気づくでしょ」

胸につかえていた畏怖《いふ》が消え、雲から晴れ間が覗くように、喜びや、むずがゆさに近い何かが流れ込んだ。

わたしは大きな計算違いをしていた。

真兎のことならなんでもわかる。

真兎も、わたしのことならなんでもわかるのだ。

「……どこから組み立てていたんだ」

椚さんという男子がつぶやく。眼鏡の奥の目は、幽霊でも見たように強張《こわば》っている。

「四回戦、射守矢は雨季田に先攻を取らせ、偽カードを引かせる必要があった。だから三回戦で負けた。三回戦、射守矢は雨季田に先攻を取らせ、収斂火災のトリックを仕掛けさせる必要があった。だから二回戦で負けた。雨季田の収斂火災トリックは、射守矢が外ルートを使って移動することを前提に作られていた。二回戦、射守矢は後攻を取って、その外ルートの下準備をする必要があった。だから一回戦で負けた……」

全員が、この結果に至るまでの細く危険な道のりを想像し、驚くことも忘れ、沈黙した。

真兎自身も、何も答えなかった。

「後片付けをしましょう」と、塗辺くん。「最終成績は雨季田さんゼロ枚、射守矢さん一一〇三枚です。支払いに関してはお二人にお任せします」

「あ、そうだ」佐分利さんという会長が思い出したように叫ぶ。「Sチップ千百枚。一億一千万だ！　でかしたぞ射守矢、オレの苦労も報われ──」

「Sチップは全額星越生徒会にお返しします。負債もチャラにします」

真兎の一言で、会長のガッツポーズは中途半端なまま崩れた。

「お、おい話がちげーぞ。かき氷屋で約束しただろ、金は生徒会に収めるって」

「どっ、ちの生徒会、に収めるか、は約束してませんよ」

佐分利さんは口をパクパクさせ、隣の榾さんを見る。部下はただ肩をすくめる。

わたしは控えめに口を挟む。

「ありがたい申し出だけど、勝負は勝負だから。べつに気をつかわなくても」

「いや、最初から決めてたことだから。そのかわり絵空には、私の言うことをひとつ聞いてほしい」

「……何？」

真兎はわたしの目を見据え、はっきりと言った。

「私と一緒に、鉱田ちゃんに謝るんだ」

10

私は目をしばたたいた。ステージの端に立っていたら突如スポットライトをあてられてしまい、途方に暮れるような気分だった。

「え……なに？」

絵空に謝らせたいことがある、と真兎は以前から言っていた。

真兎と絵空の間に何か確執があり、それを清算したいのだと思っていた。でも、謝る相手は真兎じゃなく私？　ぜんぜん心あたりがない。

それに、もっと気になるのは——真兎はいま、〝私と一緒に〟と言った。

絵空はあきれたように首を振る。

「まさかとは思ってたけど、本当にそれが目的だったの」

「これより大事なことなんてない」

「わたしは、よかれと思って……」

「そこも含めて謝るんだ」

「……勝者にしたがうわ」

絵空が椅子を引き、立ち上がる。真兎もそれに続き、体ごと私のほうを向いた。染めた髪と短く折ったスカートとだるだるのカーディガン。けれどまなざしは鋭く、まっすぐだった。普段とはまったく違う友人を前にして、自然と私の背筋も伸びた。

「鉱田ちゃん。一年間、言えなかったことがある」

「は、はい」

「中三のとき、菱川高の推薦を狙ってたよね」

「……うん」

ダンス専科がある鎌倉の難関校。私と、い、ダンス部部長の竹宮さんという子が、一名だけの推薦枠を競っていた。試験官の前でパフォーマンスする実技試験でも、勝負どころの期末テストでも私は全力を尽くした。いい線いってる自覚もあった。でも、

「でもあれは、普通に落ちちゃって……」

「絵空が試験の結果を操作したんだ。絵空はその実績で星越高に入った」

戸惑う私をよそに、真兎は話し続ける。明かされたのは驚くべき方法だった。成績優秀者に偽の問題を流し、相対的に自分の点数を上げる、手の汚れない不正。

「……初耳なんだけど」

「鉱田さんには偽問題を送らなかったから」

「そして竹宮さんにも送らなかった」真兎が言葉を継いだ。「菱川のダンス推薦は実技重視だけど、英語で三位以内だと評価が加点される。ほかのライバルが消えたことで竹宮さんの相対順位がはね上がって、三位に食い込んだ。たぶんそのせいで、優先度が変わった」

あの日のことはよく覚えている。

一月のある朝、竹宮さんが教室に飛び込んできて、菱川に受かったと叫んだ。友達や部員たちが彼女を囲んで、もみくちゃにし、口々に祝った。輪の外側にまじって同じように声をかけながら、私の心は虚空へ落下し続けていた。

着地はどんなふうだったのか、よく覚えていない。華麗に体勢を保ったのか、クッションで受け止めてもらえたのか、びしゃっと内臓が爆《は》ぜたのか。

とにかくその日を境に、私の中では何かがふっきれて、タップダンスから距離を置くようになった。

椚先輩が佐分利会長に聞く。

「会長、以前、射守矢について調べたと言ってましたが……」

「オレが仕入れたのは射守矢と雨季田が卒業前に疎遠になったって話だけだ。その裏までは知らなかったな」

「ひどい話だよね。でも、問題はそこじゃないんだ」

真兎は私だけを見て、私だけに向かって話す。

「推薦結果が出たあと、私は絵空を問い詰めた。鉱田ちゃんが二次被害を受けた、こうなることは想像できなかったのかって。そしたら、絵空は」

「真兎のためにやったの」

うつむいてパーカーの紐《ひも》を触りながら、絵空が言った。

「鉱田さんが菱川に落ちれば、真兎が喜ぶと思ったの。一緒の高校に行けるから」

沈黙を埋めるように、本校舎からブラバンの練習音が聞こえた。私は真兎と絵空を交互に見た。価値観を共有し互いを理解する二人の少女を見た。脳が衝撃に揺れているのは、受験の裏側を知らされたからでは、たぶんなかった。

真兎はマイペースで、メンタル強くて、計算高い一面もあって。

ひとりでも、どこでも、生きられると思っていたのに。

「……心のどこかでは、たしかに喜んでもいた」振り絞るように、真兎が言った。「だからいままで、言いだせなくて……」

〝ちょうちょの羽ばたきが怖いんですよ〟。頭の中に、真兎が佐分利会長と戦ったときの一言がよみがえる。〝そういう重いの苦手だから〟。《愚煙試合》の決勝前、真兎は私たちの運命を背負うことに乗り気じゃなかった。〝人生はなかったことにできないじゃん〟。かるた部を助けた七月の放課後も、真兎は不機嫌にそう言っていた。

「私たちは鉱田ちゃんから、この世で一番大切なものを奪った。未来をつぶしたんだ。償えないけど、謝らせてほしい……ごめんなさい」

「……ごめんなさい」

長い髪が亜麻色の線を描き、私の腰の高さまで下がる。絵空もスカートの前に手を重ね、深く頭を下げた。

不可侵校に挑んだ数ヶ月間を、火事まで起こして競い合った勝負を、Sチップ千枚の負債をチャラにする、一億円分の謝罪だった。

塗辺くんや新妻さんからの視線も感じる。スポットライトの光量が強まる。私は深呼吸して、いま明かされた秘密を心のひだに染み込ませた。井戸の中に手をつっこみ、自分の正直な気持ちをすくい上げ、余計な泥を払い落とした。

「テストの操作なんて、ひどい」

まず、そこを断じておく。カンニングを目論《もくろ》んだ自業自得とはいえ、私以外にも予定が狂ってしまった生徒たちがいるはずだ。絵空は素直に「はい」と返す。

「二度としないで。あとゲームだからって学校に火つけたりするのもやめて」

「誓います」

「でも、落ちたことはべつに気にしてない」

真兎が顔を上げた。

「テスト結果がどのくらい影響したかなんて、わかんないし……本当に菱川でいいのかなって、ちょっと悩んでもいたし。行ったら私の人生はタップダンスだけになって、もう道は変えられなかったと思う。でも、プロとかになる自信まではなかった。自分がそこまでタップが好きかも正直よくわかんなくなってて……、真兎に頰白行こって言われてたら、進路も変えてたんじゃないかな」

だから、と私は真兎を見て、

「今度からは、ちゃんと言って」

真兎の表情から強張りが抜ける。張り詰めた弦から指が離れた。放たれた矢は明後日《あさって》のほうへ飛んでいき、裂かれた空気が風を呼び込んだ。不器用な友人は肩をすぼめながら、小さな声で

「うん」と答えた。

ぶはぁ、と大げさなため息が割り込む。新妻さんが床にへたり込んでいた。

「チビりそうやったわ。一億の借金こさえて帰らないけんかと……」

「すみません、巻き込んでしまって」と、絵空。「Sチップ、新妻さんたちにちゃんと返しますから」

「当たり前やアホ」

「元手の三一六枚は変わらずわたしのということで」

「なんでやねん」

ちょっと感動してしまう私がいた。本場のなんでやねんだ。

「もっかい全力で謝ってもらうぞ」会長が、絵空の肩を叩く。「職員室に小火の報告しねーとな」

「あ、はい」

「僕の不注意ということにしましょう」塗辺くんがきっぱりと言った。「ハプニングの責任を取るのも審判の仕事です」

「塗辺くん……私、椚先輩から乗り換えるよ」

「いや僕彼女いるので」

「俺は乗られた覚えはない」

「じゃ、片付けはうちらでやるわ」猫を追い払うように、新妻さんが手を動かす。「迷惑ガールズはもう出てき。喧嘩《けんか》でも仲直りでも勝手にせい」

後半、私への目配せを感じた。

せっかくなのでお言葉に甘えることにする。私は真兎と距離を詰め、萌《も》え袖《そで》に無理やり手をつっこみ、たじろぐ彼女と指を絡めた。もう一方では、絵空の手を握る。

「どっか寄ってこ。糖分とれるとこ。あ、〈かるたカフェ〉とか」

「……あそこはやめたほうがいいんじゃない？」

「かるた？　なにそれ気になる」

二対一で行き先が決まった。二人の手を引き、旧部室棟の外へ踏み出す。埃っぽさと焦げくさから解放され、午後の日差しに温められた空気を、私はぞんぶんに吸い込んだ。真兎と絵空のスマホを置いてきてしまったことに気づいたけど、取りに戻るのは帰りでいいだろう。きっと、話すことは山ほどあるから。

非凡な視点で世界を眼差《まなざ》す、危うくて捉えどころのない友人がいる。

躊躇の二文字が辞書にない、微笑みの裏に異才を隠した友人がいる。

そんな彼女たちを普通の世界に引きずりおろして、角を削って、心を満たして、日常に留めおく。そして本当に困ったときだけ力を借りて、助けてもらう。

それが私の戦略なのかもしれなかった。

エピローグ

世の中には、何度訪れても歩き慣れない場所というものがある。

たとえば、私立星越高校の現代的な校舎がそれだった。廊下には掲示板のかわりにモニターが点在し、教室変更や部活の情報が流れている。床には塵《ちり》ひとつ落ちておらず、ときどきロボット掃除機とすれ違う。内壁の色は棟ごとにわかりやすく塗り分けられ、そして、建物全体にエアコンが利いていた。

渡り廊下を通ってD棟に入り、空き教室のドアを開ける。

机が動かされ、すでに準備が整えられていた。『ヴェニスの商人』を読んでいた長髪の男子が、顔を上げた。

「遅かったじゃないか」

「やー、すみません。西東京から来てるもんで」

ちゃらんぽらんを絵に描いたような雰囲気の女子が、私たちの中から進み出て、椅子に座る。

「君が、最近噂の他校生？」

「射守矢真兎、でーす」

「三年の新庄寺《しんじょうじ》だ。……ちょっと意外だな、雨季田みたいなタイプかと」

「お勉強よりはYouTubeでインドの屋台とか見るほうが好きです」

私と絵空と新妻さんが、真兎の後ろに並ぶ。窓から見える空は灰色の雲に覆われ、初雪がちらつき始めている。

新妻さんから連絡があったのは、《四部屋《フォールーム》ポーカー》の一ヵ月後くらいだった。

――なあ、射守矢さん。ものは相談なんやけど。

「ゲームを用意してくれてるそうですね」

「ああ。簡単なゲームだよ」

――星越の奨学金制度はここ何年もうまく回っとらん。毎年ごく一部がSチップを独占して、ほかの生徒は泣き寝入り。社会の縮図ゆうたらそれまでやけど、おれは正直くだらんと思っとる。もっといいやり方があるはずや。

「ゲーム名は《収穫祭》。互いに手札を引き合い、ペアになったものを捨てていく。ハズレ札が一枚だけあり、最後までそれを持っていた側の負け」

「つまり、ババ抜き？」

「そう。ただし、札がちょっと特殊でね」

――それでな射守矢さん、もしもの話やけど……君が星越の上位所持者《ホルダー》を蹂躙《じゅうりん》し尽くして、十億全部学校外に流出させたら……制度そのものをぶっ壊せると思わんか？

「これが、ゲームに使用する札だ」

新庄寺さんが脇に置かれていたダンボールを開ける。中身はトランプでも、カードでもなかった。

明治の定番チョコレート菓子、〈きのこの山〉と〈たけのこの里〉が、十箱ずつ。

「〈たけのこ〉側に一箱、容量を五粒減らした箱がまざっている。それがジョーカーだ。そしてもうひとつ。互いの手札は手で持つのではなく、ここにセットする」

重々しい音を立て、机の上に金属製の天秤《てんびん》が置かれた。

真兎は亜麻色の髪をいじりながら、すでに戦略を立て始めているようだった。天秤の上皿からダンボール、教室全体へと視線が移ろう。新庄寺さんから見えない机の下で、スマホがタップされる。

新妻さんの背中に隠れて、そっとスマホを確認。思ったとおり、私と真兎と絵空のグループLINEに通知がきていた。

〈エアコン　管理　どこ〉

〈C棟一階　用務員室〉

すぐに絵空の返信が現れる。真兎は机の下でそれを確認し、追加メッセージを打つ。

〈あとで鉱田ちゃんにお願いがあります〉

私は同意のスタンプだけを返した。またどこかへ走らされるのか、もしくは小芝居を要求されるか。手間のかかる要求だったら、あとで何かおごってもらうことにしよう。

新妻さんが真兎の横に並び、Sチップの詰まったトランクを三つ机に並べる。ゴトリ、ゴトリ、ゴトリ。天秤に匹敵する重い音が連なり、新庄寺さんがたじろぐ。

「面白そうですね」

伸びきったカーディガンを着た少女は、机の上で指を組み、対戦者に隙だらけの笑みを投げた。

「詳しいルールを聞きましょうか」

地雷グリコ　「小説屋sari-sari」2017年11月号
坊主衰弱　「カドブンノベル」2020年11月号
自由律ジャンケン　「小説 野性時代」2022年3月号
だるまさんがかぞえた　「小説 野性時代」2023年2月号
フォールーム・ポーカー　書き下ろし

装丁：川名 潤
本文図版：二見亜矢子

青崎有吾（あおさき　ゆうご）
1991年神奈川県生まれ。明治大学卒。在学中の2012年『体育館の殺人』で第22回鮎川哲也賞を受賞しデビュー。著作は他に、〈裏染天馬〉シリーズの『水族館の殺人』『風ヶ丘五十円玉祭りの謎』『図書館の殺人』、〈アンデッドガール・マーダーファルス〉シリーズ、〈ノッキンオン・ロックドドア〉シリーズ、『早朝始発の殺風景』『11文字の檻 青崎有吾短編集成』がある。23年夏には「アンデッドガール・マーダーファルス」がTVアニメ化、「ノッキンオン・ロックドドア」がTVドラマ化され話題となった。23年11月現在「週刊ヤングジャンプ」にて連載中の『ガス灯野良犬探偵団』（漫画：松原利光）の原作も担当。

地雷《じらい》グリコ

2023年11月27日　初版発行
2024年12月５日　13版発行

著者／青崎有吾《あおさきゆうご》

発行者／山下直久

発行／株式会社KADOKAWA
〒102-8177　東京都千代田区富士見2-13-3
電話　0570-002-301（ナビダイヤル）

印刷所／旭印刷株式会社

製本所／本間製本株式会社

ISBN 978-4-04-111165-9　C0093